모두가 세상을 똑같이 살지는 않아

장폴 뒤부아
이세진 옮김

모두가 세상을 똑같이 살지는 않아

초판 1쇄 발행 / 2020년 10월 5일
초판 4쇄 발행 / 2020년 12월 8일

지은이 / 장폴 뒤부아
옮긴이 / 이세진
펴낸이 / 강일우
책임편집 / 오규원 최정수
조판 / 한향림
펴낸곳 / (주)창비
등록 / 1986년 8월 5일 제85호
주소 / 10881 경기도 파주시 회동길 184
전화 / 031-955-3333
팩시밀리 / 영업 031-955-3399 편집 031-955-3400
홈페이지 / www.changbi.com
전자우편 / lit@changbi.com

한국어판 ⓒ (주)창비 2020
ISBN 978-89-364-7822-3 03860

Tous les hommes n'habitent pas le monde de la même façon

모두가 세상을
똑같이 살지는 않아

장폴 뒤부아

이세진 옮김

창비

엘렌에게,

스바키, 아르튀르와 루이에게.

보고 싶은 뱅상 랑델에게.

장미셸 타라스콩과 미셸 라모네를 기억하며.

주느비에브, 클레르와 디디에게 사랑을 담아.

세르주 아슬랭의 우애 어린 지원과

소중한 전문적 식견에 마음 깊이 감사하며.

프레데릭에게 애정을 보내며,

오이타가 오래오래 잘살기를 바라며.

북녘의 신사 파스칼과 캐나다 횡단 사이드카 운전사

기에게 우정을 전하며.

"그 모든 것이 형식도

방향도 부여할 수 없는 날들을 생각나게 했다.

어떤 것도 깃들지 못하고 활기를 불어넣을 수도 없는 날들,

어떤 의미도 띠지 않는 날들."

— 로잘린드 크라우스

"그날을 잊어야 했다.

오늘 경마에서 10달러를 잃었다.

쓸데없는 짓을 했다.

차라리 핫케이크에 대고 딸딸이나 쳤으면 좋았을 것을."

— 찰스 부코스키,『글쓰기에 대하여』

차례

일러두기

1. 이 책은 Jean-Paul Dubois, *Tous les hommes n'habitent pas le monde de la même façon*(Éditions de l'Olivier 2019)을 번역 저본으로 삼았다.
2. 본문의 주는 모두 옮긴이의 것이다.

강가의 교도소

일주일째 눈이다. 나는 창가에서 밤을 바라보고 추위의 소리를 듣는다. 이곳의 추위에는 소리가 있다. 아주 특별하고 기분 나쁜 소리. 건물이 얼음 속에 끼어 짜부라지면서 끙끙대고 삐걱대는가 싶을 정도로 불안한 신음을 토해낸다. 이 시각 교도소는 잠들어 있다. 여기서 한동안 지내다보면 이 건물의 신진대사에 익숙해져 어둠속에서 교도소가 거대한 짐승처럼 숨을 쉬고, 간간이 기침을 하고, 뭔가를 꿀꺽 삼키는 소리까지 들을 수 있다. 교도소는 우리를 집어삼키고 소화한다. 우리는 그의 배 속에 웅크린 채 번호가 매겨진 주름들 속에 숨고 위장의 경련들 사이에서 잠을 청한다. 그저 살 수 있는 대로 살아간다.

몬트리올 교도소는 옛 보르도 구역의 관할 지역에 세워진 까닭에 일명 보르도 교도소로 통하고, 주소는 구앵 우에스트 대로 800번지이다. 프레리 강변에 위치해 있다. 재소자는 1357명, 설립 이후 1962년까지 교수형을 당한 사람은 모두 82명이다. 이 구속의 우주가 지어지기 전 이곳은 퍽 아름다웠을 것이다. 버드나무, 단풍나무, 옻나무, 그리고 야생동물이 눕히고 간 키 큰 풀이 무성했을 것이다. 지금은 들쥐와 생쥐가 유일한 생존 동물이다. 그들은 본성이 그리 예민하지 않아, 고통스러운 감금으로 이루어진 이 닫힌 세계에서도 잘만 북적댄다. 쥐들은 수감 생활에 완벽하게 적응한 것 같고 그네들의 군락은 교도소의 모든 별관으로 확장되었다. 밤이면 그 설치류들이 감방과 복도에서 부산을 떠는 소리가 또렷하게 들린다. 우리는 쥐가 들어오지 못하게 신문지나 헌 옷을 둘둘 말아 문짝 아래나 환기구를 틀어막는다. 하지만 무슨 짓을 해도 소용없다. 쥐들은 쏙 통과하고, 스르르 파고들고, 비집고 들어와 자기네 할 일을 한다.

내가 지내는 방에는 '콘도'라는 별칭이 있다. '콘도'는 '아파트'라는 뜻이다. 감방 주제에 반어적 별칭이 붙은 이유는, 이 방이 일반 감방보다 면적이 약간 더 넓기 때문이다. 일반 감방은 우리에게 남은 인간다움을 6제곱미터에 압축해 넣는다.

이층침대, 창 두개, 바닥에 고정된 간이의자 두개, 세면대 하나, 변기 하나. 나는 이 방을 패트릭 호턴이라는 한 사람 반만 한 몸집의 장정과 함께 쓴다. 그는 등짝에 자신의 인생사를 문신으로 새겼고 ─ 사는 건 좆같고 그다음엔 죽는다 ─ 할리 데이비드슨에 바치는 애정을 어깨 곡선과 가슴팍 위쪽에 새겼다. 패트릭은 바이커 갱단 헬스 엔젤스의 몬트리올 지부 일원을 살해한 죄목으로 재판을 기다리는 중이다. 피해자는 경찰에 협력했다는 의심을 받고 갱단 사람들에게 맞아 죽었는데, 패트릭은 이 살인행위에 가담했다는 죄목으로 기소되었다. 위협적인 체구, 그리고 지금도 살인과 암살 사건으로 이름을 날리는 바이커 갱단의 일원이라는 전적 때문에 B구역 복도에서는 다들 그를 보면 추기경이라도 만난 듯 공손히 머리를 조아리며 물러난다. 나도 단지 같은 방을 쓴다는 이유로 그가 지나간 자리에서 그 희한한 교황대사와 동급으로 존중받는다.

이틀 전부터 패트릭은 밤에 잠을 못 이루고 끙끙댄다. 이 하나가 아픈데 치아 농양 특유의 지독한 통증이 있는 것 같다. 간수에게 아파 죽겠다고 여러번 호소하니 타이레놀을 가져다주긴 했다. 내가 치과 진료 대기자 명단에 이름을 올리라고 했더니 패트릭이 말했다. "절대 안해. 여기서 일하는 잡놈 새끼들은 이가 아프다고 하면 치료를 하는 게 아니라 그냥 뽑아버려. 이 두개가 아프다고 해도 마찬가지야. 그냥 두개 다 뽑고 끝이라고."

우리는 아홉달 전부터 같은 방을 썼고 제법 괜찮게 지내왔다. 종잡을 수 없는 운명공동체가 우리를 비슷한 시기에 이리로 보냈다. 패트릭은 우리가 만난 지 얼마 안됐을 때부터 매일 같은 변기를 써야 할 동료가 어떤 사람인지 알고 싶어 했다. 그래서 나의 인생사를 그에게 들려주었다. 이쪽 지역의 마약밀매를 꽉 잡고 있으며 폭주족끼리 전쟁도 서슴지 않는 헬스 엔젤스와는 자못 동떨어진 인생사를. 헬스 엔젤스가 1994년에서 2002년까지 퀘벡에서 오랜 숙적 록 머신과 치러온 전쟁들에서만도 160명이 죽었다. 록 머신은 그후 반디도스[1]에 병합되었고, 반디도스는 그 이름값을 하다가 온타리오주에서 번호판 없이 나란히 주차되어 있던 네대의 차량에서 단원 여덟명의 시신이 발견되는 쓴맛을 보았다.

패트릭은 나의 구금 사유를 듣고는 장인이 견습생의 어설픈 초기 습작들을 너그러이 봐주듯 호의적인 관심을 기울였다. 대수롭지도 않은 내 이야기가 끝나자 그는 습진으로 벌게진 오른쪽 귓불을 벅벅 긁으면서 말했다. "그런 일을 할 사람으로 보이진 않았어. 아주 잘했어. 확실히, 분명히 잘한 일이야. 나라면 죽여버렸을 텐데."

1 스페인어로 '도적 떼, 노상강도 무리'를 뜻한다.

어쩌면 나도 그러고 싶었을 것이다. 증인들의 말대로, 여섯명이 힘을 합쳐 나를 뜯어말리지 않았더라면 기어이 그 행위까지 가고야 말았으리라. 실은 나도 남에게 들어서 아는 거지 몇몇 장면을 제외하면 사건 자체는 기억이 안 난다. 응급실에서 정신을 차리기 전에 선택적 기억이 작용해서 기억하기 싫은 건 말끔히 지워버렸나보다.

"씨팔, 진짜 나 같으면 그 새끼 죽였다. 그딴 새끼들은 두쪽으로 찢어 죽여야 해." 패트릭은 내처 불처럼 시뻘건 귀를 손가락으로 후벼파면서 육중한 무게를 양쪽 발에 번갈아 실어 몸을 흔들었다. 판독하기 어려운 분노에 사로잡혀 당장 벽을 뚫고 나가, 내가 착수는 했으나 어떻게 보면 날림으로 해치운 그 일을 깔끔하게 마무리할 태세였다. 패트릭이 염증 도진 살갗을 벅벅 긁으며 포효하는 모습을 보고 있자니 아메리칸 인디언 전문가였던 인류학자 세르주 부샤르가 한 말이 생각났다. "인간은 엇나가버린 곰이다."

내 아내 위노나는 알곤킨 인디언이었다. 나는 아내를 더 잘 알고 싶어서 세르주 부샤르의 책을 탐독했다. 그때는 나도 흔들리는 천막이라는 교묘한 발명품, 땀 움막 의식의 규칙, 아메리카 너구리 시조 신화, 다윈주의가 등장하기 전에 이미 "인간은 곰의 후손"임을 간파했던 이지理智, "캐나다 순록이 입 아래에만 하얀 반점이 있는" 이유 같은 것을 거의 모르고 살았다.

그 시절의 나에게 감옥은 이론상으로만 존재하는 개념, 모노폴리 게임에서 징벌 칸에 들어앉아 기회를 한번 날려야만 하는 주사위의 농락에 불과했다. 순수를 덕지덕지 두른 그 세상은 영원히 건재할 것 같았다. 석면이 복된 소나기처럼 쏟아지는 자신의 개신교 교구에서 사람들의 심장과 해먼드 오르간의 톤 휠을 전율하게 하는 데만 전념했던 내 아버지 요하네스 한센 목사도. 단거리 전세기 비버의 조종간을 잡고 알곤킨 인디언답게 완만한 커브를 그리다가 북부의 모든 호수를 따라가며 손님과 플로트[2]를 부드럽게 내려놓던 위노나 마파치도. 태어난 지 얼마 되지 않아, 만물의 시작이자 끝 같은 크고 새까만 눈으로 나를 바라보던 나의 개 누크도.

그렇다, 그 시절을 사랑했다. 나의 세 망자(亡者)가 살아 있던, 이미 아득해진 시절을.

나는 진정 잠들고 싶다. 더는 쥐들이 내는 소리를 듣고 싶지 않다. 더는 사람들의 체취를 맡고 싶지 않다. 이제 창 너머 추위의 소리를 듣고 싶지 않다. 이제 기름기 흥건하게 삶아낸 갈색 닭을 먹고 싶지 않다. 다시는 한마디 실수나 담배 한줌 때문에 죽도록 처맞고 싶지 않다. 다시는 세면대에 소변을 봐야 하는 일이 없기를 바란다. 정해진 시

---

2 수상 비행기의 뜨고 내리는 기능을 돕는 장치.

각 이후로는 변기 물 내리는 소리도 나면 안되기 때문이다. 매일 저녁 패트릭 호턴이 바지를 내리고 변기 구멍 위에 앉아 똥을 싸면서 "V 로드"를 장착한 그의 할리가 속도를 늦출 때마다 "오들오들 떨더라고"라며 떠드는 꼴을 더는 보고 싶지 않다. 패트릭은 매번 느긋하게 볼일을 보면서 어이없을 정도로 편안하게 말을 건다. 그의 정신과 입이 항문과 완전히 따로 노는 것 같다는 생각이 들 정도로. 패트릭은 방귀 뀔 때 조심하려고 하지도 않는다. 볼일을 마무리하면서도 "아이솔라스틱이라는 완충장치"에 장착한 최신 모터가 얼마나 믿을 만한지 나에게 설파하기에 여념이 없다. 그러고 나서는 일과를 마친 사내처럼 바지를 추켜 입고 얼룩 하나 없는 흰 천을 변기 덮개 대신 그 구멍 위에 덮는다. 나에게는 그 천이 예배가 끝날 때 하는 말 "예배가 끝났으니 가서 복음을 전합시다"와 비슷한 느낌으로 다가오곤 했다.

눈을 감는다. 잠이 든다. 잠은 여기서, 쥐들로부터 벗어나는 유일한 방법이다.

여름에 왼쪽 창 귀퉁이에 서면 부르동섬, 봉푸앵섬으로 힘껏 내달리는 프레리강과 그 강물을 맞아들이는 동시에 묻어버리는 생로랑 대하大河가 보인다. 그러나 오늘 밤은 눈이 다 메워버렸다. 어둠마저도.

패트릭 호턴은 모르겠지만 이 시각 즈음이면 위노나, 요하네스, 혹은 누크까지 나를 찾아오곤 한다. 그들이 들어오는 모습이 얼마나 선명하게 보이는지, 이 방에 들러붙은 비참을 미주알고주알 설명할 수 있을 정도다. 그들은 나에게 말을 걸고, 내 곁에 머물곤 한다. 내가 그들을 잃어버린 세월 이래로 그들은 내 머릿속에서 오갔고, 그들의 집에, 내 안에 있었다. 그들은 할 말이 있다고 했고, 할 일을 했다. 엉망진창인 내 인생을 수습하려 애썼고, 언제나 나를 저녁의 평화와 잠으로 기어이 인도할 말을 찾아냈다. 나를 판단하지 않되 저마다 자기 방식대로, 자기 역할과 권한에 맞게 도우려 했다. 내가 감옥에 들어온 후로는 더욱더 그랬다. 나만 그런 게 아니라 그들도 어쩌다 이 사달이 났는지, 왜 며칠 만에 홀연히 모든 게 어그러졌는지 알지 못했다. 그들은 불행의 근원을 캐러 온 게 아니었다. 단지 우리 가족을 복구하려고 왔을 뿐.

처음 몇년은 망자들과 더불어 살아야 한다는 것을 받아들이기가 무척 힘들었다. 어렸을 적, 우리가 툴루즈에서 살았고 어머니가 우리를 사랑했던 그때처럼 아버지가 하는 말을 군말 없이 듣고 있어야 할 줄이야. 위노나의 경우는 산 자와 죽은 자가 한데 어우러지는 알곤킨 지하세계의 전설을 그녀를 통해 미리 접했던 까닭에 불편한 감정을 금세 털어낼 수 있었다. 위노나는 이제 다른 세계에서 살아가는 고인들과의 대화를 받아들이는 것보다 당연한 일이 없다고 했다. "우리 조상들은 또다른 삶을 이어나가고 있어. 우리는 그들이 하던 일을 다른 데 가서도 잘하고 살라고 그들이 쓰던 물건을 다 함께 묻어주지." 나는 소망과 사랑으로 대충 이어 붙인 그 세계의 비약적인 논리가 좋았다. 고인에게 각별했던 도구들을 보내주면서 보이지 않는 그 세계의 전압과 전원이 어떤 종류건 간에 전자제품이면 다 작동할 거라고 생각하는 투박한 믿음이 좋았다. 한편 시간, 인간, 겨울의 순리를 모두 알고 우리를 책 읽듯 훤히 들여다보던 나의 개 누크는 늘 그랬던 것처럼 그냥 내 곁으로 와서 편안하게 늘어졌다. 누크는 샤먼 따위를 앞세우지 않고 체취의 기억만으로도 나를 찾아냈다. 누크는 어둠 속을 한바퀴 돌고는 그냥 집으로 돌아와 내 옆에 누웠고, 우리가 두고 온 동고동락의 삶을 그런 식으로 이어나갔다.

나는 버락 오바마가 미국 대통령으로 당선된 2008년 11월 4일 보르도 교도소에 수감됐다. 그날 하루는 몹시 길고 무서웠다. 법정으로 이송되었고, 복도에서 대기했고, 로리미에 판사 앞에 출두했다. 심문은 대체로 호의적이었지만 판사는 머릿속에 개인적 고민이 그득한 듯 보였고, 나를 "잔센"이라 부르던, 우울증을 앓는 변호사의 허깨비 같은 변론은 나를 졸지에 "심각한 병적 수동공격성"이 있는 사람으로 만들어 그가 내 자료를 제대로 찾은 건지 다른 사람 변론을 하는 건지 알 수가 없었다. 선고를 기다렸고, 로리미에가 우물우물 입을 열었고, 총 형량 2년은 법정에서의 기억에서 흐지부지됐고, 돌아오는 길에는 홍수라도 날 듯 비가 퍼부었으며, 차가 많이 막혔고, 마침내 교도소에 도착했다. 신원 확인, 기분 나쁜 몸수색, 자전거 거치소만 한 방에 수감 인원은 세명이었다. "닥쳐, 새끼야, 여기선 닥치고 찌그러져 있어." 바닥에 놓인 매트리스, 쥐똥, 아무 데나 널린 휴지 쪼가리, 희미한 지린내, 식판, 갈색 닭, 검은 밤.

버락 오바마가 백악관 대통령 관저에 정식 입성하기 한 달 전 나 역시 새로운 거처, 즉 지금 패트릭 호턴과 내가 함께 쓰는 이 '콘도'로 들어왔다. 그 이동 덕분에 A구역의 막장 지옥에서 벗어날 수 있었다. A구역은 폭력과 공격이 일상다반사였고 때로는 밤 시간도 예외가 아니었다. 여기라고 박 터질 일이 없겠냐만은, 호턴의 족보와 몸집 덕분에 한결 살 만해졌다. 나 자신이 수치스럽고 시간의 무게를 견디기 힘들 때면 그냥 다 체념하고 교도소 벽시계의 고집스럽고 느려 터진 리듬에 나를 내맡긴 채 '생활 규율'의 일정대로 복종하기만 하면 된다. '7시, 감방 개방. 7시 30분, 아침 식사. 8시, 구역별 활동. 11시 15분, 점심 식사. 13시, 구역별 활동. 16시 15분, 저녁 식사. 18시, 구역별 활동. 22시 30분, 취침 및 감방 폐쇄. 실내 및 실외 흡연을 금한다. 게임기, 컴퓨터, 휴대전화, 포르노 사진 소지를 금한다. 침대 정리는 8시 전에, 청소는 매일 아침 9시 전에 끝낸다.'

내가 이렇게까지 틀에 맞춰 살면서 아무 책임을 지지 않아도 되다니 기분 참 묘하다. 나는 이십육년간 이 교도소에서 채 1킬로미터도 떨어져 있지 않은 동네 아헌트식에서 ― 그래서 처음에는 집에서 이토록 가까운 곳에 갇혀산다는 생각에 몹시 심란했다 ― 지독히 까다로운 관리 실무를 업으로 삼았다. 나는 그 작고 정확한 세계, 케이블·튜브·파이프·접합부·도수로·기둥·배수로·시간기록계로 이루어진 복잡다단한 우주를 내 손으로 직접 수리하고 다시 제대로 돌아가게 만드는 일종의 마법사 수위, 만능 집사였다. 그 작은 세상은 엇나가고 문제를 제기하고 긴급히 손봐야 할 고장을 일으키는 데 선수였고, 그놈을 상대하려면 기억력, 지식, 기술, 관찰력, 때로는 행운마저 넉넉히 따라줘야만 했다. '렉셀시오르' 건물에서 나는 일종의 '데우스 엑스 마키나'였다. 관리비 운용, 유지 보수, 보안 외에도 68가구로 이루어진 그 콘도가 차질 없이 굴러가게끔 뭐든지 맡길 수 있는 사람이 바로 나였다. 입주민은 모두 자가 소유자로서 수목과 화단이 잘 가꾸어진 정원, 소금으로 정화하고 따뜻하게 데운 물이 공급되는 23만 리터 용량의 수영장, 세차장이 구비된 얼룩 하나 없는 지하주차장, 스포츠실, 현관에 면해 있는 대기실과 접객실, '포룸'이라고 불리는 회의실, 스물네대의 감시카메라와 콘Kone 브랜드 대형 승강기 세대를 마음껏 이용했다.

이십육년간 나는 어마어마하고도 흥분되는 위업을 달성했다. 그건 정말 피곤한 일이기도 했다. 세월, 기후, 노후화에 시달리는 68가구가 정상적으로 돌아가게끔 균형을 유지한다는 것은 끝이 없는 일, 실질적으로 표도 나지 않는 일이었다. 철야, 야간경비, 출동으로 점철된 9500일. 조사, 확인, 옥상 순찰, 층별 순찰의 연속이던 9500일. 때로는 내 소임을 떠나 노인을 돕거나 과부를 위로하거나 병자들을 돌보기도 했고, 단 두번이지만 망자를 배웅하러 장례식에 참석하기도 했던 104번의 계절.

개신교 목사 요하네스 한센에게 자기부정과 다를 바 없는 교육을 받았기에 그 오랜 세월 동안 물밀듯이 쇄도하는 일거리에 묵묵히 매달릴 수 있었던 게 아닐까. 그러한 수행, 보이지 않는 곳에서의 실천, 보상 없는 일을 하루도 거르지 않고 진지하고 꼼꼼하게 해내는 것이 내게는 요하네스가 교회에서 설파했던 종교개혁의 정신과 다르지 않아 보였다.

내 후임으로 내가 하던 일을 맡아보면서 그 공동주택의 내장에 들어가 살기로 한 사람에 관해서는 아무것도 모른다. 현재 렉셀시오르의 오장육부가 어떤 상태인지도 모른다. 단지 그 68가구로 이루어진 작은 세계가 무척 그립다는 것만 안다. 고장, 염려, 해결해야 하는 수수께끼의 조합을 무한대로 낳을 수 있는 그 상상력 풍부한 세계가 못내 그립다.

때때로 나는 물건이나 기계에 말을 걸었다. 가끔은 그런 사물이 나를 이해할 수 있을 거라는 마음 약한 생각을 하곤 했다. 이제 나에게는 호턴, 그의 앓는 이와 커넥팅로드[3]만 남았다.

그토록 오랜 세월 렉셀시오르의 정상적 작동을 관리하고 이끌어온 내가, 이제 새로운 '콘도'의 느슨하다면 느슨한 '생활 규율'에 맞춰 살아야만 한다. 8시, 구역별 활동. 16시 15분, 저녁 식사. 21시, 헬스 엔젤 용변 보기. 22시 30분, 취침 및 감방 폐쇄.

오늘 아침 패트릭은 일어나자마자 간수를 불러 응급 치과 진료를 요청했다. 패트릭은 치과 진료를 반디도스의 잔인무도한 급습보다 더 겁낸다. 그는 밤새 뺨이 통통 부었고 통증에 미쳐 날뛰었다. 마치 병 속에 들어간 벌레처럼 감방 안을 사방팔방으로 돌아다녔다. "오늘 아침에 좆같은 내 침대 좀 정리해줄래? 이 염병할 이빨 때문에 죽을 것

---

3 할리 데이비드슨 V 로드 모델 특유의 커넥팅로드.

같아. 이게 다 아버지 때문이야. 아버지도 충치가 장난 아니었지. 이것도 유전인가봐. 뭐? 나도 몰라, 등신 같은 질문으로 엿먹이지 마. 오늘은 날이 아니야. 치과의사 개새끼, 게다가 니컬슨 그 새끼는 맛이 간 얼굴이란 말이야. 지금 몇시지? 그 쌍놈 새끼는 아직도 집구석에서 콘플레이크를 처먹으면서 좆이나 주물럭대고 있겠지. 분명히 말하는데 니컬슨 그 새끼는 나를 특급으로 치료하는 게 좋을 거야. 안 그랬다가는, 두고 봐, 그 빌어먹을 새끼를 두쪽으로 확 찢어 죽여버릴 테니까. 지금 몇시라고? 아, 씨팔."

패트릭에게 세상 사람은, 특히 어금니가 심하게 아플 때는, 딱 두 부류로 나뉜다. 할리 데이비드슨 V 로드의 웅장한 배기음을 알아듣고 음미할 수 있는 자들. 그리고 그보다 훨씬 더 많은, '아이솔라스틱'이 뭔지도 모르는 "두쪽으로 찢어 죽여" 마땅한 자들.

나는 오늘 아침에 가에탕 브로사르라는 사람과 면담이 있다. 그는 감형 건을 판사에게 전달하기 전에 예심을 맡아보는 교도행정 공무원이다. 석달인가 넉달 전에도 브로사르를 만난 적이 있다. 왠지 안심이 되는 체격, 비고 모텐슨[4]을 빼다 박은 얼굴이 친절한 심사관이라는 그의 역할에 잘 어울렸다.

4 영화 「반지의 제왕」에서 아라곤 역을 맡았던 배우.

첫번째 면담은 짧게 끝났다. 그는 내 소송 서류 파일을 아예 열지도 않았다.

"오늘 만남은 순전히 형식적인 겁니다. 그냥 서로 얼굴만 봐둔다 생각하세요, 한센 씨. 당신의 위법행위가 가볍지 않기 때문에, 안타깝지만 현 단계에서 석방은 어떤 식으로든, 설령 감시를 조건으로 붙인다 해도 검토하거나 고려할 수 없습니다. 몇달 후에 다시 보도록 하지요. 행동 보고서가 좋게 올라오면 그때 가서 뭔가를 생각해볼 수 있을 겁니다."

브로사르는 변함이 없었다. 첫 만남에서 알아차리지 못했던 사소한 부분이 눈에 띈다. 가에탕 브로사르는 말을 하지 않을 때 자꾸 자기 손끝 냄새를 맡는다. 숨을 들이마실 때마다 콧구멍이 커졌다가 익숙한 냄새 성분을 확인하고 안심한 것처럼 원래 모양으로 돌아온다.

"솔직하게 말하려 합니다, 한센 씨. 모든 면에서 평가는 매우 좋고, 내가 얼마든지 호의적인 견해를 첨부해 판사에게 넘길 만한 수준입니다. 그렇지만 내게는 당신이 스스로 저지른 행위의 심각성을 깨닫고 온전한 의식 상태에서 그 행위를 후회한다는 믿음이 필요합니다. 그 일을 후회하십니까, 한센 씨?"

그가 기대하는 말을 해야 했을 것이다. 백배사죄를 하고, 마음에서 우러나는 진실한 회한을 표현하고, 오만가지 후회를 줄줄이 엮어 늘어놓아야 했을 것이다. 그날의 일은 나도 아직 이해가 안된다. 피해자에게 입힌 고통에 진심으로 용서를 구한다. 그리고 나서 부끄러움을 못 이겨 고개를 푹 숙이는 것으로 통회의 행위를 마무리해야 했을 것이다.

그런데 나는 그러지 않았다. 내 입에서는 한마디도, 아무 말도 나오지 않았다. 내 얼굴은 철가면처럼 무표정했다. 외려 그때 시간이 조금 더 있었거나 내가 힘이 좀더 셌으면 그 건방지고 자기밖에 모르는 밉살스러운 놈의 뼈를 전부 빠개놓았을 텐데 그러지 못한 게 천추의 한이라고 털어놓지 않으려 안간힘을 써야 했다.

"솔직히 다른 반응을 기대했습니다, 한센 씨. 좀더 적절한 반응 말입니다. 서류를 읽으면서 그동안의 이력과 과거를 살펴봤는데요, 내가 보기에 당신은 여기 있을 사람이 아닙니다. 그렇지만 당신이 자기 잘못을 돌아보기를 고집스럽게 외면해 한동안 여기에 더 머물러야 할까봐 걱정됩니다. 그건 아주 유감스러운 일입니다, 한센 씨. 여기서 하루를 보내는 건 쓸데없이 하루 더 하는 감옥살이일 뿐입니다. 밖에 누구 기다리는 사람은 있습니까?"

어떻게 그에게 설명할 수 있겠는가. 지금 교도소 밖에 날 기다리는 사람은 없지만 우리가 함께 있는 이 방에서 위노나, 요하네스, 누크가 ─ 나는 그들의 숨결을 느낄 수 있다 ─ 조금 전부터 그가 나가기만을 얌전하게 기다리고 있다고.

패트릭은 아직 마취가 풀리지 않아서 피 섞인 침을 종이수건에 질질 흘리며 치과 진료에서 돌아왔다. 딱 보기에도 니컬슨과의 만남이 안 좋게 끝난 건 분명했다. "그 썩을 놈이 내 이를 뽑았어. 망할, 그럴 줄 알았어. 전에도 뽑아야 한다고 했거든. 하지만 그 쌍놈은 나에게 선택권조차 주지 않았어. 내 이를 살릴 방법은 전혀 없는데다 농양이 어마어마하다나? 시답잖은 엑스레이 사진을 보여주면서 나한테 이러는 거야. '자, 보이시죠, 염증이 완전 심해요.' 그래서 내가 개수작 부리지 말고 당신 할 일이나 해, 하지만 분명히 경고하는데 아프게 하면 죽는다, 그랬지. 의사가 내 잇몸에 쑤셔 넣은 마취제만 해도 내가 태어난 마을 전체를 잠재울 만할걸. 두고 봐, 내가 언제 여길 나갈진 모르지만 맹세하건대 나가자마자 그 좆같은 새끼를 찾아가서 두쪽으로 찢어 죽인다."

오늘 밤 기온이 영하 28도란다. 풍속 냉각 지수, 그러니까 체감 온도는 영하 34도다. 나흘만 있으면 크리스마스다. 니컬슨은 자기처럼 치아 미백과 완전무결한 치열을 자랑하는 가족과 함께 크리스마스를 축하할 것이다. 막내딸은 아직도 치아교정기를 착용하고 있을 것이고 아내는 딸에게 이번 겨울만 지나면 그놈의 쇠붙이를 입에서 제거할 수 있다고 약속할 것이다. 도시의 여느 집처럼 그 집에서도 온갖 우스꽝스러운 전구와 조명이 번쩍대고 깜박거릴 것이고, 백화점들은 신용카드에 기름칠을 하려고 크리스마스 캐럴을 틀어댈 것이며, 비싸고 실용성 없는 오만가지 물건들이 무에서 나와 다시 무로 돌아가기 위해 이 손 저 손을 거칠 것이고, 그러는 동안 마법에 걸린 라디오는 이 기회에 「크리스마스에 원하는 건 당신뿐」(All I want for Christmas is you)을 내리 선곡할 것이다.

이제 밤이 오면 환속한 사제가 와서 무릎 꿇기 애호가들을 위해 통상 미사문을 빠르게 낭독하고 그들이 언젠가 창조주의 오른편에 앉게 될 거라고 본인도 믿지 않는 약속을 하고는, 어린이 성가대의 합창에서 풍기는 싱그러운 냄새로 숨통을 틔우려고 최대한 빨리 달아날 것이다. 우리 비신자들, 믿음이 없는 자들, 우연한 강도와 근육이 발달한 죄인들은 그레이비소스를 뿌린 갈색 닭과 옛날식 메이플크림 브라우니를 두배로 먹을 수 있을 것이다. 나는 세상 둘도 없이 진지한 표정으로 식사를 시작하면서 패트릭에게 메리 크리스마스,라고 말할 것이다. 패트릭은 뭉근하게 익힌 닭고기를 우물우물 씹으면서 대꾸하리라. "개소리하지 마."

스카겐, 모래에 파묻힌 교회

나는 1955년 2월 20일 밤 10시경 툴루즈 텡튀리에 병원에서 태어났다. 나에게 지정된 병실에서, 내가 그때까지 보지 못했던 두 사람이 내가 잠든 모습을 바라보고 있다. 내 옆에 누워 있는 젊은 여성은 출산의 고초에도 이제 막 파티에서 돌아온 듯 아름답고 편안한 모습으로 미소를 짓는다. 그녀가 바로 아나 마르주리, 나의 어머니다. 어머니는 스물다섯살이다. 바로 옆에는 남자 한명이 침대가 푹 꺼질까봐 노심초사하며 침대 가장자리에 걸터앉아 있다. 훤칠한 키, 금발, 다정다감하고 친절해 보이는 투명한 푸른 눈으로 미루어 보건대 그 남자는 나의 아버지 요하네스 한센이다. 그는 서른살이다. 두 사람 모두 그들의 최종

생산물에 흡족해하는 것 같고, 아마도 당시에는 결과를 미처 다 가늠할 수 없었을 새로운 국면을 이제 막 맞이했다. 어쨌든 부모님은 진즉부터 내 이름을 정해두었다. 나는 폴 크리스티앙 프레데릭 한센이 될 터였다. 이보다 더 덴마크적인 이름은 있을 수 없었다. 그렇지만 속지주의, 혈통, 누구라도 바라는 바, 그리고 무엇보다 우연에 의해 나는 프랑스 국적을 갖게 됐다.

아버지 요하네스는 ─ 당신의 네 형제와 마찬가지로 ─ 유틀란트 반도의 스카겐에서 태어났다. 스카겐은 덴마크 최북단에 위치한 인구 8000명의 소도시로, 그곳에서 나면 평생 물고기 말고는 할 얘기가 없다. 대대로 어부였던 한센 집안 사람들은 노르웨이의 크리스티안산이나 스웨덴의 예테보리처럼 그리 멀지 않은 다른 나라 해안으로 떠내려가지 않으려고 반도에 악착같이 매달려 있는 것 같은 그 땅끝 마을의 평온한 번영에 이바지했다. 세상의 습관과 우선순위가 변하자 한센 형제 중에서도 어떤 이는 어선을 팔고 어분魚粉 가공 전문으로 직종을 바꾸었지만 장남 토르는 여전히 암초를 피해 그 위험한 물을 누비고 다녔다. 관광객들이 으레 그레넨곶에서 조망하곤 하는 그 바다는 악천후가 절정으로 치달을 때 발트해의 물살과 북해의 물살 사이의 유구한 충돌로 깨어난다.

요하네스는 한센 집안에서 극소수파인 '육지생활자'

(dem der bor inde i landet) 지파에 속했다. 그는 일찌감치 바다에 등을 돌렸고, 이 나라의 가장 위대한 화가들을 끌어당겼던 그 반도의 독특한 빛들을 즐겨 바라보았다. 그 화가들의 스타일과 열의는 저 유명한 스카겐 화파를 낳았다. 고즈넉한 풍경, 일에 몰두해 있는 소박한 남자와 여자, 물이 합쳐지는 북해, 발트해의 선박들을 화폭에 담은 그 그림들은 사실 미술관에 전시되거나 국립미술학교의 관습적 규범을 깨뜨릴 법하지는 않다. 그저 성실하게 그려낸 좋은 그림, 그림에 대해 그 이상을 요구하지 않는 이곳 주민을 위해 그려진 그림이다.

아버지는 '육지생활자'였을 뿐 아니라 열두살 즈음부터 종교에 심취했다. 그때까지만 해도 종교란 그 집안 사람 모두에게 전혀 알려지지 않은 활동이었다. 세월이 많이 흐른 후, 아버지는 목회의 길을 택하는 계기가 됐던 특수한 정황에 대해 나에게 말해주었다. 모래 이야기, 역사와 바람에 떠밀리는 유사流沙 이야기를.

14세기에 반도 최북단, 도시에서 조금 떨어진 바닷가 바로 옆에 뱃사람들의 수호자들에게 바치는 교회 하나가 지어졌다. 폭이 45미터, 사다리를 타고 올라가게 되어 있는 합각머리 종탑까지의 높이는 22미터, 38열에 달하는 신자석, 위풍당당하고 독특하기로는 유틀란트 반도 전체에서 어디에도 빠지지 않는 건축물이었다. 하지만 물보라를 너무 많이 맞았던 탓일까, 폭풍의 입김에 너무 가까웠던 탓일까. 방풍벽 없이 정면이 노출된 교회는 머지않아 땅멀미에 시달리기 시작했고, 1770년경에는 모래가 차츰 안뜰로, 그다음에는 본당 안으로 침범해 들어왔다. 모래언덕은 밤낮도 없이 그악스럽게 교회를 갉아먹고 벽을 밀어냈다. 급기야 1775년, 무시무시한 모래폭풍이 교회의 모든 입구를 메워버렸다. 마을 사람들은 교회 안으로 들어가 예배를 드리기 위해 갱도를 파야 했다. 그들은 매주 벽과 입구에 쌓인 모래를 치워가며 이십년을 더 그 교회에서 예배드렸다. 그러나 바람은 결코 멈추지 않았고 모래도 차곡차곡 쌓였다. 그러던 어느날, 모래에 파묻힌 신이 항복을 선언하고 싸움을 포기했다. 성직자는 교회 세간을 모두 경매에 내놓고 교회 문을 닫았다. 지금은 모래가 건물을 완전히 뒤덮고 묻어버렸다. 종탑만 모래언덕 밖으로 18미터 남짓 드러나 있다.

아버지는 모래에 묻힌 교회당, 신앙의 잔해를 보고 목사가 되겠다는 뜻을 품었다. "그게 말이다, 내가 신앙이 없었을 때는 신앙이 무슨 뜻인지조차 몰랐지. 그 독특하고 기막힌 구경거리 앞에서 내가 느낀 건 순수한 미학적 감흥이었어. 그런 감흥은 일생에 한번밖에 없는 거란다. 마치 스카겐 화파의 한폭 그림 같은 정경이었지. 만약 그날 그 장소에서 합각지붕 시계탑만 빼고 죄다 모래에 묻혀버린 기차역을 봤다면 나는 목사가 아니라 역무원이 됐을 거야."
아버지는 그런 사람이었다. '육지생활자'였지만 끝없는
의심 속에서 항해를 해야 한다는 의식이 있던 사람, 때로
는 버려진 교회의 부실한 돛에 마음이 끌리고 때로는 철로
의 강건하고 모험 넘치는 삶에 매혹되었던 사람.

　내 어머니 아나 마들렌 마르주리는 스카겐을 두번 다녀
왔다. 그곳에서 한센 일가를 전부 만났다. 이 족속은 남녀
를 불문하고 모두 혹독한 기후에 잘 버티고 수백년을 그
렇게 살아온 사람들다운 체격을 지녔다. 어머니는 구스베
리와 크랜베리 잼을 곁들인 가자미와 장어말이, 프람드라
제그리드[5]를 대접받았고 아콰비트[6]를 조금 마신 후 모래
에 파묻힌 교회로 순례를 떠났다. 그 교회 종탑 앞에서 아
버지와 어머니, 당시 생존해 있던 한센 일가 전원이 줄지
어 서서 기념사진을 찍었다. 프랑스로 돌아오는 길에 어머
니는 아버지에게 땅 위에 남은 그 교회의 해골을 보고 느
낀 점을 말했다. "당신은 어떻게 그걸 보고 목사가 되고 싶
은 마음이 들 수가 있어? 암만 봐도 신과 교회의 무기력,
단념, 항복밖에 떠오르지 않던데. 내가 당신이었으면 당신

---

5 돼지고기, 쇠고기, 투박하게 썬 채소 등을 솥에 넣고 뭉근하게 끓여낸
　일종의 스튜로, 덴마크의 대표 음식이다.
6 감자를 재료로 증류한 스웨덴의 민속주로 스칸디나비아반도 국가에
　서 즐겨 마신다.

형제들처럼 자기들과 닮은 그 지역 여자랑 결혼해서 생선을 가루로 빻는 일에 전념했을 것 같아." 어머니의 말에 따르면 그때 아버지는 한참 고개를 끄덕이고는 성직자다운 미소를 띠면서 이렇게 말했다고 한다. "내가 생각해도 그래. 단, 내 형제들과 닮은 여자와 결혼하지는 않았을 거야."

아나 마르주리는 툴루즈에서 태어났다. 내가 한번도 뵌 적 없는 외조부모님은 '르 스파르고'라는 소박한 이름의—Le spargo는 라틴어로 '나는 씨를 뿌린다'라는 뜻이다—작은 영화관을 운영했다. 당시 '예술과 실험'[7]이라는 새로운 인증을 받은 후로 그 영화관은 「레 골루아즈 블뢰」 「블로 업」 「테오레마」 「자브리스키 포인트」 같은 이른바 고상한 영화밖에 틀지 않았다. 어머니는 아주 어릴 때부터 그런 영상들을 일상으로 접하면서, 끝날 줄 모르는 타이틀 자막과 의미심장한 음악, 도를 넘어선 키스와 난해한 드라마들에 둘러싸인 채 성장했다. 영화에 대해서라면 모르는 것이 없고 빈틈도 없는 백과사전이 되었다. 게오르크 빌헬름 파브스트 감독의 편집감독은 누구인지, 하워드 호크스 감독의 영화음악은 누가 작곡했는지, 장 엡스탱 감독의 조명감독은 누구인지 다 꿰고 있었다. 어머니는 전반적으로

---

[7] art et essai, 프랑스 문화부가 독립영화 발전을 목적으로 보조금을 지급하는 소규모 영화관에 주는 인증. 이 인증을 받은 영화관은 예술영화, 독립영화, 실험영화만을 상영할 수 있다.

너무 빤히 가늠되는 배우들의 기량보다는 영화 실무, 제작사, 감독, 제작자 쪽에 훨씬 더 관심이 많았다.

1960년 4월 툴루즈의 한센 가家는 모범적인 가정, 당시 기준으로도 매우 관습적인 가정을 닮아 있었다. 주의 깊고 절도 있으며 심란하리만치 잘생긴 남편은 이국적인 북구 악센트가 살짝 남아 있긴 해도 이제 또박또박 명쾌한 프랑스어를 구사했다. 그는 툴루즈 파르가미니에르 거리에 있는 오래된 교회의 부목사 자리에 지원했고 설교 능력으로 보나 행실로 보나 모두의 동의를 얻을 만했다. 남편에게 폭 빠진 것처럼 보이는 아내는 누구나 눈이 번쩍 뜨일 만한 미모를 타고났고 지적인 매력까지 돋보였다. 그녀는 아들 교육에 힘쓰는 동시에 1958년까지 부모님과 함께 운영한 그 품위 있는 영화관의 프로그램 선정도 맡아보았다. 어린 폴 크리스티앙 프레데릭으로 말하자면, 아직 판단력도 형성되지 않은 어린애였으므로 어른들이 하라고 하는 일을 정해진 시각에 했고, 예의범절에 맞는 행동들만 내보였으며, 일요일에는 꼬박꼬박 아버지를 따라 교회에 가서 세상 돌아가는 모습, 죄에 물들기 쉬운 세상의 약점에 대해 아버지가 힘주어 하는 설교를 들었다.

이 정물화에서 스카겐 화파도 미처 알아차리지 못했을 희미한 한점 그늘은 내 어머니였다. 어머니는 교회 일이나 신앙을 도통 이해하지 못했고 죄라는 관념 자체를 인정하지 않았으므로, 그녀의 발길이 예배당으로 향하는 일은 결코 없었다. 그런 사람이 왜 젊은 개신교 목사를 반려자로 삼았을까? 나중에 내가 가끔 어머니에게 이 질문을 던지기도 했는데, 그때마다 어머니는 항상 같은 대답을 했다. 내 입장에서는 퍽 당황스러우면서도 안심이 되는 대답이었다. "네 아버지가 참 잘생겼잖니."

식탁에서 언성이 다소 높아지고 아버지가 즐겨 써먹는 가시 돋친 주문을 읊어댈 때면 —"다만 몇시간만이라도 당신이 완전한 신앙 안에서 살 수 있기를 바라오."— 어머니는 우리 앞에서 길길이 날뛰기도 했다. 아나 마들렌이 느꼈을 감정이 나중에는 이해가 갔다. 다정하면서도 은근히 멸시 어린 그 참을 수 없는 친절에 어머니는 한치 물러섬 없이 맞섰다. "어떻게 그런 바보 같은 소리를 할 수가 있어?"

나의 아버지 한센 목사는 그 첫 사역에서 신자들의 환심을 사고 표면적으로 광범위한 동의를 얻어야 했기 때문에 관습적이고 실망스럽고 지독히도 고루한 모습을 보였다. 나는 진심으로 그렇게 생각한다. 하지만 사실 사람들이 다른 걸 바라기나 했나?

그 시절에는 일상의 소소한 생채기가 있었을지언정 내 부모님이 함께 살며 행복했다고 말할 수 있다. 나는 어디서 두 사람의 근원적인 공모 의식이 싹텄는지 몰랐고 지금도 여전히 모른다. 어떤 질문들이 나오면 분위기가 어색해지고 껄끄러워진다는 것은 일찌감치 느꼈지만, 아버지와 어머니가 어떤 상황에서 처음 만났는지, 유사流沙에서 빠져나온 스카겐 토박이 청년과 예술영화라는 종교의 수녀가 무슨 운명의 장난으로 1953년에 2420킬로미터의 거리와 언어의 장벽을 뛰어넘어 평생을 함께할 그 한판에 뛰어들게 되었는지 전혀 몰랐다.

오년 후인 1958년, 우리 가정에 처음으로 죽음이 찾아왔다. 여름밤, 그 나라에서 가장 아름답기로 손꼽히는 국도에서 내 외조부모님이 타고 있던 검은색 DS19 차량이 대파할 정도로 큰 사고를 당했다. 도로 양옆으로 쭉 늘어선 키 큰 플라타너스들은 꼭대기가 흡사 지붕을 이룬 듯했고 널따란 가장귀는 섬세하면서도 방패막이 되어주는 양산 같았다.

외조부모님은 카르카손에서 열린 라 시테 축제에 다녀오는 길이었다. 탑과 성벽 너머에 갇혀버린 저녁의 열기 속에서 그들은 장 데샹이 출연과 연출을 맡은 9000행에 달하는 영웅서사극 「롤랑의 노래」를 보러 갔다. "샤를 왕, 우리의 황제 마뉴, 일곱해를 온전히 에스파냐에서 보냈네." 어쩌면 그들은 이 구절을 머릿속에 간직한 채 죽었을 것이다. 잇따른 충격의 여파로 이 문장이 그들의 두개골 속에서 통통 튀었을 것이다. 그 각운이 그들의 기억에 들러붙고 매달려 흠집 난 음반이 튀듯 같은 구간이 계속 반복됐을 것이다.

새벽 1시쯤 전화벨이 울렸고, 고통과 슬픔의 파장이 단박에 집 안에 퍼졌다. 내가 지금 하는 이야기는 당연히 전부 나중에 부모님에게서 들은 것이다. 우리 가족을 뒤엎어버린 순간임에도, 나에게는 그 순간의 이미지나 특징적인 소리가 전혀 남지 않았다.

미디 운하의 물길이 갈라지는 노루즈에서 DS는 도로를 벗어나 플라타너스 한그루를 정면으로 들이받고 말 그대로 박살이 났다. 글래스파이버 지붕은 저만치 날아가 인근 밭도랑에 처박혔고, 조부모님의 시신은 국도 반대쪽 땅뙈기로 튕겨나갔다.

이른바 물길이 합쳐지고 갈라지는 그곳, 세상들의 분기점에는 거대한 돌 두덩어리가 불과 몇 센티미터 간격으로 놓여 있다. 전설에 따르면 그 두 돌이 만날 때 세상의 종말이 온다나.

그날밤, 돌들의 간격은 그대로였지만 마르주리 부부는 영면에 들었다. 생테티엔 대성당에서 장례미사가 있었고, 가톨릭 의례에 따라 그들 부부를 장사 지냈다. 아버지도 물론 참석했고 나름대로 마음이 쩡했던 듯하나, 주로 가톨릭의 허례허식, 전례의 책략, 경쟁자의 사기술에 주의를 곤두세웠다.

르 스파르고는 창업주 부부를 잃었지만 새로운 상근 관리자를 얻었다. 내 어머니는 그 영화관의 새로운 역사를 쓸 준비와 역량을 다 갖춘 사람으로 보였다.

1958년은 르 스파르고에 상서로운 해였다. 「나의 삼촌」 「차가운 땀」 「악을 향한 갈증」 「뜨거운 양철지붕 위의 고양이」가 몇주 연속으로 객석을 가득 채워주었고, 관객들은 닳아빠진 벨벳 시트와 딱딱한 팔걸이도 기꺼이 감수했다. 아나는 신형 필립스 제논 램프 영사기, 한층 개선된 음향 시스템, 반사율이 우수한 스크린을 들여왔다. 작은 영화관 르 스파르고는 시설만 개선한 게 아니라 인테리어도 예쁘게 바꾸었다. 나중에는 미용술의 도움도 받을 터였다.

소규모 영화관들과 마찬가지로 예배 장소들도 마지막 좋은 시절을 한창 누리고 있었다. 비록 그 전복은 아직 시작에 불과했지만 세상은 변하고 있었고, 아버지는 신도들을 잡아놓기 위해 분투하며 설교문을 쓰고 또 고쳐 썼다. 사람들은 덜 관습적이고 더 허용적인 다른 기분전환거리를 찾아내고 시험할 생각밖에 없었다.

내 나이 열살 무렵, 주의력이 좀 있는 사람이면 누구나 구세계의 접합점들이 삐걱대며 갈라지는 소리를 들을 수 있었다. 우리는 롱바르 강변에 있는, 천장이 아주 높고 오래된 집에 살았다. 나무 덧창이 달린 커다란 창은 철 따라

색이 변하는 강 쪽으로 나 있었다. 여름에는 나이 많은 플라타너스들이 저녁 그늘을 드리웠고, 밤에는 가론강이 흐르는 소리가 스르르 들릴 듯 말 듯 했다.

피에르드페르마 중학교는 가론강과 우리 집에서 그리 멀지 않았다. 하지만 아버지가 예배를 인도하는 교회와 지나치게 가까워서 내 마음에는 들지 않았다. 나는 거리 끝 괴상한 교회 계단을 황급히 내려오는, 성직자의 단정한 회색 양복 차림에도 불구하고 훤칠한 플레이보이처럼 보이는 그 남자가 나의 아버지라는 사실을 무슨 일이 있어도 알리고 싶지 않았다. 나는 학교에서 모두에게 아버지가 '생선가루 수입업자'라고 말해두었다. 아멘. 아버지에게도 그 거짓말을 털어놓았고, 혹시 누군가와 직업 얘기를 할 일이 있으면 그냥 내 말이 맞는 것처럼 해달라고 애원했다. 아버지는 이렇게 대꾸했다. "네 아버지의 직업을 부끄러워해서는 안된다. 불명예스러운 일도 아닌걸. 오히려 그 반대지. 덴마크에서는 목사님 아들들이 얼마나 아버지를 자랑스러워하는데."

그날을 기점으로 내 학교 관련 일, 교사들을 만나서 처리해야 하는 일은 다 어머니 소관이 되었다. 아버지는 두 번 다시 그 일을 입에 올리지 않았다. 하지만 어느날 저녁, 내 책상에서 아버지가 나에게 두고 간 쪽지를 발견했다. 나는 아직 어린애였고 그 쪽지를 읽고 무척 당황했지만 이유 모를 모호한 슬픔도 느꼈다. 아버지의 글씨체로 쓰인 문장은 이것이었다. "나는 재미를 좇는 어린아이지만, 그 아이를 지루하게 하는 개신교 목사와 겹쳐 있습니다. 앙드레 지드."

12월 31일 저녁 8시쯤, 경쟁 관계에 있던 갱단 출신 죄수 10여명이 우리 구역 통로에서 과격한 난투극을 벌였고 우리는 모두 독방 격리 절차를 밟게 되었다. 구급차가 교도소 마당에 들어와 칼부림으로 중상을 입은 싸움 당사자 두명을 싣고 갔다. 한 해의 마지막 날 저녁을 위해 마련한 소소한 행사들은 당연히 모두 취소되었다.

우리 대부분이 잠자리에 들어 있던 자정께에, 멀리서 금속 물체로 감방문을 쿵쿵 내리치는 소리가 들려왔다. 육중하고 둔탁하며 규칙적인 그 소리가 텅 빈 복도에 울려 퍼졌다. 잠시 후, 다른 누군가가 문 때리는 소리를 냈다. 세번째 소리가 이어졌다. 불과 1분 사이에 구역 전체가 동참한 그 꿍음 시위는 교도소의 다른 별관들로 이어졌다. 마치 거대한 강철 심장의 박동 소리가 하늘까지 울려 퍼지는 것 같았다. 추방당한 자들의 염원을 담은 성가처럼. 나는 그런 소리는 난생처음 들어봤다. 패트릭은 마귀에 씌인 놈처럼 기운이 뻗쳐서는 결코 무너지지 않을 걸 알면서도 벽을 마구 내리쳤다. 벽을 노려보고, 벽에게 미소를 짓고, 온

힘을 다해 때려댔다. 그 모습을 보고 그 난리를 듣고 있자
니 닭살이 쭈뼛 돋았다. 사실 우리는 서로 다른 것들을 때
리며 합주를 하고 있었다. 우리는 저마다의 고통을 때렸다.
우리가 감내해야 했던 멸시를 때렸다. 부재하는 가족들을
때렸다. 시건방진 판사, 바쁜 치과의사, 딱 떨어지게 정의
할 순 없지만 조만간 패트릭 호턴이 어떤 식으로든 "두쪽
으로 찢어 죽일" 인간들을 때렸다. 그 2010년의 첫 밤에, 우
리는 얼어붙은 강 바로 옆 얼어붙은 감옥의 감각 없는 배
속에서 둥둥 울리는 북 비슷한 한무리의 수감자들이었다.

　이윽고 보이지 않는 손이 소리의 분압기를 낮추기라도
한 것처럼 벽 치는 소리는 차츰 잦아들었고, 기어이 어둠
속으로 사라져버렸다.

　그날밤에는 순찰이 없었다. 감시 당번들은 자기네끼리
있었고, 우리는 우리의 총 형량과 함께 있었다. 1년이 빠
졌다.

　오늘은 2010년 1월 3일이다. 내일이면 내가 이 건물에
갇혀 산 지 열네달째다. 패트릭은 그림을 그리는 중이다.
뒷모습을 보고 있으면 꼭 어린애가 제 작품에 들러붙어 세
상의 한조각을 그 형태와 색채 전부로 열심히 재현하는 것
같다. 패트릭은 그림을 자주 그린다. 순진무구한 구성화,
풍경화, 초상화, 그리고 물론 자기 역량이 허락하는 한 최
대한 사실적으로 그려보려고 기를 쓰는 오토바이 그림도

있다. 때때로 패트릭은 중학생처럼 자기 그림을 선만 그대로 따서 옮겨 그리고 색연필로 칠하며 한두시간을 소일한다. 사람을 죽였다는 거인이 어린애 같은 일에 최선을 다해 매달리는 모습은 왠지 뭉클한 데가 있지만, 인간 영혼의 옛같은 미궁에 대해 새삼 의문이 드는바, 되레 무섭고 불안해지기도 한다.

"당신 일을 얼마 전에 심리상담사와 다시 생각해봤어. 당신은 방향이 틀렸어." 패트릭은 조심조심 종이 위에 선을 그어나가면서 심사를 받을 때는 이러저러하게 행동해야 한다고 훈수를 둔다. "어렵지 않아. 그냥 상대가 듣고 싶어 하는 말만 하면 돼. 단순하게 가. 내가 한 일이 후회돼 죽을 것 같습니다. 나는 넘어선 안될 선을 넘었습니다. 게다가 변명의 여지도 없습니다. 부모님은 반듯한 분들이셨고 날 그렇게 빌어먹을 놈으로 키우지 않으셨습니다. 음, 옥살이가 나에게 도움이 된 것 같습니다. 이곳에서 존중을 배웠고, 홱 돌아갔던 내 눈깔이 제자리로 돌아왔습니다. 이제 나가서 제대로 직업교육을 받을 준비가 된 것 같습니다. 버스운전사가 되고 싶어요. 아, 버스가 내키지 않으면 아무거나 마음에 드는 걸로 바꿔도 돼. 중요한 건 그 멍청이가 흡족해하는 거야. 상대가 이 사람은 내 앞에서 빤스 한장만 남기고 홀딱 벗은 몸이구나, 알아서 길 준비가 됐구나,라는 인상을 받아야 해. 뭔지 알아먹었지? 규칙은 간단해. 용기는 날아갔고 비굴함만 남았다고 믿게 만들라고. 지우개 좀 던져줘. 젠장, 말하면서 그러면 꼭 삐져나오네."

이런저런 형량을 다 합치면 아직 오래 살았다고 할 수도 없지만 패트릭 호턴은 이미 오년을 감옥에서 보냈다. 나는 여기서 언제 나갈지 모른다. 내가 저지른 일로 2년 형을 받았으면 범죄행위의 경중에 비추어 그럭저럭 적당한 것 같다. 내가 보기에 극악의 중죄는 아니지만 대수롭지 않은 죄도 아니다. 하지만 내 경우에는 호턴의 공식을 써먹기 힘든 중대한 문제가 있다. 내가 여느 평범한 시민에게 그런 짓을 했으면 얼마든지 진심으로 후회하고 유감스러워할 수 있다. 하지만 나에게 공격을 당한 그 피해자에 한해서는 내 행동이 백번 타당한 것이었다. 심사고 나발이고 그 인간에게는 영원히 자비도 용서도 없을 것이다.

패트릭을 끔찍이도 아프게 한 농양은 이제 불쾌한 기억에 불과하다. 하지만 매일 저녁 양치질을 하면서 어김없이 잇몸에 뻥 뚫린 구멍을 나에게 보여주려고 한다. "이 빌어먹을 이빨이 지금 어디 가 있나 몰라. 아니, 어쨌든 내 이 잖아. 썩었어도 내 이는 내 이지. 게다가 크라운을 씌운 이였단 말이야. 의사새끼가 나에게 돌려줬어야지. 그놈의 세라믹을 한다고 돈을 처발랐는데. 그걸 회수해서 다른 이를 만들거나 아예 다른 물건을 만들 수도 있을 텐데. 어떻게 생각해?"

나는 패트릭이 좋다. 하지만 패트릭은 어디로 튈지 모르는 사람이고, 때때로 황당무계한 말을 늘어놓거나 아예 말이 안되는 생각에 매달린다. 크리스마스를 며칠 앞두고 패트릭이 간수 한명과 세상 심각한 얼굴로 한참 얘기를 나누는 걸 봤다. 그 간수라는 사람도 사고방식이 패트릭과 비슷해 죽이 잘 맞는 모양이었다. 패트릭은 자기 친구 중에 손을 대지 않고 포크를 구부릴 수 있는 사람이 있다고 했다. 그는 자기 얘기에 완전히 매료당한 상대 앞에서 몸짓으로 재현까지 해가면서 식탁 위의 포크가 스파게티 가락처럼 맥없이 구부러지는 광경을 눈으로 똑똑히 보았노라 주장했다. "그런 걸 염력이라고 해. 자료를 찾아봤어. 내 친구는 염력을 쓴 지 몇년 됐어. 사실 물건을 이동시키는 건 못해. 그러니까 이쪽에서 저쪽으로 옮기고 그런 건 못해. 그런 건 안된대. 하지만 구부리는 건 아무거나 잘해. 아니다, 그것도 너무 두꺼운 건 안돼. 숟가락이나 포크는 식은 죽 먹기지. 하지만 드라이버 같은 건 못하더라고. 친구가 그놈의 드라이버를 구부려보겠다고 끙끙대는 걸 몇번이나 봤는지 몰라. 한시간, 두시간씩 그러고 앉았는데 결국은 말짱 꽝이었어. 게다가 완전히 진이 빠져서, 땀에 흠뻑 젖은 채 나가떨어졌지. 그래서 그 친구 마누라가 집에 있는 드라이버란 드라이버는 죄다 안 보이게 숨겨놨어. 인도에도 내 친구 같은 사람이 있는데, 그 사람은 손 안 대고

냉장고 문을 열고 자전거 바퀴를 돌릴 수 있대."

시간이 흐르면서 나도 결국은 호턴의 이런 괴상한 발홍, 예고도 없이 확 타올랐다가 적절한 연료, 말이 통하는 상대를 찾지 못하면 금방 식어버리기도 하는 특유의 흥분에 익숙해졌다.

연중 이 시기는 오후 4시 30분이면 컴컴해진다. 저녁 식사가 나오는 시간이다. 그다음에는 우울의 안개가 내려앉고, 저마다 그 안개 속에 홀로 처박히는 듯하다. 바깥에서는 사람들이 일을 마치고 눈과 추위에 맞서며 집으로 돌아가는 행복한 오후의 끝자락이지만, 여기선 그 시각이 아주 고약한 때다. 나도 렉셀시오르에서는 이 시간쯤이면 일에서 손을 놓고 집에서 위노나가 돌아오기를 기다렸다. 그다음에는 곧잘 둘이서 누크를 데리고 아헌트식 공원으로 산책을 나갔다. 그럴 때면 우리는 모든 속박에서 풀려나 시간 속을 둥둥 떠다니는 기분이 들었다. 비로소 우리 삶의 온전한 주인이 된 것 같았고, 아무 걱정 없이 옮기는 발걸음마다 행복의 성분을 흩뿌리고 다녔다. 그러는 동안 우리 개는 흰 털을 눈더미에 비비고 굴렀다. 이따금 눈을 감고 그 에덴동산의 저녁 산책을 떠올려보려 한다. 하지만 모처럼 내 기억력이 빈약한 복원이나마 끈기 있게 시도하더라도 번번이 복도와 감방에서 우악스럽게 터지는 소리에 모든 것이 허물어진다. 바로 그럴 때 옥살이가 무엇인지 제대로 깨닫는다. 망자들과 함께 걷는 잠깐의 시간조차 불가능하다. 탈주는 고질적으로 불가능하고.

이미 말했듯이, 망자들은 이곳으로 나를 찾아올 수 있다. 하지만 나는 결코 밖에서 그들과 만날 수 없다.

이제 패트릭의 시간이다. 이 루틴만큼은 도저히 익숙해지지 않는다. 그는 변기를 덮은 천을 치우고, 바지를 내리고, 변기에 앉아 얼굴의 혈관이 부풀어오를 만큼 힘을 잔뜩 주면서도 시선은 계속 나를 향한다. 깊은 물에 돌멩이 떨어지듯 풍덩 소리가 났으니 1차 납품은 끝났다. "내가 언제 재판을 받게 될지 아직도 모르겠어. 변호사를 바꿔야 되는 게 아닌가 싶은데 말이야. 지금 변호사는 마음에 안 들어. 생긴 것도 무슨 보이 밴드 멤버 같은데 태슬 장식 로퍼를 신고 다니더라고. 진짜야. 지난번에 그 머저리가 판사를 보러 오면서 태슬 달린 신발에 치어리더나 신는 발목 양말을 신고 왔다니까." 다시 힘을 주느라 잠시 말이 끊어진다. 풍덩, 날숨, 확 풀어지는 표정. "그 녀석은 치워버려야겠어. 느낌이 안 와. 아무렴, 난 험악한 오라가 풍기는 변호사가 필요해. 그냥 등장만 해도 판사가 바짝 긴장하는 마피아 변호사 같은 사람 있잖아. 하비에르 바르뎀이나, 또 누구더라, 거시기…… 토미 리처럼 똘끼가 좀 있는 인간. 발레리나슈즈를 신고 나풀나풀 춤이나 추는 인간은 필요 없어."

패트릭이 일어나더니 뒤돌아서서 덩어리들을 확인하고 물을 내린다. 물이 확 쏟아지면서 꼭 닮은 덩어리들을 쓸고 내려간다.

나는 침대 가장자리에 앉아 다른 생각을 하려고 애쓴다. 우리에게 강요된 이 사생활의 침범을, 패트릭은 익숙해져서 아무렇지도 않은 듯한 이 침범을 잊고 싶다. 나는 금방 끝날 거라고, 다음번에 심사관을 만나 까다로운 질문에 대답하고 숙달된 위선자처럼 아무것도 모른다는 듯 무구하고 명쾌하게 '참회'를 시전하기만 하면 된다고 생각하려 한다.

그러는 동안 패트릭이 변기에 흰 천을 도로 덮는 모습이 보인다. 나도 볼일을 보고 싶다. 그런데 그게 안된다. 시간이 많이 지났는데도 도저히 그럴 수가 없다.

복도에서는 아직도 뭔 일이 있나보다. 서로 떠밀고 실랑이하는 소리, 성난 외침, 욕설, 그러다 다시 조용해졌다. 밤과 넉넉히 지급된 벤조디아제핀[8]이 제 역할을 하기 시작한다. 곧 감옥의 배腹는 서서히 소화를 시작할 수 있을 테고, 그곳에 거하는 모든 이도 서서히, 짧은 하룻밤 동안은, 모습을 감출 것이다.

8 불안증을 치료하기 위해 흔히 사용하는 약물.

목사의 의심

1968년 아버지가 특이한 자동차를 덜컥 구입한 것은 그해의 풍토, 그 반항의 공기에 영향을 받은 탓이라고 생각한다. 완전히 혁명적인 발상의 엔진을 탑재한 그 차는 다들 희희낙락하는 분위기 속에 '올해의 차'로 뽑혔다. NSU Ro 80(Ro는 로터리피스톤Rotationskolben을 의미한다)은 그 유명한 코모터, 즉 반켈이 대량생산용 자동차를 위해 설계한 최초의 로터리 엔진을 장착한 가정용 승용차다. 기술 혁신에 민감했던 목사는 좀더 소박하고 기술적으로 관습에 충실한 차량에 얼마든지 가족을 태울 수 있었건만 그 독일제 세단을 구입했다. 어쩌면 그때까지만 해도 후사를 더 두고 프랑스 남서부 지역에 한센 가의 표식을 더욱 공고히 남길 생각이 있었는지도 모른다. 어쨌거나 그 NSU 바이로터는 놀라운 수용 능력에도 불구하고 얼마 못 가 완전한 실패작으로 밝혀졌다. 미래 세계의 기술과 창의성을 선구적으로 보여준다던 Ro 80은 야망을 접었다. 판매는 급락했고, 얼마 못 가서 이 차만으로도 파산할 지경이 됐다. 이후 NSU라는 브랜드 자체가 아우디에 합병되면서 사라져버렸다. 아무튼 영광은 누렸으되 세상에 잘못 나온 셈인 그 차가 우리 집에 들어온 때는 아버지와 어머니의 관계가 틀어지기 시작한 때와 얼추 맞아떨어진다. 그 시기는 목사와 교회의 관계가 틀어지기 시작한 때이기도 했다.

그 1968년 봄에 르 스파르고는 외관을 간단하게 손보고 새롭게 끓어오르는 기운에서 활력을 얻었다. 여느 사회집단들이 다 그랬듯 영화계도 여전히 포석으로 덮여 있던 구세계의 공장, 대학, 거리를 휩쓸고 가는 자유의 거센 바람을 정면으로 맞았다. 고다르가 칸 영화제에서 영화를 통해 파업을 격찬하고 투쟁들의 융합을 부르짖자, 내 어머니 아나 마르주리는 그 지역 투쟁의 뮤즈로 변신했다. '예술과 실험'도 고다르의 투쟁에 동참해 프로그램을 뒤엎었다. 르 스파르고는 온갖 종류의 총회에 아지트를 제공했고, 광범위한 종류의 토론회를 열었다. 그러한 모임들의 유일한 제약은 끝나는 시각이 너무 늦다는 것뿐이었다. 모임이 끝나면 자극적인 비판의 연기와 습기가 가득한 밤, 안개 속이었다.

아나는 낮에는 그해의 개봉 영화를 틀었다. 「로즈메리의 아기」「파티」「2001 스페이스 오디세이」「도둑맞은 키스」 같은 영화를. 저녁이 되면 맑스, 레닌, 트로츠키, 마오쩌둥, 바쿠닌이 영화보다 상석을 차지했다. 이런저런 소집단들이 밀려 들어오고, 회합은 줄줄이 이어졌다. 그들은 홀 전체를 열광시켰고, '대중의 의식화'에 임하는 자기들의 자세를 증명해 보이려고 기를 썼다.

어머니는 가끔 나를 그런 모임에 참석시켰다. 열세살이던 나는 미지의 땅을 발견한 것 같았다. 그때까지 한번도 들어보지 못한 새로운 자유의 언어는 매혹적이었다. 거의 외국어에 가까운 오만불손, 격분, 무례, 유머의 언어가 죽은 자도 벌떡 일어나게 할 만한 문장들을 시도 때도 없이 내 삶에 퍼부었다. 물론 그게 무엇에 대해서 하는 말인지, 무슨 뜻으로 하는 말인지 이해하지 못했지만 말이다. 그렇지만 나는 의미 본연의 진동을, 그 최초의 주파수를 감지했다. 이를테면 "샤를 왕, 우리의 황제 마뉘, 일곱해를 온전히 에스파냐에서 보냈네" 같은 것이다. DS19의 지붕이 날아갈 때 내 조부모님의 머릿속에서 이 구절이 굴러다녔던 것처럼, 그 떨림은 내처 내 머릿속을 맴돌았다.

어머니는 영화관 입구에 대형 포스터 패널을 세우고 상영 시간표, 향후 토론회 주제, 서로 으르렁대는 듯한 온갖 슬로건, 정보성 메시지 등을 붙여놓았다. "화염병 만드는 법. 병에 휘발유 3분의 2, 모래 3분의 1, 약간의 가루비누를 채운다. 휘발유에 적신 천으로 병 입구를 틀어막는다." 설명할 수는 없지만 희한하게 친숙한 문장들, 우리에게 확 들어와 단박에 자리를 잡는 마법의 문장들도 있었다. "유리창에나 들러붙어 있어. 벌레들하고 찌부러져 살아." 이 슬로건은 잊을 수가 없다. 그리고 이 문장도 그렇다. "굶어 죽지 않는다는 보장과 지루해서 죽는다는 확신을 맞바꾸는 세상은 원치 않는다." 그리고 그 대형 패널에서 표적이 좀더 분명한 경고문, 가령 "고다르, 친중 스위스인들 중에서도 최고의 머저리" 같은 대자보도 읽을 수 있었다. 그 대자보 때문에 영화관 앞 보도와 홀에서 수정주의자라는 평판을 듣는 공산주의자들과 명문가 적통을 자처하며 자연혁명론을 지지하는 마오주의자들 사이에 몸싸움이 일어났다. 마지막으로 패널에서 눈에 잘 안 띄는 왼쪽 구석에 압정으로 꽂혀 있던, 개중 가장 얌전한 21×29.7 규격의 벽보가 기억난다. 하지만 어느날 저녁 우리를 데리러 온 아버지는 그 벽보 앞에서 우뚝 멈춰 서 비즐라 사냥개처럼 꼼짝도 하지 않았다. 벽보에는 "예배당의 그늘에서 자유롭게 사유한다는 것이 어떻게 가능한가"라고 쓰여 있었다.

그 자그마한 비방문을 마주한 순간, 아버지와 남편은 대기 중으로 증발해버렸다. 모욕당하고 격노한 종교인은 자기 가족에게 배신당했다고 생각했다. 그는 펠릭스 하인리히 반켈(1902~88)이 절묘하게 고안한 로터리 엔진이 장착된 Ro 80에 무책임한 자기 가족을 태우고 강변에 있는 집으로 돌아왔다.

그날밤 있었던 일은 전부 기억한다. 각자 상대의 신념을 무너뜨리기 위해 구사한 말, 그러한 목적으로 구사한 목소리의 음량, 그뿐 아니라 숨 막힐 듯 축축했던 공기, 강에서 올라오던 흙내, 아버지가 뛰쳐나가 현관문을 세게 닫았을 때의 그 매서운 소리도 기억한다. 그날, 스카겐 출신의 남자는 한밤중에 집을 나갔다. 어딘가로 가서 분노의 모래 속에 잠기기 위해.

하지만 그전에 신의 분노를 한껏 발했다. 유틀란트 사람 억양이 약간 묻어나는 초등학생 프랑스어로 말이다. "지금도 당신이 목사의 아내라는 생각은 안해? 당신이 원하든 말든, 그게 현실이야. 그 직함만으로도 당신에게는 내 직분을 모독해서는 안된다는 최소한의 의무가 있다는 걸 기억하도록 해. 당신이 교회에 코빼기도 안 보여도 나는 군말 없이 받아들였어. 심지어 내 신도들은 대부분 내가 미혼인 줄 알아. 당신이 매일 저녁 영화관을 열고 정치적 모임을 꾸려도, 그중 몇몇 모임에서 싸움이 나서 기동대원들이 진압을 하러 와도 나는 아무 말 안했어. 지역신문에서 당신을 여성 혁명운동가로 소개하고 당신 영화관

을 '혁명 전위파의 예술적 용광로 중 하나'라고 평했을 때
도 나는 가만히 있었어. 하지만 오늘 저녁 당신 영화관 앞
에 당신이 세워놓은 패널에 '예배당의 그늘에서 자유롭게
사유한다는 것이 어떻게 가능한가'라는 말이 떡하니 적혀
있는 걸 보고 정말로 수치스러웠고 모욕감을 느꼈어. 나는
그거 이해 못해. 이해할 수가 없어. 그리고 어떻게 열세살
짜리 아들을 그딴 꼴을 보라고 데려갈 수 있지? 대학생 폭
도들이 할 말, 못할 말, 아무 말이나 늘어놓고 서로 쌍욕을
해대는 난장판에 애를 왜 데려가? 그 나이대 청소년이 밤
에 그런 데서 뭘 해? 그게 정상이야? 당신이 뭘 원하는지
모르겠어, 아나. 난 이제 정말 아무것도 모르겠어."

　스탈린 오르간[9]처럼 강력한 어머니의 반격이 지체 없이
아버지에게 쏟아졌다. 어머니의 반박은 새로운 투사들의
선전 자료를 일부 답습한 것이었다. 삶의 주도권을 되찾길
원하고, 신과 주인에게서 벗어나길 원하며, 공장을 메운
사람들에게 권력을 돌려주길 원하고, 요컨대 아무 구속 없
이 즐기는 게 뭐가 나쁘냐고 주장하는 투사들 말이다.

　그 시대의 목사에게 ─ 설령 그가 스카겐 출신의 덴마
크인이고, 뼛속까지 어부 집안의 아들이며, 가자미와 장
어말이를 먹고 자랐고, 존중과 관용 속에서 성장했을지라

9 소련의 다연장 로켓포. 로켓을 쏠 때 나는 굉음이 오르간 소리 같다
　고 해서 이런 별칭이 붙었다.

도—그건 너무 독한 약, 꿀꺽 삼킬 수 없는 쓰디쓴 약이었다.

그래서 그날밤 요하네스 한센은 대화를 중단하고 뛰쳐나가 집 현관문을 부서져라 닫고는 돌계단을 허겁지겁 내려가 차에 탔다. 자동차는 특유의 엔진음을 토해냈고, 그는 플라타너스가 우거진 롱바르 강변을 따라 가족에게서 먼 곳으로 갔다.

선과 악이 뒤엉킨 실타래는 도무지 풀리지 않았다. 장차 다가올 세상의 신조는 어떤 것일지 알 수가 없었다. 그날 밤, 그의 내면에서 신앙이라고는 한 오라기도 찾을 수 없었다.

오늘 오후 산책은 짧게 끝났다. 영하 20도 날씨에 굳이 바람을 쐬러 마당에 나가는 사람은 거의 없었다. 패트릭과 나는 그 몇 안되는 예외에 속했다. 비록 나는 기관지가 타들어가는 것 같고 수족냉증이 심해서 그런 날씨를 잘 견디지 못하지만 말이다. 호턴은 이 겨울의 세상에도 끄떡없는 단열재로 만들어진 사람 같다. 나는 그 친구가 오늘보다 더 추운 날에도 교도소 마당 운동용 벤치에 누워 봄의 해빙 혹은 아령을 들어 올리듯[10] 맨팔을 드러내고 체력을 단

10 '봄의 해빙'(fonte de printemps)과 '아령을 들어 올리다'(soulever de la fonte)를 이어 쓴 말장난.

련하는 모습을 보았다. 패트릭은 그런 식으로 지배적 수컷의 영역을 표시하기 좋아한다. 신체적 잠재력을 과시해 간수나 다른 죄수들이 다가오지 못하게 기를 죽이는 것이다. 그들은 대부분 패트릭과 일대일로 마주할 때 원초적인 알파벳과 위협의 언어밖에 알아듣지 못했다.

오늘 패트릭이 처음으로 자기 아버지 얘기를 했다. 그의 아버지는 어느 CEGEP[11]의 기계공학 교수였다. 패트릭은 아버지가 여행을 가거나 휴식을 취하는 모습을 한번도 보지 못했다고 한다. 그의 아버지는 늘 학생들을 가르치는 일에 매여 있었고, 수백명의 청소년을 장차 직업인으로 잘 길러내느라, 패트릭의 말에 따르면 아내와 세 아이를 까맣게 잊을 정도로, 열과 성을 다했다. 아버지는 집에서 아내나 아이들과 마주쳐도 못 본 체하는 버릇이 있었다. "처음에는, 그러니까 나랑 형이랑 누나가 다 어렸을 때는, 우리가 무슨 잘못을 해서 아버지가 저러는 게 아닐까 생각했어. 어느날 어머니에게 물어봤지. 그랬더니 어머니는 천치 같은 대답 중에서도 가장 천치 같다고 할 만한 대답을 해줬어. '아버지는 일이 많아서 그래.' 우리는 어머니가 그 문제에 대해 얘기하기 싫어한다는 걸 알았어. 그래서 우리도 똑같이 했지. 아버지는 없는 셈 치고 우리끼리 살았다,

11 Collège d'Enseignement Général Et Professionnel, 캐나다 퀘벡주의 2~3년제 고등교육기관.

이 얘기야. 그래도 하루는 아버지가 다른 사람들에게는 어떻게 하는지 보려고 CEGEP에 가서 몰래 숨어 있었어. 그런데 젠장, 수업이 끝나고 잠깐 쉬는 시간에 내가 한번도 보지 못했던 아버지의 모습을 본 거야. 아버지는 좆나 젊어 보였어. 게다가 모두에게 말을 걸고, 그 좆같은 제자들이랑 생글생글 웃고, 걔들을 자기 새끼 보듯 하면서 농담까지 하더라고. 아버지가 그 학생들을 사랑하는 것처럼 보이는 것이 제일 좆같았지. 정말이야, 그 쉬는 시간에 아버지가 학생들에게 한 말이 우리가 평생 아버지에게 들어본 말보다 더 많았어. 그날 나는 울었어. 진짜야. 형하고 누나한테는 말하지 않았어. 그냥 그 이상한 집구석에서 계속 살았고, 집에서 나올 수 있게 되자마자 도망쳐 나왔지. 이제 그 머저리도 퇴직을 했어. 어머니는 계속 같이 살아. 어머니한테는 가끔 전화를 해. 우린 아버지 얘기를 절대 안해. 죽은 사람인 셈 치는 거야."

우리는 잠시 앉으려고 마당에 못 박혀 있는 벤치로 갔다. 그러고 나서는 한마디도 하지 않았다. 매서운 바람이 얼굴을 할퀴고 편물 모자의 그물코 사이로 파고들었다. 땅거미가 서서히 내려앉았고, 잠시 후면 그곳이 무덤처럼 컴컴해질 터였다. 내가 모르는 죄수 한명이 다가와 벤치 반대편 끄트머리에 앉았다. 그가 자세를 편하게 잡기도 전에 호턴은 고개도 돌리지 않고 이렇게만 말했다. "꺼져." 그는 감전이라도 된 것처럼 움찔하더니, 자리를 박차고 일어나 발밑에서 낭떠러지를 발견한 사람처럼 황급히 도망갔다.

방에 돌아와 보니 간수 두명이 우리 소지품을 전부 헤집고 구석구석 뒤지고 있었다. 변기 덮는 천이 매트리스 위에 날아가 있었고, 몇장 안되는 티셔츠도 변기 아래 떨어져 있었다. 치약, 칫솔이 바닥에 아무렇게나 나뒹굴었다. "씨팔, 이게 웬 개판이야. 어이, 샴쌍둥이들, 지금 뭐 하는 거야." 정밀수색이라나. 우리 구역의 어느 방에서 마약이 발견됐다고 했다. 간수들이 우리 방에서 나가려는 순간, 호턴이 그들에게 가까이 오라고 손짓을 했다. "씨팔, 니들 아무것도 못 찾을 뻔했지. 나는 다 여기 꿍쳐두걸랑." 호턴은 그렇게 말하면서 자기 음경과 고환을 움켜잡고 바지 밖으로 꺼내서 간수들의 코앞에 대고 잠시 흔들어댔다. '샴쌍둥이' 중 어느 쪽도 호턴의 진술을 직접 확인할 마음은 없었다. 호턴은 어차피 이긴 게임인 것을 알고 우세를 더 밀고 나갔다. "여기 한봉지 꿍쳐놨다니까? 좋은 물건이야."

문이 닫힌 후에는 전부 제자리에 돌려놓고, 옷을 개고, 더러워진 것을 닦아야 했다. 패트릭은 자기 무리에서 멀리 끌려와 우리에 갇혀 간수들에게 학대당하는 한마리 고릴라처럼 화를 주체 못하고 연신 구시렁댔다. 감방 안이 다시 깨끗해지자, 그는 그림 공책을 펴고 색연필을 꺼냈다. 손을 들어 직선을 몇번 긋고, 살짝 꺾인 선도 몇가닥 긋고,

그다음에는 균일한 곡선, 대략적인 윤곽선을 그렸다. 완벽한 빛의 우주, 아버지들이 결코 존재하지 않는 그 반도에 말없이 처박힌 스카겐 화파의 문하생처럼. 세상을 다시 만들 수 없었기에 다시 그리는 일에 몰두했던 어린아이 시절부터 오직 그만이 알던 장소에 가 있는 것처럼.

1968년 5월이 내 부모의 삶에 남겨놓은 균열을 좁히는 데는 시간이 제법 필요했다. 서른여덟살이던 어머니는 그 역사의 탈수기에 단박에 뛰어들었지만, 아버지는 유리창 너머에서 뒷짐을 지고 탈수기가 돌아가는 모양새를 구경할 수밖에 없었다.

68혁명의 이듬해, 내 부모는 축제의 폭격이 그들 부부에게 입힌 피해를 복구하려고 노력했다. 1969년 여름에는 온 가족을 NSU Ro 80의 회색 벨벳 시트에 주도면밀하게 배치하고는 2420킬로미터를 달려 서로 아예 다른 태양계에 속한 두 행성을 오가기로 작정했다. 기대와 달리 '바이로터'는 장점을 한껏 발휘해 그 먼 거리를 이틀 조금 더 걸려 주파했고, 어머니와 아버지는 번갈아 운전대를 잡았다. 그때 유틀란트에 처음 가봤다. 나는 도착하자마자 모래언덕도 밀어버리는 거센 바람에 휘청댔고, 물의 표피에 은색 비늘을 더하는 반투명한 빛에 젖어들었으며, 일개 소대만큼 머릿수가 많은 친척의 환대에 둘러싸였다. 희한하게도 곧바로 내 가족들과 같이 사는 기분이 들었다. 나도 금세 그들처럼 청어에게 말을 걸고, 폭풍을 해독하고, 다른 두 명의 한센과 함께 창고지 근처에서 다른 물고기들의 먹이가 될 어분을 포대에 채우게 될 것만 같았다.

저마다 큰 목소리로 말을 했고, 채찍질 같은 웃음소리가 모두 모이는 큰 방 구석구석에 울려 퍼졌다. 작은 접시들에 놓여 있던 온갖 음식은 거인들의 식욕에 오래 남아나지 못했다. 어머니와 나는 그 자리에서 오가는 얘기를 거의 알아듣지 못했지만, 휴가를 맞아 놀러온 두 영국인 관광객처럼, 현지에 눌러앉고 싶어 하는 수줍은 침입자처럼 우리의 잔을 손에 꼭 쥔 채 규정에 적합한 미소를 입가에 계속 걸고 있으려고 노력했다. 때때로 아버지는 우리한테 와서 허리를 부여안고 아까 인사한 사람보다 키가 더 큰 새로운 한센 가 사람을 소개했다. 그러면 그 사람은 아버지에게 우리와 관련이 있지만 우리는 전혀 몰랐던 일화를 들으며 껄껄 웃음을 터뜨리는 것이었다. 그러다 차츰 실내가 한산해지고, 일가 사람들은 마당으로 나왔다. 다른 세기였으면 새로 들인 프리지안 마馬를 구경하느라 그렇게 한데 모였겠지만, 그때는 Ro 80을 빙 둘러싸고 구경했다. 아버지는 보닛을 열고 오토사이클에 의해 작동하는 반켈 로터리 피스톤 엔진의 비밀을 일가 사람들에게 전수했다. 한센 가 사람들은 정중한 자세로 아버지의 설명을 조용히 경청했고, 그들의 집 모서리로 살짝 뿜어져나가는 난기류에 별로 동요하지 않았다. 마치 열혈 신도들이 신의 완벽하고도 인내심 어린 천지창조를 이야기하는 정비공의 설교에 푹 빠진 듯한 광경이었다.

나는 개신교 예배가 그렇게 까다롭지 않은 활동이라는 것을 일찌감치 알아차렸다. 개신교 예배는 규칙이 유연하고 가톨릭 전례처럼 고정된 짜임새나 속박이 없었다. 각 교구에서 원하는 방식대로 예배를 진행해도 되고, 중앙의 통제 따위는 전혀 없으며, 목사는 사실상 권력이 없다. 목사는 주로 성경을 해설하는 역할을 하거나 매주 있는 신자들과의 만남을 원활히 하기 위해 연사를 초빙하곤 했다. 그리하여 우리가 한센 가에 도착하고 처음 맞은 일요일, 아버지는 스카겐의 헨리크 글라스 목사 초대로 교회에서 마이크를 잡고 그가 하고 싶은 대로 회중을 인도할 기회를 얻었다. 나중에 본인에게 전해 들은 바로는, 먼저 세계 곳곳에서 불어오는 바람에 춤추는 모래를 이야기했다. 새로운 것과 유혹의 돌풍이 우리의 삶을 침식하고 우리의 신앙과 교회를 은밀하게 파묻고 있다고 했다. 그는 이제 막 시대를 관통한 도약들, 그로써 각자의 마음속에 마땅히 일어났을 법한 의문들을 상기시켰고, 그밖에도 내가 잊어버린 몇가지 은유를 들어 말했다. 그러고는 자신이 늘 마음에 품고 있던 고정관념, 모래에 묻힌 그 교회당에 대해 이야기하며 우리는 일요일마다 우리 신앙의 내면으로 함께 들어가기 위하여 한평생 모래를 파내고 치울 의무가 있다는 말로 마무리했다.

그 설교가 지역 신도들에게 매우 깊은 인상을 주었나보다. 사람들은 교회 앞마당에서 아버지를 둘러싸고 놀라운 설교에 감사와 찬사를 아끼지 않았다. 그 따뜻한 성원에 내 아버지는 뺨이 다 붉어질 만큼 행복해했다. 기를 쓰고 작성한 설교가 툴루즈 신도들의 무관심 속에서 어영부영 흩어지는 게 일상이었으니 오죽 행복했을까.

그 모래의 사연을 귀에 못이 박히게 들어서 줄줄 외울 정도였던 나와 어머니는 덴마크인들의 고장에서 뒤로 빠져 회중의 열광이 가라앉아 우리가 먹성 좋은 거인들과의 가족 오찬에 갈 수 있을 때까지 참을성 있게 기다렸다.

자리를 뜰 때가 되어 모두 Ro 80에 탔는데, 한 남자가 황급히 아버지가 앉아 있던 운전석 쪽으로 다가왔다. 두 사람이 몇 마디 주고받는가 싶더니 아버지가 자신의 가장 멋진 미소를 짓는 게 아닌가. 아버지는 차에서 내려 그 너그러운 보닛을 열었다. 그다음에는 반켈 엔진의 비교 장점에 대해 한참 대화가 이어졌다. 나중에 들었는데, 그 사람은 똑같은 차를 사서 슬픔의 상자로 삼으려던 참이었고, 목사가 담대한 자동차공학에 대한 자신의 신념을 피력하는 내내 경건한 자세로 귀 기울였다. 그날 그는 신의 절묘함보다 그 차의 공학적 절묘함에서 더 큰 감흥을 받았다.

　유틀란트에서 지내는 동안, 한창 애먹일 나이였던 나는 어머니가 덴마크 남자들에게 매력적으로 보인다는 것을 알았다. 우리가 어디를 가든 어머니의 분위기와 체형, 아름다운 이목구비는 남자들의 주의를 끌었다. 열네살 소년이 자기 엄마가 섹시하다는 사실을 인정하기란 쉬운 일이 아니다. '섹시'라는 단어 하나만으로도 어머니는 여자가 된다. 그의 유년에서 빠져나가고 그의 영역에서 벗어나, 그가 알지 못하는 생판 다른 사람이 된다. 어머니는 목사의 아내이면서도 남자들의 욕망을 자극하는 이상한 힘이 있었다. 그녀에겐 신성한 마력, 여체女體의 속성, 마법의 총계, 세상 모든 사내가 꿈꾸는 몸매가 감춰져 있었다. 그녀는 서른아홉살이었고 내 어머니였지만, 이제 나는 우리와 매일 한집에서 살아갈 그 새로운 여성을 조금씩 알아가야 했다.

　덴마크 여행은 세 식구 모두에게 탁월한 강장 효과를 발휘했다. 아버지는 고향의 냄새, 두 바다의 굉음, 가족 모두의 따뜻한 정을 재발견했다. 어머니는 그 고장의 눈부신 아름다움에 푹 빠졌다. 나로 말하자면, 덴마크어 기초 문장 몇가지를 익혔다. "고맙습니다"(Mange tak) "이제 배불러요"(Jeg er ikke sulten længere) "졸려요"(Jeg er søvnig) "아빠는 어디 있나요"(Hvor er min far) "배가 참

멋지네요"(Det er en smuk båd) 같은 말. 프랑스어를 모국어로 삼고 프랑스 학교에서 교육을 받았지만 내가 천생 한센 가 사람이라는 것도 비로소 알았다. 뭐라 정의할 수 없는 내 안의 어떤 것이 바로 거기서 왔고 나를 늘 거기로 데려갈 터였다. 이유를 어찌 알겠는가마는, 열네살의 나는 언젠가 때가 되면 이곳으로 돌아와 거인들과 살다가 죽어가리라 마음먹었다.

돌아오는 길은 우리를 반도 끄트머리로 데려갔던 처음의 태평한 나들이와 딴판이었다. 자동차가 오르후스에서 첫번째 고장을 일으켰다. 바람 빠지는 소리가 길게 나고 좀 털털거린다 싶더니, 엔진이 스스로 세시간짜리 낮잠에 들어갔다. 반자동변속기의 계전기 문제였다. 현지 정비사가 차가 다시 굴러가게끔 손을 봤는데, 급유 펌프에 말썽이 생겨서 한밤중에 함부르크에서 또 차가 주저앉았다. 다음날 장비를 교체하고 도르트문트로 내려갔으나, 도르트문트에서도 NSU 특약판매점 정비소까지 견인차 신세를 져야 했다. 우리는 다음날 오후에 다시 출발했지만 고장의 원인이 무엇인지는 여전히 알지 못했다. 그 독일 정비사는 실린더 머리 쪽의 결함을 영어로 설명해보려고 노력했다. 그 사람이 엔진 상부를 손가락으로 가리키며 "채터 마크"[12]나 "로터 하우징"을 아무리 외쳐도 아버지와 어머니는 그의 투덜거림과 수화手話 너머에 무슨 의미가 있는지 알지 못했다. 설명이 안 통하자 정비사는 보편적 단어, 독일어·덴마크어·프랑스어 공통의 단어를 구사했다. "개런티." 그러고는 몇번이나 이 말을 덧붙였다. "돈은 필요 없어요. 됐어요. 돈은 필요 없어요."(Keine Geld, nein, keine Geld). 좀더 제대로 된 말로 옮기자면 이런 뜻이었다. '당신들은 똥차를 샀습니다. NSU도 그걸 알기 때문에 무상수리 개런티를 실시하는 겁니다. 돈은 내지 않아도 돼요. 안 내도 되고말고요'(Nein).

쓴 약을 얼른 삼켜 치우듯 1000킬로미터 남짓 남은 거리를 단번에 주파했다. 밤에 파리에 도착했고 내리 20번 국도를 밤새 달려 에탕프, 오를레앙, 샤토루, 리모주, 브리브, 카오르를 지나 해 뜨는 시각에는 장밋빛 아침놀 속에서 가론 평야로 완만하게 내려가고 있었다.

아버지는 롱바르 강변에 차를 세우고 시동을 끄고는 손으로 자기 얼굴을 쓸면서 말했다. "참 이상한 여행이었어." 어머니는 조수석 창문을 열고 강물을 바라보았다. 희한하게도, 시각도 그렇고 고단하기 짝이 없는 여정이었음에도 아무도 서둘러 차에서 내려 일상생활로 돌아가고 싶지 않은 듯했다. 끝나지 않을 듯 먼 길을 교대로 운전하면

---

12 채터 마크는 반켈형 로터리 엔진의 로터 하우징 내주(內周)에 발생하는 물결 모양의 마모 흔적을 가리킨다. 채터 마크의 발생을 막는 것은 로터리 엔진 개발의 주요 과제 중 하나였다.

서 한마음이 되었던 그 공모 의식을 조금이라도 더 연장하고 싶은 것처럼. 그들은 힘을 합쳐 뭔가를 해냈고 이제 집 앞으로 돌아왔다. 그리고 언제고 현관문이 또다시 쾅 소리를 내면서 닫힐 날이 올까봐 내심 두려워하고 있었다.

"채터 마크." 아버지가 말했다. "로터 하우징." 어머니가 웃으면서 대꾸했다. 그런 다음 둘은 Ro 80에서 내렸다.

오늘 아침, 심사관이 보낸 우편물을 받았다. 심리상담사의 진행하에 각자 자신의 인생사와 보르도 교도소에 들어오게 된 사연을 다른 참가자들 앞에서 말하는 워크숍에 참석해보지 않겠느냐는 내용이었다. 내가 제대로 이해했다면 '익명의 알코올중독자들' 모임을 모델로 하는 워크숍일 것이다. "안녕하세요, 내 이름은 존입니다. 폭력성이 점점 심해져서 여기까지 오게 됐고요, 지금까지 팔개월 동안 주먹을 쓰지 않았습니다." 그러면 일제히 외치는 거다. "참 잘했어요, 존." 박수갈채.

판사는 나의 행위를 온전히 파악했다. 모든 증언을 들었고, 나를 불러서 장시간 심문을 했다. 그러고 나서 금고 2년 형을 선고했다. 그걸로 다 된 거다. 나를 형기 만료 전에 풀어주고 싶다면 자기네들이 알아서 할 일이다. 두세 달 감형을 구걸하려고 그들의 손바닥에서 참회의 낟알을 쪼아 먹지는 않겠다.

비고 모텐슨에게 답장은 하지 않을 것이다. 나는 그 사람이 이렇게 나올 거라고는 생각지 않았다. 그에게 실망했다.

"씨팔, 이런 거 보면 좆나 살 떨려. 당신, 성경책 읽어봤어? 아! 그래, 성경 말이야, 성경." 살다 살다 패트릭이 나에게 이런 걸 물어볼 줄이야. 아니, 나는 목사의 아들이지만 성경을 읽어본 적이 없다. 하지만 패트릭은 어디서 성경을 받았을까? "빵에 들어오기 십분 전에 엄마가 가방에 한권 쑤셔 넣더라고. '너한테 해가 되지는 않을 거다'라면서 말이야. 젠장, 그놈의 성경을 펴봤는데, 뭐 이렇게 독한 놈들만 있냐. 이런 놈들은 일을 저질러도 우리하고는 달라. 아니, 진짜 그렇다니까. 판사들도 이런 또라이들한테는 슬금슬금 기거든. 이거 좀 들어봐. 맨 처음 나오는 게 글을 쓴 사람 이름이고 괴상한 번호가 매겨져 있어. '이사야 65장 12절. 내가 너희를 꿇어 엎드리게 하고 모두 목을 치리라. 내가 불렀으나 너희는 대답하지 아니하였고 내가 말하였으나 너희는 듣지 아니하였다. 너희는 내 눈에 거슬리는 일을 하였고 내가 싫어하는 것을 오히려 골라 하였다.' 아니, 이 작자는 뭘 믿고 이렇게 허세를 부려? 좆나 세게 나가네, 씨팔, 독하기는. 기다려봐, 이런 것도 있어. '마태오 25장 30절. 이 쓸모없는 종을 바깥 어두운 곳에 내쫓아라. 거기에서 슬피 울며 이를 갈 것이다.' 짜잔, 마지막으로 하나 더. '레위 20장 15절. 그런 자는 돌로 쳐서 죽이거나 화살로 쏘아 죽여야 한다. 어떤 사람이 짐승과 교접하였다면 반드시 사형에 처하고 짐승도 죽여야 한다.' 농담이 아니라, 완전히 미친놈들이야. 짐승을 왜 죽여. 아니, 그렇잖아, 일은 사람이 저지른 거잖아. 짐승이 그러고 싶어서 그랬겠냐고."

성경은 감방 안에서 위엄 있게 비행을 하다가 산탄을 맞고 즉사한 새처럼 초석으로 얼룩진 벽 아래 나동그라졌다. 그 너머에서 쥐들이 벽 긁는 소리가 들렸다.

한밤중에 패트릭 호턴이 비명을 질렀다. 어찌나 날카롭고 우렁찬 비명이던지 나는 벌떡 침대에서 일어났고, 간수 두명이 우리 방으로 출동했다. 예의 그 삼쌍둥이는 감방에서 폭력 사태가 일어난 줄 알고 당장 진압할 태세로 테이저건과 곤봉을 들고 달려왔다. "내가 봤어, 그놈이 내 배를 타고 올라와서 나랑 눈이 마주쳤어. 들쥐인지 생쥐인지는 모르지만, 씨팔, 되게 큰 놈이 내 배 위에서 돌아다녔어. 난 봤어, 이봐, 내가 봤다고. 나 감방 바꿔줘. 여기 못 있겠어. 진짜야, 난 쥐는 정말 못 참아. 죽을 것 같다고. 씨팔, 제발 뭐라도 해줘. 교도소장이든 누구든 부를 사람 있으면 불러봐. 어쨌든 뭐라도 해달라고." 간수들은 이 신화의 몰락, 왕초의 추락을 눈을 떼지 못하고 지켜보고는, 고작 쥐가 나온 일로 교도소장을 밤중에 깨울 수는 없다고 설명했다. 교도소는 진즉부터 쥐들을 끌어들이는 소굴, 온갖 잡스러운 동물들이 들끓는 곳이었다. 모두가 아는 사실이었다. 그러니 이제 와서 새삼 그 이유로 소장을 불러올 수는 없었다.

성경은 복수를 했다. 샴쌍둥이는 모두가 겁내는 엔젤스 살인자 패트릭에게 한참 시간을 들여가며 상황을 자세히 설명했다. 새벽 2시에도 그들은 무서운 꿈을 꾸었다면서 한밤중에 혼비백산해 달려온 아이를 안심시키는 어머니처럼, 시종일관 다정하고 사려 깊은 공감 능력을 발휘했다. "아니, 난 몰라, 난 못해. 나 좀 나가게 해줘. 다른 방이 없으면 의무실에라도 처넣어줘. 농담 아니라, 나 진짜 미쳐버린단 말이야. 씨팔, 쥐만은 안돼. 자, 날 의무실에 끌고 가."

믿을 수 없는 일 같겠지만 간수들은 진짜로 의무실 당번 간수에게 무선 호출을 보냈고 호턴을 향해 고개를 끄덕였다. 그는 무시무시한 벌을 면한 아이처럼 빛의 속도로 윗옷과 바지를 걸치고 이사야, 마태오, 그리고 나에게도 눈길 한번 주지 않은 채, 죽음이 쫓아온다고 철석같이 믿는 사람처럼 감방을 튀어나갔다.

목구멍 깊숙이

아버지가 결코 프랑스 사람이 될 수 없다는 것을 나는 진즉부터 알았다. 아버지가 영국은 늘 타락의 땅이었고 나머지 세상은 교육을 못 받은 먼 변두리라고 생각하는 사람들 중 하나가 될 리 없었다.

아버지는 이 나라에서 사는 것도, 이 나라를 이해하는 것도, 이 나라의 관례와 풍습을 따르는 것도 힘들어했다. 어머니는 그 점을 언짢아했고, 그 문제로 반복되는 대화 때문에 결국은 다른 문제에까지 불똥이 튀기 일쑤였다. 이미 십육년을 프랑스에서 살았건만, 요하네스 한센은 어쩔 수 없는 천생 덴마크인, 스뫼레브뢰[13]를 먹는 사람, 주어진 말씀을 틀림없이 따르고 상대의 눈을 똑바로 바라보는 유틀란트 북부 남자였다. 우리나라에서 유행하는, 명백한 증거를 부인하고 약속을 저버리기에 딱 좋은 깐보기 변증법은 아예 모르는 사람이었다.

아버지가 자신을 받아준 이 나라에서 가장 좋아한 것은 언어였다. 그는 이 나라 말을 무한한 존중을 담아 문법적으로 대단히 정확하게 구사했다. 하지만 언어 외적인 부분에서는 자기 역량에 맞는 삶을 살기가 참 힘들었던 모양이다. 아버지는 자신이 아는 모든 나라를 통틀어 프랑스처럼 자기네가 남들에게 요구하는 공화국의 미덕과 도덕을 스스로 지키지 못하는 나라는 없다고 자주 말했다. 특히 평등과 박애는 늘 남의 얘기라나. "당신네 대통령들이나 특권층이 누리는 특혜를 보면, 우리나라의 가엾은 마르그레테 2세보다 백배는 더 왕족 같아." 아버지는 식탁에서 자주 이 발언으로 어머니를 자극하곤 했다. 아버지는 우리 정부의 줄줄 흘러내리는 교만, 거짓말하는 재주, 불충도 매우 못마땅하게 여겼다. 아버지에게 우리나라 정치인들은 뜨뜻한 부패와 타협의 공중탕에서 절벅거리는 모습으로밖에 떠오르지 않았다.

그러면 어머니는 이 말로 비판 공세를 차단했다. "그런데 왜 여기서 살아? 당신은 얼마든지 당신네 나라로 가도

---

13 빵 위에 여러 식재료를 얹어서 먹는 덴마크식 오픈 샌드위치.

돼." 아버지는 이 말에 한번도 대답하지 않았지만 우리에게는, 어머니와 나에게는, 이렇게 말하는 그의 다정한 목소리가 들렸다. '내 아들이 여기 있고 난 당신을 사랑하니까.'

나는 프랑스에서 나고 자라며 교육을 받았지만 우리나라에 대한 아버지의 부정적인 시각과 감정에 동의할 때가 많았다. 아버지는 그릇이 큰 사람이었고 평화론과 국제주의의 광풍 속에서 성장했으니 자신을 포섭하려고 하는 프랑스라는 구속복이 얼마나 갑갑했을까. 아버지를 이해하고말고. 더욱이 아들이 거기 있고, 사정이 점점 험악해지고 있다고는 하나, 그는 여전히 아내를 사랑하고 있지 않았는가.

르 스파르고는 예전의 차분한 분위기로 돌아갔고, 흥행 영화의 개봉 여부에 따라 인파가 밀려들었다 빠져나갔다 했다. 1970년은 「암흑가의 세 사람」 「트리스타나」 「작은 거인」 「도살자」 「매시」 「고백」 덕분에 어머니에게 가장 좋았던 해 중 하나로 남았다. 제작사들은 반짝반짝한 신작을 잔뜩 내놓았고, 그 영화들은 우리의 '예술과 실험' 보석함에 멋지게 들어왔다. 아직은 우리 영화관을 드나들면 꽤 있어 보이던 시절이었다. 어머니가 영화관 주인이라서, 그 당시 젊은이들을 휩쓸던 경이로운 영화 열풍 덕분에, 나는 고등학교에서 금세 인기인이 되었다.

나도 르 스파르고에서 상영하는 영화는 전부 다 봤다.

때로는 스케줄에 따라 봤고 — 하지만 주로 오전 타임에 — 특별한 기회, 인상 깊은 영화에 한해서는 어머니가 '가족' 상영회 자리를 만들었다. 그때는 우리 식구들이 영화관을 독차지했다. 아버지, 어머니, 나는 나란히 앉아 대형 스크린으로 장편영화를 보았다. 그렇게 나는 잊을 수 없는 순간들을 살았고, 셀룰로스 트리아세테이트 필름 롤이 돌아가고 영상이 펼쳐지는 동안은 우리도 일종의 널찍한 거실에서 마음이 잘 맞는 가족의 모든 특성을 보여주었다.

아버지는 교회 일, 자신이 하는 일에 대해 거의 말을 하지 않았다. 뜨거운 커튼콜이 쏟아지던 덴마크에서의 설교와는 딴판으로, 프랑스에서 아버지는 정중한 무관심 속에서 최소한의 예배 집전만 하고 있었다. 설교문은 변함없이 정성껏 작성했지만, 아버지 안에서 뭔가가 멈춘 것 같았다. 어머니는 절대로 예배를 보러 가지 않았고, 나 역시 아버지의 헛소리를 들으러 가지 않은 지 오래였다. 다른 목사들, 다른 종교의 성직자들과 다를 바 없이 그 헛소리도 수백년 전부터 똑같은 예언자들의 말을 축음기 돌리듯 우려먹고 있었다.

간혹 저녁에 아버지가 어머니를 기다리면서 강으로 난 커다란 창 앞에 앉아 술을 한잔했다. 여름에 비가 오면 아버지는 여닫이창을 활짝 열어놓고 장대비가 퍼붓는 소리를 들으면서 보도에서 올라오는 축축한 삶의 냄새를 맡았다. 신앙생활이 우울하고 때때로 환멸도 느끼는 성직자였으니만큼 그런 고독한 저녁의 음악으로는 바흐나 헨델을 골랐을 거라고 생각할지도 모르겠다. 그러나 사실 아버지는 그 환멸의 시간에 그냥 밑도 끝도 없이 우연히 선반에서 떨어진 것 같은 음반들을 들었다. 리 코니츠, 에머슨 레이크 앤드 팔머, 스탠 게츠, 커티스 메이필드, 레드 제플린이 어머니가 손수 선택한 JBL 스피커와 짝을 맞춘 마란츠 하이파이 세트에서 흘러나왔다. 내 부모님 시대에는 지금과 달리 음향이 어마어마하게 중요했다. 불완전한 프레싱 기술, 날림 제작, 다이아몬드 강줄기로 새긴 33회전 판의 잡음을 음향으로 보완하려고 성능 경쟁이 장난 아니었다. 아버지에게 그 음악은 제임스 B. 랜싱(JBL)이 설계하고 캘리포니아 노트리지에서 조립한 트위터, 미디움, 우퍼의 불가해한 경로들을 통해 하늘에서 오는 것이었으리라.

아버지가 아직 이 세상에 있어서 내 생에 닥친 불행의 보고서를 발견한다면, 적어도 우리 집 스피커의 기원에 대한 이 정확하지만 쓸데없는 정보는 만족스럽게 읽을 것이다. "지금은 세상이 너무 복잡해져서 대략적인 진술, 흐리멍덩한 설명, 모호한 지적으로는 만족할 수가 없어. 나는 지금이 그 어느 때보다 올바름, 정확성, 상세한 부연에 힘써야 할 때라고 생각한단다. 예전에는 경건의 이미지만으로도 사람의 영혼을 살 수 있었고 그 사람도 축복 외의 것을 요구하지 않았어. 하지만 지금은 내가 찾으러 온 것을 얻으려면 그 형제와 동행하고, 그의 질문에 답하고, 불안을 달래주고, 익명의 알코올중독자들 모임을 이끄는 이의 끈기 있는 몸짓으로 피곤을 무릅쓰고 그에게 다가가야만 할 게다."

아버지는 이렇게 말했다. 가끔 아버지는 비를 구경하면서 첫째 잔인지 둘째 잔인지를 비우고는 나에게 본인의 고정관념, "신앙을 완성하면서 보내는" 시간들을 납득시키려 했다. 어머니의 계단 올라오는 소리가 유독 늦게까지 들리지 않았던 어느 저녁, 아마 그때 아버지는 셋째 잔까지 비웠나 그랬고 비가 여전히 아파트 유리창을 핥고 있었다. 돌연 그가 아주 오래 매달려 있었을 암벽에서 손을 놓아버렸다. "나는 이제 신앙이 없다. 단 하루도 믿음을 가지고 살 수가 없구나. 간간이 몇시간조차도 믿음이라곤 없어. 이제 완성이 문제가 아니라, 아예 아무것도 안 남았다. 지난번 스카겐에 갔을 때 노목사님하고 그런 얘기를 허심탄회하게 나눴단다. 그분이 그러시더구나. '이보게, 요하네스, 나도 이제 아무것도 안 남았다네. 매일 저녁 비우고 새로 꺼내는 이 스카치 병 말고는 진짜 아무것도 없어. 신앙은 약한 거야. 신앙의 토대가 마술사의 재주보다 세배는 더 허망할걸. 좋은 마술사가 되려면 뭐가 필요하지? 토끼와 모자가 있어야 해. 어떤 시대에는 내 손에 그게 다 쥐여 있었어. 그런데 이제 토끼도 없고, 모자도 없고, 마술도 없어.' 그래, 바로 그렇단다, 아들아. 정말 아무것도 안 남았다. 너와 네 어머니가 날 보러 오지 않은 게, 이쪽으로는 관심도 두지 않은 게 잘한 거야. 너희가 부럽구나. 나는 먹고 살려면 계속 무대에 올라가 만날 하던 대로 재주를 부려야 해. 배운 재주가 이것밖에 없는데 어쩌누. 아내도 없고, 토끼도 없고, 모자도 없구나."

아버지는 그날 저녁 식사로 가지 그라탱을 만들어두었다. 그라탱은 열기가 가시지 않은 오븐 속에 계속 들어앉아 있었다. 어머니는 현관문 소리를 내지 않으려고 조심하면서 집에 들어왔다. 아버지는 이미 잠든 후였다.

이른 아침, 밤새 아무 일도 없었다는 듯이, 그러면서도 까치발을 하고는 패트릭 호턴이 살금살금 우리 방으로 돌아왔다. 나중에 아침을 먹고 돌아왔을 때 간수 한명이 문을 살짝 열고 고개를 내밀고는 말했다. "소장한테 얘기했어. 잘 해결됐어. 한시간 후에 시설관리 쪽에서 사람이 올 거야." 과연 정오에 즈음하여 어떤 직원이 흙손, 금속 부스러기, 빨리 굳는 도료를 가지고 콘도를 방문했다. 그는 약간의 물에 도료 가루를 개고 톱밥 같은 금속 부스러기를 섞어 충전재를 만들어서는 벽의 갈라진 곳을 전부 메우려 했다. 그가 일하는 동안 호턴은 비굴한 그림자처럼 졸졸 따라다니며 틈새 하나하나가 확실히 메워졌는지 확인했다. "금속이 충분히 들어간 거 맞아요? 진짜 살이 베이나? 쥐새끼들 발이 잘려 나갈 정도라야지, 안 그러면 소용없어요. 이거 얼마나 있어야 굳어요? 스물네시간? 씨팔, 더 빨리 굳히는 방법은 없나?" 교도소 직원은 사방을 긁어내고 다시 메우고 하면서 콘도에 한시간 정도 있었다. 중간에 도료 한 봉지와 금속 부스러기를 추가로 가져와야 했다. 그는 작업을 끝내고 우리 세면대에서 손을 씻으며 변기에 덮어놓은 천을 보았다. 그러고는 잠시 우리를 물끄러미 바라봤다. "어느 쪽이 쥐가 무서워 죽겠다는 분인지?" 호턴은 자진신고를 하기까지 약간 뜸을 들였다. 직원은 미소를 지으면서 자기 물건을 챙겼다. "젠장, 틀림없다 생각했는데 헛다리 짚었네요."

몬트리올에서 1월은 연중 가장 추운 달이다. 이번 주에는 기온이 영하 32도까지 내려갔다. 감방 안은 난방설비가 있어도 14도다. 그래서 이불을 추가로 지급해준다. 아크릴 재질 이불인데 괴상한 냄새가 난다. 폐타이어를 잘게 절단해서 만든다는 중국산 고무가 연상되는 냄새. 밤에는 옷을 껴입고 잔다. 낮에도 너무 추워서 웃옷을 두겹, 세겹 껴입고 지낸다.

교도소의 창자 속에서 얼어 죽었는지, 늘 드나들던 구멍이 막혀서인지, 쥐들은 더이상 우리를 방문하지 않았다.

호턴의 기분 변화가 여실히 느껴졌다. 그는 다시 어깨에 힘을 주었고, 인류의 상당수를 두쪽으로 찢어 죽이고자 하는 의욕도 되찾았다. "오늘 들어온 죄수들 중에 아는 놈이 있어. 그놈 완전 쌈닭이야. 몬트리올에서 그놈처럼 훔친 자전거 도색을 빨리 해주는 놈은 없지. 오후 반나절이면 뚝딱 해치워. 그렇지만 기억해둬. 그놈이 요구하는 대가를 알면 절대로 남 좋은 일을 할 놈은 아니라는 걸 이해할 거야. 그것도 그렇고, 늘 칼을 품고 다니는 고약한 놈이야. 여기서도 지가 만들든 어쩌든 흉기를 마련하는 데 스물네시간도 안 걸릴걸. 그 새끼는 분명히 끝이 안 좋을 거야. 굳이 생각해보지 않아도 알 수 있어. 내가 분명히 말하는데, 언젠가는 일본도의 귀재가 그 새끼를 두쪽으로 확 갈라버릴 거야. 성경에서 말하는 것처럼 단검으로 위협한 자, 식칼에 죽게 될 거라고." 내 마음에 드는 성경 해석자는 이 말을 한 뒤 이불로 몸을 둘둘 감싸고는 저 밉살스러운 짐승들의 출입구가 모두 철통같이 봉쇄되었는지 확인하러 돌아다녔다.

날씨가 어떻든 죄수에게 나오는 식사는 한결같이 형편없다. 오늘은 전자레인지에서 해동을 하다 만 것 같은 갈색 닭가슴살과 완두콩을 먹었다. 이렇게 입맛이 우울증을 앓을 때 — 감옥에서는 밥때가 아주 중요한 시간이다 — 종종 생각나는 것은 어머니가 만들어준 음식이 아니다. 나는 어머니가 신선한 재료로 요리하는 모습을 거의 보지 못했다. 스카겐에서 스벤 할아버지가 만들어줬던 가자미구이와 거기에 곁들인 크랜베리 잼, 입속에서 확 터지면서 어우러지던 단맛과 짠맛이 줄곧 생각났다.

오늘 저녁은 너무 추워서 잠이 안 온다. 배관이 삐거덕거리는 소리, 사람들의 기침 소리가 들린다. 때로는 다른 층 감방에서 발작적인 기침 소리가 끊이지도 않고 한참 동안 들린다. 거리감이 만든 왜곡되고 흐릿해진 그 소리가 왠지 야생동물의 탄식과 울음 같다.

아버지가 조금 전에 왔다 갔다. 이런저런 얘기를 나누는데 아버지가 슬그머니 우리의 대화에 Ro 80을 끼워 넣었다. 아버지는 특히 당신이 1975년 말에 툴루즈를 떠나고 나서 그 차가 어떻게 됐는지 궁금해했다. 나는 답을 알지만 그냥 혼자만 알고 있기로 했다. 아버지가 알면 속상해할 테니까. 위노나와 누크는 조금 더 늦게 찾아왔다. 평화로운 한때였다. 우리는 잠시 서로 꼭 붙어 있었다. 산 자고 죽은 자고 상관없이, 우리가 사무치게 그리워하는 것을, 약간의 온기와 위안을 서로에게 주고 싶어서.

감금에서는 불쾌한 냄새가 난다. 푹 절인 나쁜 생각의 곰팡내, 아무 데나 뒹굴던 더러운 발상의 악취, 해묵은 후회의 시큼한 쉰내. 자유의 공기는 원칙적으로 절대 여기에 들어올 수 없다. 우리는 여기 틀어박혀 다 함께 갈색 닭과

음험한 계획의 냄새가 깃든 숨결을 들이마시고 내쉰다. 도저히 익숙해지지 않는 그 숨결이 옷, 침대 시트, 살갗에까지 배어들었다. 마당을 산책하고 들어올 때면 바깥공기가 회전문 앞에서 딱 멈추는데, 그 전환이 매번 얼마나 적나라하게 다가오는지 모른다. 그와 함께 희미한 구역질이 올라오면서 새삼 깨닫는다. 우리는 우리를 끊임없이 쏟어내리고 시간을 오래 들여 소화했다가 때가 오면 자유를 돌려주기 위해서라기보다는 자기 속을 비우려고 밖으로 밀어내는 거대한 배 속에서 살아가고 있다.

나는 적잖이 고생을 하고 열여덟살에 바칼로레아[14]를 통과했다. 낙제생들을 떼로 모아놓고 치른 재시험에서 비로소 합격증을 받았으니 말이다. 68혁명 때는 거주 증명서만 들고 가도 졸업장을 내줄 정도로 학사관리가 해이했지만, 그때 이후로 아카데미 드 툴루즈는 대입 조건과 기준을 대폭 강화했다. 나는 체육과 지리 성적이 우수했고 그외 과목들도 그럭저럭 괜찮은 성적을 받았다. 덕분에 내가 마지막 성적 '증명'을 보여드렸을 때 아버지는 한스 크리스티앙 안데르센의 언어와 엄숙한 말투로 이렇게 말씀하셨다. "아들아, 네가 자랑스럽구나"(Min søn, jeg er stolt af dig).

14 프랑스의 후기 중등교육 종료를 증명하는 국가시험이자 대학 입학 자격시험.

사실 아버지가 나를 보면서 스카겐 토박이 여자와 결혼하지 않은 걸 후회하지 않았는지는 정말 모르겠다. 때때로 아버지는 나를 금발이라기에는 금발 같지 않은 아이, 어중간한 혼혈아로 보는 것 같았다. 스카겐 여자라면 덴마크인처럼 생각하고, 덴마크인처럼 먹고, 덴마크인처럼 헤엄치고, 덴마크인처럼 섹스하고, 떡두꺼비 같은 덴마크 아이를 낳았을 텐데. 모두들 참 잘생겼다, 참 튼튼하다, 칭찬해 마지않는 그 아이는 머지않아 눈을 뜨고 주변의 찬미자들에게 소곤소곤 이렇게 말할 텐데. "아첨은 그림자 같아서 사람을 더 크게 만들거나 더 작게 만들지 않아요"(Smiger er som en skygge: den gør dig hverken større eller mindre).

신앙 없이 율법을 말했던 요하네스 목사가 저녁에 장대비를 구경하면서 자신이 결코 갖지 못한 강건한 후사를 때때로 꿈꾸었다 해도 나는 그를 충분히 이해했을 것이다.

대학은 나를 정원을 초과한 이민자처럼 받아들였고, 지리학부에서는 덴마크가 면적이 4만 2924제곱킬로미터밖에 안되고 스칸디나비아에서 가장 작은 나라라고 가르쳤다. 그 나라에 부수적으로 붙어 있는 땅덩어리들, 덴마크령 그린란드와 페로 제도를 깜박한다면 그렇겠지만 말이다. 그 영토를 합치면 덴마크는 면적이 221만 579제곱킬로미터에 달하는 거물이다.

나는 여행의 지리학을 좋아한다. 인간의 깜냥에 맞게 두

발로 둘러보고 땅의 경사, 다리의 피로, 하늘의 변덕을 통해서 배우는 지리학. 그래프와 데이터로 도배된 책에서 배우는 지리학은 훨씬 별로다. 그래서 나의 캠퍼스 생활은 부담 없는 왕복, 뭔지도 모르고 치르는 시험, 프린트물 보기와 중간중간 배치된 끝없는 영화 감상의 날들로 요약되었다. 그렇게 영화를 내리 본 날은 계시를 받은 기분과 피곤을 동시에 느끼면서 집으로 돌아왔다.

집안 분위기는 매일매일 아내의 인내심과 남편의 애정을 조금씩 부식시키는 방향으로 흐르고 있었다. 롱바르 강변의 아파트는 무관심의 표시들이 이제 먼지 더께에까지 스며들었다. 아버지는 여전히 저녁 식사를 차렸고 어머니는 여전히 늦게 들어왔다. 그들은 대개 멀찍이 떨어져 있는 각자의 자리에서 서로 시간 차를 두고 밥을 먹었다.

아나는 흥행 수입을 염두에 두었고, 상영 프로그램을 미리 생각해두었으며, 세상이 어떤 식으로 다가오든 거리낌 없이 받아들이고 누렸다. 요하네스는 제자리를 지키려 애썼고, 조용히 신의 말씀에 대해 글을 썼고, 환상을 깨지 않기 위해 자기 손에 쥔 것으로 대충 급조하여 소소한 마술을 부렸다. 그러나 여전히 모자는 없었고 토끼는 언감생심이었다.

1975년, 내가 스무살이 된 해에 한 세계, 우리의 세계, 한센 가의 세계, 북구 사람과 남구 사람이 만든 그 세계는 끝났다. 그들은 부부로 결합하기 위해 그 먼 거리를 뛰어넘고 각자 크나큰 희생을 치렀다. 외국어를 배웠고, 말도 안 되는 차를 샀고, 한 사람은 눈을 감고 다른 사람은 눈을 뜬 채 각자 자기 식으로 키스를 했고, 누구를 위한 건지 왜 그러는 건지도 모른 채 애를 낳았고, 신의 뜻을 설교하고 악마의 뜻을 영화로 전했으며, 피차 약속한 대로 매일같이 문 앞에 쌓이는 모래를 쓸어내면서 뼈에 사무치도록 참고 견뎠으나, 그 끝은 헤어지고 떨어지고 갈라지고 나뉘고 부서지는 것이었다.

그해 4월 24일 오전에는 유행이라는 악취미의 희생양이자 나이의 희생양, 그리고 무엇보다 급격한 유가 조정의 타격을 정통으로 입은 DS가 마지막 차량을 자벨 강변의 시트로엥 공장에서 출고했다. 눈물을 자아낼 일은 별로 없는 산업적 장례식이랄까. 브랜드 관계자, 정부 관계자, 언론 관계자 들이 참석하거나 대리인을 보냈고, 아마 우리 외조부모님도 그 차를 생산했고 그전에는 유독한 치아염소산염을 다량 생산했던 그 공장 어딘가에서 지켜보고 있었으리라. 마르주리 부부는 오랫동안 여러 사람을 죽게 만든 그 혈통의 마지막 대표가 사라지는 꼴을 보기 위해서라도 반드시 장례식에 참석하고 싶었을 테니까. 그들은 노루즈의 교통사고를 잊지 않았고 그 무엇도 용서하지 않았다.

나중에 한센 가의 해체를 회상할 때면 무슨 유사성을 보

있는지는 모르지만 시트로엥 사의 파산이 어김없이 떠올랐다. 브랜드 매각. 자벨 공장에서의 추방.

그렇지만 우리가 롱바르 강변과 전화번호부에서 사라지게 된 이유는 상당 부분 제라르 다미아노라는 사람 때문이다. 그는 브롱크스 출신의 확고한 가톨릭 신자였고 엑스레이검사실 보조로 일하다 동네 미용사가 됐다. 그런 사람이 어느날 범죄조직에 속한 후원자들에게서 거둬들인 2만 5000달러를 가지고 미국의 영화 전문인력이 제작하는 두 번째 진짜 포르노 장편영화를 만들기로 결심했다. 대본과 대사가 조악하기 그지없었고 스토리는 거의 전적으로 여주인공 린다 러브레이스의 경이로운 입과 목구멍에 의존했다. 그녀는 자기를 얼마든지 내어줄 준비가 되어 있는 아마추어 남자 배우들에게 둘러싸였다. 촬영은 겨울 날씨가 온화한 마이애미에서 폭스바겐 비틀 한대에 다 들어가는 장비를 대충 돌려서 육일 만에 뚝딱 끝냈다. 1972년 봄 미국에서 이 영화가 개봉됐을 때 출연 배우 중 한명인 해리 림스는 "음란물을 다른 주로 유포한 죄"로 기소당했다. 그전까지 셰익스피어 작품만 연기하던 해리 림스는 이 영화에 출연도 했지만 조명 스태프 역할도 했다. 영화는 미국 내 27개 주에서 상영이 금지되었고 뉴욕주에서는 "완전히 외설적이다"라는 평가를 받으며 대대적인 스캔들, 빗발치는 비판, 미풍양속의 혼란을 불러왔다. 그러나 상영을 허가받은 소수의 영화관은 관객들로 미어터졌다. 「딥 스로트[15]」, 일명 '목구멍 깊숙이'는 저예산 영화임에도 지금까지 총 6억 달러 이상을 벌어들였다. 하지만 짚고 넘어가야 할 점이 있다. 전직 미용사였던 영화감독 다미아노와 아마추어 배우들은 엿새 동안의 작업 대가로 그 돈더미의 부스러기나 겨우 만져볼까 말까 했다. 미국 전역의 흥행 수입은 대부분 극장 매표구에서 마피아 수금원들이 당일 바로 현금으로 들고 갔으니 배우들과 미용사는 지독히 착취만 당한 셈이었다.

그렇지만 제라르 다미아노는 이듬해에 「존스 양 안의 악마」를 또 찍고야 말았다. 이 영화는 770만 달러를 벌어들여 그해의 최고 흥행작이 되었다. 이 놀라운 인물은 삼십이년의 이력 동안 48편의 영화를 만들었다. 1989년 개봉한 「똥구멍 속의 광휘」 같은, 눈부시도록 노골적인 제목들은 영화의 작법, 성격, 내용에 대해 어떤 혼동의 여지도 남기지 않았다.

내가 아직도 이런 세세한 사항까지 기억하는 이유는, 「딥 스로트」가 프랑스에서는 검열의 철조망에 막혀 1975년 8월 27일에야 개봉을 했기 때문이다. 그리고 그 기나긴 대기시간 동안 우리나라의 종교개혁 진영과 예술과

15 성기를 입안 깊숙이 집어넣는 성교 행위.

실험 진영은 격론을 벌였다.

그 영화가 미국에서 첫선을 보인 지 삼년이 지났다. 그 삼년 동안 이비인후과 전문가와 비평가 들은 그 목구멍의 독보적인 비범함, 다미아노 전기, 그의 유연한 가톨릭 신앙, 그리고 시칠리아 모자 속에서 사라진 토끼처럼 감쪽같이 없어진 흥행 수익에 대해 쓸데없는 글들을 참 많이도 쏟아냈다. 그 모든 일화가 대서양 저편까지 파도처럼 밀려와 프랑스에서 마침내 「목구멍 깊숙이」가 개봉된 즈음에는 모두가 이미 그 영화를 본 것 같은 기분이 들었다.

그래서 1975년 8월 27일은 나에게 잊을 수 없는 날이다. 오래전부터 예감한 일이 공식화됨으로써 우리의 삶이 완전히 엎어진 운명의 날.

6월에 문화부 장관 미셸 기가 그 영화의 프랑스 상륙을 금지하는 조치를 해제했다. 어머니는 자영업자로서 그 영화를 르 스파르고에서 틀기 위해 배급사 알파 프랑스와 교섭을 했다. 이 소식이 롱바르 강변에 퍼지자 아버지는 분노에 치를 떨었다. 그는 소심하고 보수적인 면모를 유감없이 드러내며 이렇게 말했다.

"내가 당신의 한심한 이야기, 웃기지도 않은 클리토리스, 한시간 내내 남자들이 거시기를 빨리는 영화 때문에 이런다고 생각해? 당신이 그러면 내가 충격받을 줄 알아? 진짜 그렇게 생각해? 아니야, 아나. 내가 이렇게 길길이 날

뛰는 건 오래된 교회에 몸담은 목사의 아내가 그 머저리 같은 영화를 선택함으로써 남편에게 어떤 영향이 미칠지 단 일초도 생각하지 않았기 때문이야. 당신 영화관에서 그 포르노를 틀면 나는 끝장이야. 난 여기서 사목 활동을 할 수 없어. 사람들, 언론, 내 신도들이 스캔들을 몰고 온 여자와 '육체는 쾌락을 좇기 위해서가 아니라 주님을 위해 있는 겁니다'라면서 일요일마다 고린도 사람들의 덕행을 설파하는 남자를 틀림없이 연결 지을 거야. 당신이 나한테 무슨 똥칠을 하는지는 알아? 어떻게 나하고 상의도 없이, 내 의견은 묻지도 않고 이래? 집에서 우연히 전화를 받았다가 알게 됐어. 알파 프랑스에서 전화를 했더군. '한센 부인은 안 계십니까? 남편분이세요? 그럼 좋은 소식을 전해드리지요. 「목구멍 깊숙이」 오케이가 떨어졌습니다. 개봉일에 상영하실 수 있게 됐어요. 날짜하고 필름 입수에 대해서는 다시 알려드리겠습니다. 미리 말씀드리는데, 상영 시간표가 평소와는 달라질 겁니다.' 당신이 그 영화를 틀면 내 인생이 송두리째 달라질 거야. 아니, 우리 인생이 달라질 거라고.”

어머니는 벌떡 일어나 손바닥으로 식탁을 내리쳤다.
“당신은 보잘것없는 시골 목사, 강박관념에 빠진 개신교도, 변화에 눈먼 보수주의자야. 아무것도 못 보고 아무것도 이해 못하면서 성경을 형법처럼 휘두르며 단언하고 심판하지. 당신은 아직도 모래투성이 반도에서 어분이나 갈아대는 19세기에 살고 있어. 날 짜증 나게 하지 마, 요하네스 한센. 그 영화는 아무라도, 아무 데서든 볼 수 있는 거야. 똥 같은 영화라도 내가 하는 일에는 중요한 전환점이야. 솔직히 어떤 전환점인지는 모르겠지만 그래도 하나의 이벤트가 될 거란 확신은 있어. 그러니까 분명히 말하지, 아내의 일을 포용하지 못하는 남편의 직업적 안정을 위해 이 건을 포기하진 않을 거야. 난 그 영화를 틀 거야, 요하네스, 이게 내 일이야. 내가 베리만이나 타르콥스키 영화를 틀면 형이상학, 신비주의를 소개하는 거야. 다미아노 영화를 틀면 계속 거시기 빼는 거랑 클리토리스를 보여주는 거고. 목구멍 속에 그게 있다는 얘기가 당신을 그렇게 곤란한 상황에 빠뜨린다면 정말 유감이야."

어머니는 이 말을 끝내고 자리를 박차고 나가 쾅 소리가 나게 문을 닫고 아파트를 떠났다.

그날 저녁, 나와 아버지가 조립 라인을 떠나야 하는 마지막 DS와 비슷한 신세임을 알았다. 고독과 불확실성의 심연이 우리의 앞뒤에 도사리고 있었다. 나는 분명히 어머니처럼 자유분방하고 실용적이며 현대적인 관점을 취했지만 이 가정불화에서는 즉각적으로 아버지의 편에 섰다. 일종의 은밀한 덴마크적 연대 의식 때문이기도 했지만 신앙을 잃고, 마술 부리는 재주도 잊고, 모국어도 못 쓰고 사는 아버지가 어머니를 기다리며 막막하게 장대비만 바라보던 모습이 너무도 마음 아팠기 때문이다. 아버지의 삶은 내가 본 모든 영화와 우리를 둘러싼 세상에 역행하는 것이었다. 마치 NSU의 반켈 엔진처럼 아버지는 사실상 앞으로 나아가지 못한 채 헛돌고 있었다. 바퀴가 처박힌 자리를 박차고 나아갈 만큼 힘을 전달받지 못한 채로.

그리고 벌어질 일이 벌어지고야 말았다. 공연 및 영화 개봉 소식 무료홍보지에 르 스파르고가 「딥 스로트」 개봉 상영관 중 하나로 올라왔다. 개봉일이 다가올수록 뜨거운 설전들이 벌어졌고, 미덕을 장려하는 몇몇 단체는 자연에 역행하는 목구멍의 쓰임새를 두고 맹비난을 퍼부었다. 결국 개신교계에서 모두가 그 말썽 많은 극장의 여자 경영주와 한센 목사의 관계를 알게 됐고, 그로 인한 교단 내 보수주의자들의 집요한 추궁에 적절하게 답변하기가 점점 더 곤란해졌다.

1975년 8월 22일에 ── 그날은 금요일이었다 ── 아버지는 장로교 위원회의 부름을 받았다. 교단 위원회는 모두가 난처해질 수 있는 상황의 특수성을 이유로 들어 아버지에게 정직 처분을 내리고 그 조치가 즉시 발효되게 했다.

아파트에서 나와 만났을 때 아버지는 말을 잃은 사람, 넋 나간 사람이었다.

8월 24일 일요일 아침, 아버지는 집에 있었다. 집에서 내려가 가론강을 따라 좀 걸었고, 그다음에는 몇군데와 전화 통화를 했다. 그중 한군데하고는 영어로 통화했다. 덴마크에는 한통도 걸지 않았다. 아마 자기 가족에게는 이 난리를 알리고 싶지 않았을 것이고, 자신의 불운을 해명하느라 어머니를 깔아뭉갤 마음도 없었을 것이다. 위원회와 이야기를 하고 온 금요일에 아버지는 정직 처분이 결코 풀리지 않을 것이고 다시는 그의 교회로 돌아갈 수 없다는 것을 이미 알고 있었다. 게다가 어머니의 모더니즘이 내년에는 「존스 양 안의 악마」를, 그다음에는 「똥구멍 속의 광휘」를 상영작으로 밀어붙인다면 무슨 수로 그의 복귀와 직분 유지를 정당화할 수 있겠는가?

25일 개봉 첫날 상영관은 만석이었고 그후 며칠, 몇주 내내 그러했다. 물론 잘 만든 영화가 아니었고 잘 만들려고 만든 영화도 아니었다. 지역의 한 평론가는 감상 후에 "보는 걸 유난히 밝히는" 사람들을 위한 영화라고 말하기도 했다.

아버지는 롱바르 강변 밖으로 거의 나가지 않았다. 그는 패배를 시인한 것처럼 보였다. 나는 아버지가 수화기를 붙들고 있는 시간이 많다는 것을 눈치챘다. 어떨 때는 프랑스어로, 어떨 때는 영어로 통화했다. 어머니하고는 아예 논쟁을 벌이지 않았고 그저 일상의 번잡스러운 몇가지 문제나 집안일과 관련된 소통만 했다. 다미아노나 린다 러브레이스에 대해서는 일언반구도 없었다. 소동은 차츰 잠잠해졌다. 어머니는 남편에게 닥친 불운 때문에 잠시 당황했지만 이내 불법 수금원이 가로챌 리 없는 흥행 수입과 성공에 힘입어 본래의 당당한 기세를 되찾았다.

9월 중순의 저녁 식사 시간이었다. 밖에는 폭우가 거센 바람에 흩어지며 퍼부었지만 아버지의 차분하고 침착한 음성은 천둥소리를 누르기에 부족함이 없었다. "할 얘기가 두가지 있어. 첫째, 교단 위원회가 일주일 전에 나를 불러 해고 사유도 설명하지 않고 내가 다시는 원래 직위로 돌아갈 수 없다고 확정을 지었어. 두번째 소식은, 내가 새로운 일자리를 구했다는 거야. 셋퍼드 마인스 감리교회의 담임목사로 가게 됐어. 캐나다 퀘벡주에 있는 소도시야. 11월 1일부 임직이야. 그래서 10월 중순에는 여기를 떠나 그곳에 정착할 거야. 내가 이 도시, 이 집안을 거쳐 간 흔적을 행정 서류에서 지우도록 애써보겠어. 내가 알지, 당신네 프랑스인들이 그런 건 굉장히 열심히 하잖아. 아나, 이렇게 된 이상 우리에게 이혼은 피할 수 없는 과정인 듯해. 정식 문안은 당신이 알아서 작성하는 걸로 하고, 필요한 서류를 갖춰주면 내가 여길 떠나기 전에 전부 서명할게. 굳이 말할 필요도 없겠지만, 당신들 두 사람이 그 소도시로 온다면 나는 언제라도 기쁘게 맞이할 거야. 나도 석면광산으로 먹고사는 도시라는 말만 들었지 아직 그곳에 대해선 아무것도 모르지만 말이야."

어머니는 반도의 진짜 덴마크 여자처럼 결연하게 자리에서 일어나더니, 당돌하고도 성난 눈으로 요하네스 한센의 푸른 눈을 쏘아보았다. 그 순간 그녀에게 한센은 작디작은 목사로 보였을 것이다. "이혼서류는 이미 준비돼 있어. 현관 서랍장을 열어보면 찾을 수 있을 거야."

"무슨 생각을 하는 거야? 트윗?" 호턴이 이런 질문을 할 거라고는, 그리고 나를 막역한 친구처럼 '트윗'이라 부를 거라고는 상상하지 못했다. 프랑스어에서 이 말에 가장 근접한 단어는 '멍청이'(crétin) 정도가 되겠다. 나는 이미 오래전에 파묻힌 세상에서 어슬렁대는 중이라고 그에게 말할 수도 있었을 것이다. 고약한 영화 때문에 헤어지기도 하는 옛날 세상, 내가 이십년 남짓 살아봤고 식탁에 아버지와 어머니를 양옆에 두는 내 자리가 있던 세상. 그렇게 셋이 모여 앉은 모습은 그날 저녁이 마지막이었다. 이제 그 세상에서 남아 있는 것은 없다. 아버지는 내가 지켜보는 가운데 죽음을 맞았다. 어머니는 어느 스위스인 소규모 제작자와 오랫동안 자유로운 결합 관계로 지내다가 오년 전에 자발적인 약물 과용으로 숨졌다. NSU는 아버지가 떠난 지 얼마 안되어 도난당했다가 교통사고로 크게 망가져서 폐차장에서 주행을 마감했다. 르 스파르고는 시장의 흐름에 휘둘리면서 서서히 몰락했고, 어머니는 그 영화관을 어느 젊은 마르세유 사람에게 매각했다. 그 사람은 아담한 포르노 전용 상영관 '프라도'를 개관하느라 '예술과 실험' 라벨을 버렸고, 나중에 '지그재그'로 한번 더 이름을 바꿨으며, 결국에 가서는 그 장소의 과거와 별 상관없는 프랜차이즈 안경점이 들어섰다.

기온이 하염없이 떨어지는 1월의 그 저녁 '트윗'은 이런 일들을 생각하고 있었다. 여분의 이불은 얼마 안 가 우리에게 최소한의 온기도 보존해줄 수 없을 성싶었다. 낡아빠진 보일러는 제일 세게 틀어도 극한의 추위를 상쇄하기에 역부족이었다.

"어제 뉴욕이랑 세계 곳곳의 대도시에서 무슨 일이 있었는지 알아? 3000명이 동시에 바지를 벗어 던졌대. 3000명이야, 3000명, 믿어져? 무슨 '노 팬츠 데이'라나봐. 아나운서가 '이 클럽의 회원들은 자유를 좀더 실감하기 위해 이런 행위를 하며 이날 하루 동안 팬티 바람으로 평소와 다름없이 직장에도 나가고 거리를 활보합니다'라고 하던데…… 농담이 아니라, 이게 실화야? 아니, 간수가 달랑 티팬티만 입고 콘도에 와서 '한센, 면회실로!'라고 외친다고 상상해봐. 아니면 판사가 법정에서 빤스 바람으로 징역 20년을 때린다고 생각해보라고. 씨팔, '노 팬츠 데이'는 너무 심하잖아. 이봐, 친구, 진짜로 하는 말인데 우린 미친놈들의 세상에 살고 있어. 뭐, 어떻게 보면, 빤스만 입고 시원하게 바람 좀 쐬고 싶다는데 내가 뭐라고 하겠어. 하지만 1월에, 이 날씨에 익스트림 스포츠도 아니고 그게 뭔 지랄이야."

그때 우울하고 민망한 그 무엇, 두툼한 슬픔의 숄이 내 어깨를 감쌌다. 호턴은 최신 라디오 교양 프로그램의 주요 내용을 계속 나에게 송신했지만, 그 메시지들은 나에게 닿기도 전에 잡음으로 변해버렸다.

나는 이 부재, 이 불편함을 자주 느끼곤 했다. 특히 망자들을 다 파헤쳐 꺼내고 난 후 나의 고독을 뼈저리게 실감할 때가 그랬다. 그후로 나는 남부 유럽의 마지막 한센이었다.

셋퍼드 마인스

아버지가 떠난 후 어머니는 나와 살갑게 지내보려는 노력을 일절 하지 않고 아무 일도 없던 것처럼 자기 인생을 살았다. 어머니는 아버지가 드리운 그림자를 보란 듯이 무시했지만, 그 그림자는 여전히 우리 아파트에서 오가고 있었다. 그 시절 나는 아버지에게 무엇 하나 양보하지 않고 잠깐 머물다 가는 손님처럼 보내버린 어머니에게 진심으로 정나미가 떨어졌다. 그 단절은 결코 아물지 않았다. 이듬해 여름 내가 아버지를 만나러 캐나다로 떠나버렸기 때문에 아물 기회도 없었다.

셋퍼드 마인스는 지금도 지질학적으로 황당할 뿐 아니

라 심미적 호기심을 자극하는 도시다. 단서를 흘리는 그 지명을 제외하고, 순수한 사실의 관점에서는 주목할 만한 게 하나도 없는 도시다. 북위 45도 6분, 서경 71도 18분에 위치한 이 도시에서는 2만 5000명의 인구가 225.79제곱킬로미터에 그치는 총면적에 대략 1제곱킬로미터당 100명 꼴로 흩어져 산다. 비캔커강이 가로지르는 이 도시는 북쪽으로는 퀘벡시, 남쪽으로는 셔브룩시와 등거리에 있다. 또한 쇼디에르아팔라슈 지방에 속해 있다. 비교적 번창한 도시답게 종합병원, CEGEP, 회의 센터, 실내수영장이 있다. 셋퍼드 마인스는 매년 프로뮈튀엘 드 라 를레브 음악 축제를 개최하고 앤틱 자동차 전시회를 연다. 라쉬랑시아 드 셋퍼드와 블루삭스 드 셋퍼드는 각기 이 도시의 하키팀과 야구팀이다.

그러나 막상 현장에 도착하면 재화와 서비스의 이 일목요연한 카탈로그는 굉장하다 못해 해괴한 구멍들 앞에서 죄다 증발해버린다. 구멍들은 도시를 둘러싸는 것으로 모자라 중심부까지 뻥뻥 뚫어놓았다. 아마겟돈 이후의 세상이 이럴까. 광산, 가도 가도 계속 나오는 광산이 갱구가 훤히 드러난 채로, 깊숙하니, 지구의 배 속까지 뚫려 있다. 달의 거대 분화구, 화성의 기상천외한 협곡이 계단 모양으로 깎여나가고 험난한 길들이 파였다. 버려진 흙무더기가 둥그렇게 뭉쳐 있는 모습은 흡사 거대한 짐승이 웅크리고 잠든 것 같다. 여기저기, 하늘에서 뚝 떨어진 것 같은 호수들은 고운 에메랄드빛 물을 머금고 있다. 흉터, 슬픔, 잿빛의 황폐한 풍경 속에서 그 보석상의 작은 바다들은 눈부시고 가히 초자연적이다.

셋퍼드 마인스라는 이름이 삼켜버린 도시의 옛 이름 아미앙트[16]는 이곳의 하층토의 성격에 대해 많은 것을 말해준다. 바로 이웃한 도시의 이름도 아스베스토스[17]다.

그러니까 아버지는 이 섬유와 먼지의 도가니에서, 1876년 이래 줄곧 크리소틸[18]이 왕 노릇을 하는 도시, 파헤치고 베어내고 폭탄을 투하한 광산 도시의 비현실적이고 기상천외한 풍경 속에 들어가 살고 있었다.

손톱으로 흙을 긁어보다가 광맥을 찾았다는 사람의 이름은 조제프 펙토다. 그는 돈 캐는 손가락을 가진 소작농이었다. 그후 로저 워드, 존슨 형제, 그외 새로운 유형의 흙을 파서 먹고사는 노동자들이 땅을 죽어라 파내고, 풍경을 훼손하고, 하층토를 분할하고, 백석면 섬유로 이루어진 이 바위산에 폭발물을 투척했다. 몬트리올 대학교 소속의 제4기 전문 지질학자들은 '셋퍼드 마인스 지역 홍적세[19]의

---

16 프랑스어로 '석면'이라는 뜻.
17 영어로 '석면'이라는 뜻.
18 사문석의 한 종류. 석면으로 채굴·가공할 수 있다.
19 신생대 제4기의 첫 시기.

성층成層을 이루는 세개의 층서 구분'을 설명하는 연구를 발표했다.

요컨대 아버지는 구석기시대 한복판에서 말씀을 전하고 있었다. 그는 뗀석기를 사용하던 최초의 인간들이 등장한 태곳적으로 돌아가기 위해 세계를 가로질러 왔다. 그들의 후손은 오늘날 하늘도 할퀼 법한 포크레인에 올라타고 마치 쳇덩어리 개가 땅속에 묻힌 뼈다귀를 파헤치듯 기원의 유적을 파내고 축적된 지층을 긁어낸다.

훤히 뚫려 있는 수직 갱도들에는 대개 채굴 회사의 이름이 붙고 그에 따라 모세관현상 비슷하게 인접한 거리까지 사주社主의 성姓을 얻게 되었다. 킹, 벨, 비버, 존슨, 그외 여러 이름의 회사들. 주민들이 사는 집이 그 구멍과 바로 인접해 있는 경우도 더러 볼 수 있다. 거대한 덤프트럭들이 그 깊은 구렁에서 긴 홈을 그리며 세상의 밑바닥, 그 섬유질의 창자와 세상의 표면 사이에서 왕복수송을 한다. 그곳의 먼지 자욱한 빛은 어떤 화파에게도 영감을 주지 못했다.

1975년에 셋퍼드 마인스는 세계에서 가장 큰 석면 보유지 중 하나로 후회도 쉴 새도 없이 생산에 열을 올렸다. 아직은 아무도 1934년에서 1954년 사이에 발표된 26건의 연구에 신경을 쓰지 않았다. 그 연구들은 펜실베이니아, 웨일스, 퀘벡에서 석면 생산 부문 노동자들을 조사해 석면과 폐암 발병의 상관관계를 다루었다.

1975년, 그러니까 아버지가 셋퍼드 마인스의 배 속에 자리를 잡은 그해, 이른바 석면 스캔들이 터진 곳은 파리의 쥐시외 캠퍼스였다. 석면이 다량 함유된 대학 캠퍼스 건물이 노후화하면서 석면 분진이 날리고 학생들을 오염시킬 가능성이 커졌다. 그래서 그 캠퍼스는 폐쇄되었다. 수년간 방진복을 착용한 인부들이 조별로 투입돼 대대적인 석면 제거 작업을 벌인 후에야 비로소 캠퍼스는 다시 사람이 살 만한 곳이 되었다.

같은 해, 셋퍼드 마인스는 석면 생산량 기록을 수립했고 KB3 크리소틸은 이 도시의 공기, 물, 토양, 정원, 집, 학교, 포장 도로, 심지어 요하네스 한센의 교회에까지 넘쳐났다.

셋퍼드 마인스 감리교회와 목사관은 1956년에 데이비드 스콧이라는 건설업자가 세웠으며 이 도시에서 가장 보잘것없고 채굴 사업에 심하게 노출되어 있는 미첼 구역에 위치해 있다. 이 교회의 건축 차트는 시사하는 바가 많다. '바깥쪽 주요 포장재: 석면. 벽: 석면. 지붕: 지붕용 석면 널판.' 하느님, 감사합니다(Deo gratias).

도대체 신과 요하네스 한센은 그런 곳에서 뭘 하고 있었던가?

나는 1976년에 캐나다에 도착했다. 카키색 캔버스 여행 가방 하나. 1학년 이수 학점도 미처 채우지 못한 툴루즈 지리학과 수업시수 6단위, 그리고 난생처음 어느 운 좋은 날 경마에서 딴 돈을 가지고 유쾌한 휴가철 여행객들의 비행기를 타고 왔다.

공항에서 개들이 킁킁 냄새를 맡으면서 내가 마약, 종자種子, 그외 캐나다 농업부가 반입을 금지하는 식품류를 소지하지 않았음을 확인해주었다. 좋은 씨건 나쁜 씨건, 싹을 틔울 수 있는 거라곤 나에게 아무것도 없었다. 나는 공항버스를 타고 창가 D1 자리에 앉았다. 그리고 세시간 사십오분이나 버스를 타고 저녁나절이 다 되어서야 112번 도로 끝, 악마의 깊숙한 목구멍 속에 도착할 수 있었다.

종점에서 아버지가 나를 기다리고 있었다. 아버지는 젊어진 것 같았다. 휴양지에서 얼굴이 확 핀 덴마크 사람처럼 보였다.

나는 그 사내를 꼭 끌어안았다. 아마 그때까지 아버지를 그렇게 안아본 적이 없었던 것 같다. 아버지는 나를 포드 브롱코 1966에 태웠다. 그 차도 꼭 홍적세 지층에서 파온 것처럼 생겼고 기계공학적으로는 펠릭스 하인리히 반켈이 설계한 차량이 아님이 명백했다. 그래도 그 차는 우리를 아버지가 사는 셋퍼드 마인스 감리교회 목사관까지 잘 데려가주었다. 전나무 몇그루가 목사관 정면에 그늘을 드리우고 있었는데, 덕분에 그 집은 본연의 기능에 충실한 인상, 영적 소임을 가진 장소에 어울릴 법한 모양새가 된 것 같았다.

아버지는 오는 길이 힘들지 않았는지, 전처가 아직 살아 있는지, 그 영화관이 아직도 목구멍 너머를 추구하는 경향으로 가고 있는지 등을 전혀 묻지 않았다. 전혀. 아버지 입에서 처음 나온 말은 이것이었다. "너 그 구덩이들은 봤냐? 나는 봐도 봐도 적응이 안되는구나." 나중에, 저녁 식사를 마치고 나는 아버지가 처음 했던 말이 생각난 김에 그나마 묻는 보람이 있는 유일한 질문, 아버지가 캐나다로 떠난다고 선언한 날 저녁에 물어봐야 했을 질문을 던졌다. 어째서 이토록 먼 땅에서 새로운 임지를 찾는 대신 당신의 고향 유틀란트 반도로 돌아가지 않았는가? "당연히 생각은 해봤지. 하지만 그러기에는 내가 이제 썩 덴마크 사람 같지도 않다는 걸 깨달았단다. 프랑스에서 너무 오래 살았고 네 어머니와 너무 오래 살았어. 죄다 비슷비슷해 보이는 단어들을 구별하고, 정확하게 쓰고, 문법 규칙을 일일이 외우느라 너무 많은 시간을 보냈기 때문에 이제 그 언어를 안 쓰거나 '두개의 동사가 연달아 오면 나중에 오는 동사는 원형으로 쓴다'라든가 '복합과거 앞에 직접목적 보어가 올 때는 성, 수를 일치시킨다' 같은 규칙을 잊고 살 수가 없단다. 이곳은 두 세계를 모두 조금은 느낄 수 있지. 네 나라의 언어가 있고 내 고향과 비슷한 기후, 그리고 주민들이 다들 형제처럼 으쌰으쌰 어울려 사는 분위기가 있단다. 나는 네가 여기서 처음 맞는 저녁이니 이런 얘기 말고 다른 얘기를 하게 될 거라 생각했다. 다른 건 둘째 치고, 네가 무슨 바람이 불어서 경마를 하러 가서는 그렇게 큰돈을 땄는지 그 사연이나 자세히 들어보자꾸나."

대외적으로 아버지는 도박을 좋아하지 않는 것으로 되어 있었다. 하지만 자기 아들이 행운을 잡겠다는 마음만으로 불과 몇초 사이에 자신의 석달 월급에 맞먹는 돈을 땄다고 하니 생각만 해도 엄청나게 흥분이 되는 눈치였다. 하지만 내가 언제 한번 경마장에 같이 가보자고 했더니 아버지의 마음은 선술집의 스윙 도어처럼 단박에 닫혀버렸다. "한 종이 두 주인을 섬길 수는 없다. 루카 16장 13, 14절." 재미없고 산통 깨는 면이라고까지 하기는 뭐하지만 아버지에게는 그처럼 완고하고 딱 부러지는 성향이 있었다.

어제저녁 교도소에서 시신이 나왔다. 수감자가 같은 방을 쓰는 다른 수감자를 찔러 죽였다. 어떤 간수가 우리에게 자초지종을 얘기해줬다. 살인범은 뒤상이라는 죄수인데, 같은 방 죄수의 얼굴을 베개로 덮고 목을 베고는 상대가 몸부림을 그치고 피를 다 쏟을 때까지 기다렸다고 한다. 사태가 완전히 끝난 후 그는 자기 손으로 문짝을 두들겨 간수들을 불렀다. 전혀 저항하지도 않고 그대로 잡혀갔다. 그가 자백한 바로는, 포크 손잡이를 몇날 며칠 땅에 대고 갈아서 칼날을 만들었다고 한다. 피해자의 이름은 실베스트르 오렐이었다. "그 친구를 좋아했습니다, 진짜예요. 좋게 생각한 놈이었지만 그렇게 할 수밖에 없었어요. 그 친구는 아이티 사람인데 얼마 전부터 사람이 너무 변했거든요. 밤마다 이상한 소리를 하면서 부두교[20] 의식을 올리고 저주로 나를 위협했습니다. 도둑과 범죄자를 무찌르는 영 헤비오소가 곧 나에게 벼락을 내릴 거라고 했어요. 나는 몇번이나 경고했습니다. 분명히 말했다고요. '실베스트르, 거기까지만 해. 그러지 않으면 널 죽일 수밖에 없어.' 하지만 그는 내 말을 믿지 않았지요."

나는 그 얘기가 역겨웠다. 그런 일이 일어날 때면 우리가 사는 곳에서 우리와 함께 밥을 먹고 가끔은 마당이나 공동구역에서 공모 의식을 나누는 이들의 본성을 새삼 깨달았다. 그 일 이후 며칠 동안은 산책을 하다 다른 죄수들과 마주칠 때 그들의 머릿속, 혹은 주머니 속에 뭐가 들어 있을지 의문이 들었다.

"내가 뒤상을 잘 알지. 나쁜 놈은 아니지만 그놈이 제정신이 아니라는 걸 모르는 사람은 여기에 없을걸. 내가 약 나눠주는 당번일 때, 매일 저녁 그 녀석한테 넉넉하게 한

[20] 아프리카에서 서인도 제도의 아이티로 팔려온 흑인 노예들이 믿던 종교.

움큼을 건넸어. 의사들이 그렇게 약을 줬다는 건 자기들도 그놈이 언제 터질지 모르는 시한폭탄이라는 걸 알고 있었다는 얘기지. 하지만 치과의사들하고 똑같아, 그 의사 나부랭이들도 그러거나 말거나 아무것도 안해. 내일 경찰들이 조사를 나와도 그놈이 원래 아슬아슬한 놈이었다고 설명하지도 않고 입을 다물걸. 책임은 뒤상이 다 지겠지. 어쨌거나 실베스트르가 자기에게 주술을 걸었네 어쨌네 하는 그놈 얘기는 말이 안돼. 실베스트르는 이 교도소에서 제일 착한 놈 중 하나였어. 이유 없이 성질내는 놈도 아니고, 늘 미안하다는 소리를 입에 달고 살았다고. 그래, 그 녀석이 아이티 사람인 건 맞아, 그래서? 아이티인들이라고 해서 허구한 날 닭 똥구멍에 숨이나 불어넣고 살지는 않을 거 아냐. 어찌 됐거나, 내일 내가 소장한테 말할 거야. 뒤상이 그렇게 약을 많이 먹은 거, 정상은 아니었다고. 내가 말한다고 달라질 건 없지만 그래도 소장에게 얘기하러 갈 테야."

패트릭 호턴은 자신의 교도소 정신의학 칼럼을 기술하면서 그의 청소년 시절에 나왔을 법한 낡아빠진 포르노 잡지를 뒤적였다. 지나간 시대의 유물에 얌전히 눈을 감아준 간수들의 너그러운 공모가 아니고서야, 교도소 규정상 반입이 금지된 그런 잡지가 어떻게 감방 수색에서 들키지 않고 남아 있는지 모르겠다. 패트릭은 잠시 선택을 고심하다가, 아마도 오래전부터 깊은 관계를 유지해왔을 예스러운 사진에 집중했다. 그러고 나서 바지 앞 지퍼를 내리고 즉석에서 '노 팬츠 데이'를 시연하더니, 민망한 살인자처럼 목소리를 작게 내며 말했다. "귀찮겠지만 잠깐만 한바퀴 돌고 올래? 나 물 좀 빼게."

간혀 있으면 날이 길어지고, 밤이 느슨해지며, 시時가 늘어지면서 시간에 끈적끈적하고 약간 역한 질감이 생긴다. 저마다 뻑뻑한 진창 속에서 철벅대는 기분이 든다. 여기서 자기혐오에 매몰되지 않으려면 한걸음 한걸음 악착같이 발을 빼내고 옮겨야 한다. 감옥은 우리를 산 채로 묻었다. 형량이 가벼운 자는 뭐라도 바랄 수 있다. 그러지 못한 자들은 이미 공동 묘혈에 들어앉았다. 행여 운 좋게 가석방이 된다 해도, 그들은 잠시 바깥공기를 마시러 나갔다가 여기, 세상에서 배척당한 자들의 집으로 돌아올 것이다. 그들을 성姓으로 부르고 농장의 가축처럼 취급하는 이곳으로.

예전 삶이 그리운 나머지 때때로 한밤중에 이를 악물고 빠드득 소리를 내다가 퍼뜩 놀라곤 한다. 예전의 생활. 내가 렉셀시오르 건물에 버티고 있던 때, 항공우편의 개척자처럼 차려입은 위노나가 로랑티드의 호수들에 단발기 비버를 착륙시키던 때, 나의 영원한 반려견 누크가 연못에서 헤엄치고 풀밭에서 달리고 나와 오직 자기만 아는 대화를 나누던 때 영위했던 내 생활. 그 생활은 이제 없다. 감옥 문이 나에게 다시 열리면 나는 구엥 대로 800번지 앞 보도에 서서 어디로 갈지 방향을 택해야 할 것이고 결코 줄일 수 없는 나의 형량을 다른 모양새로 살게 될 것이다. 그리고 그때에는 청소년용 야한 잡지도, 패트릭 호턴의 식사 후 큰 볼일도 나 자신에 대한 상념을 딴 데로 돌리지 못할 것이다.

일요일에 교도소 부속 사제가 집전하는 미사를 보러 간 적이 한번 있다. 소독약 냄새가 나고 네온 조명이 밝혀진 공간에 수감자 10여명이 급식소 의자에 앉아 웬 뚱뚱한 사내를 쳐다보고 있었다. 과체중의 사내는 사제복이 몸에 너무 꼭 끼어서 몸짓 하나하나가 그 거추장스러운 옷을 뚫고 나오고 싶어 하는 것처럼 보였다. 원래 거양성체[21]를 할 때는 집전 사제가 성합을 들어 올리고 경문을 읊조리는 동안 그 자세를 유지해야 한다. 그러나 우리 부속 사제는 비대한 몸집과 소맷부리의 단단한 박음질에 갇힌 까닭에 포도주잔을 자기 턱보다 높이 들어 올릴 수 없었다. 그 몸짓은 명백히 우아함과는 거리가 멀었고, 술집에서 손님이 한잔 더 달라고 술집 주인의 수염에 대고 빈 잔을 흔들어대는 몸짓과 흡사했다.

21 미사 때 사제가 성체로 변한 빵의 형상을 높이 쳐드는 일.

가톨릭 전례는 늘 다른 시대, 다른 세상, 어느 어두운 시절에서 튀어나온 것처럼 보인다. 미사를 집전하는 이는 잉카 황제처럼 차려입고 유난스러운 경문을 사어死語로 낭독하면서 물과 술을 섞고 빵 덩어리를 축성하며, 이른바 '성변화'[22]라는 대목에서는 누룩을 쓰지 않고 구워낸 빵 조각이 성령의 비둘기로 변한다고 주장한다. 당연히 그곳에서는 새의 깃털 하나 보이지 않았지만 그 광경을 지켜본 죄수들은 모두 새가 나는 것을 보았노라 말할 것이다. 그들은 이제 그런 걸로 왈가왈부하고 싶지 않기 때문에, 좋은 때 눈을 뜨고 있었으면 그걸로 됐기 때문에, 그들의 아버지와 아버지의 아버지가 그 이야기에 매달렸던 것처럼 그들도 그 오래된 이야기를 믿고 싶기 때문에. 게다가 그들은 모든 의심을 차곡차곡 정리해 넣을, 신앙이라는 이름의 상자를 받지 않았던가.

신앙, 언젠가 아버지가 이제는 잃어버렸노라 고백했던 그 직업적 부속물. 그가 내 어머니의 귓전에 대고 지겹도록 되풀이했던 그 단어. 기억들 하시는가, 한때 아버지는 어머니가 그 안에서 잠시라도, 그렇다, 다만 "몇시간만이라도 완전한 신앙 안에서" 머물길 바란다고 말하곤 했다.

"거기는 뭔 지랄이 나서 갔어? 언제부터 미사를 보러 갔

[22] 성체성사에서 빵과 포도주가 그리스도의 몸과 피로 변하는 일.

대? 장난이 아니라 맛이 갔구먼. 당신, 맛이 갔어. 게다가 거기 엄청 추레하고 오줌 지린내까지 나잖아. 교회에 한번쯤 구경 삼아 가는 거야 괜찮지. 번쩍번쩍한 장식도 보고, 풀 냄새도 맡고, 음악도 듣고, 한번쯤 그러는 거야 누가 뭐래. 하지만 여기 미사는 루저들의 합창단밖에 더 돼? 사제는 봤어? 씨팔, 난 사제같이 보이지도 않더만. 고양이 발에 못 박을 것 같은 낯짝이야. 뭐, 신경 쓰지 마, 여기 사제로 왔다면 다른 데서는 아무도 원치 않는 사제라는 얘기지. 그래, 내 말 들어, 그딴 건 우리에게 어울리지 않아. 모세는 뭐라고 했더라?"

모세는 보잘것없는 청중에게 돌아서서는 이 상황에 걸맞은 시편 한구절로 빠져나갔다. "포로들이 고통 속에서 울부짖자 주께서 사경에서 건져주셨다. 사슬을 끊어주시고 그 어둡고 캄캄한 데서 끌어내셨다. 아멘."[23] 이 구절은 호턴의 마음을 확 사로잡지 못했지만 적어도 간략하다는 장점은 있었다. 아버지의 넉넉한 도량은 이미 너무 먼 얘기였다. 아버지는 굽이마다 스멀스멀한 봄기운, 자연의 영원한 속삭임, 키 큰 풀을 살랑거리며 스치는 바람, 나지막한 가지에 자리 잡은 티티새들의 열정적인 몸단장을 느끼게 했다. 그의 설교의 바탕은 성경의 모든 잡설과 마찬가

[23] 시편 107편 13~14절.

지로 이성의 사이편에 처박혀 있었지만 스타일이 독특했다. 그의 소박하고 북방적인 태도는 우리를 둘러싼 모든 것이 삶일 뿐이고, 모든 것에 나름의 의미와 가치가 있으며, 시선을 돌리고 주의를 기울이기만 하면 우리 모두가 매일 아침 반짝이는 불협화음으로 생존을 즉흥 연주하는 거대한 교향악의 일부임을 깨닫게 했다.

나는 어머니 얘기를 자주 하지 않는다. 어쩌면 어머니가 왜 그토록 일찍 오케스트라를 그만뒀는지 알 수 없었기 때문인지도 모른다. 어머니의 침대머리 탁자에는 기나긴 약물의 악보, 심장 박동을 멎게 하려고 교묘하게 짜 맞춘 칸타타가 놓여 있었다. 그게 다였다. 악보 밑 귀퉁이에 스위스인 동거인이나 덴마크인 전남편이나 프랑스인 아들에게 남기는 메모 한줄 없었다. 아니는 1991년 5월 14일 예순한살의 나이로 자살했다. 그날은 마오쩌둥이 남긴 아내 장칭이 목을 매어 세상을 하직한 날이기도 하다.

나는 궁금하다. 어머니가 아팠는지, 슬프고 지독히 외로웠는지, 그녀가 스위스 남자와 잘못된 길로 빠졌는지, 영화를 그리워했는지, 자기 부모의 DS를 자주 생각했는지, 나를 부끄러워했는지, 내 아버지는 사랑했는지, 아버지를 자주 속였는지, 그 약을 몽땅 삼켜버리기를 무서워했거나 후회했는지, 우리 아파트의 삐걱거리는 마루판을 기억하는지, 내가 아기 때 밤에 와서 뽀뽀를 해줬는지, 나를 안아서 달래줬는지, 내가 어머니는 아주 예쁘고 아버지보다 똑똑하다고 생각했으며 어머니가 선택한 영화도 전부 다 좋아했다는 걸 아는지, 우리 식구의 덴마크 여행을 기억하는지, "Jeg elsker dig min søn"이 무슨 뜻인지 늘 알고 있었는지, 지금도 이 문장을 '사랑한다, 내 아들'로 번역할 수 있는지, 어머니와 나를 영원히 이어주는 공통점이 과연 있는지, 내가 1968년 5월에 장칭이 목을 매고서도 실소했을 법한 그 대자보—"고다르, 친중 스위스인들 중에서도 최고의 머저리"—를 잘라서 간직했다는 것을 아는지.

세월이 흐르는 동안 이 모든 일을 회상하며 만약 내 어머니가 아버지였다면 최고였겠다는 생각이 들었다. 우리를 견인하고, 자칫 권태의 씨를 뿌리기 쉬운 작은 배에 우리를 태워 질주하고, 함정을 요리조리 빠져나가고, 귀찮게 구는 자들에게 맞서는 데는 어머니가 단연 빼어났을 것이다. 한번에 한가지 일밖에 못했던 아버지와 반대로, 어머니는 늘 뇌가 두개 있는 사람 같았다. 한쪽 뇌는 차분하게 깊이 숙고하며 분석·연구·개념에 몰두했지만, 다른 쪽 뇌는 늘 다양한 데이터를 왕창 떠안은 채 이런저런 과제를 한꺼번에 처리했고 발을 능수능란하게 바꿔가며 대열 전체를 아슬아슬하게 조종해 나아갔다. 어머니는 패트릭 호턴의 어머니처럼 감방에 들어가는 아들 가방에 성경을 찔러넣을 사람이 결코 아니었다. 그보다는 문간에서 격려라면 격려겠지만 기본적으로는 신랄한 한마디를 해줬을 것 같다. 이를테면 이런 말. "일을 하던 사람이 안하면 지루해서 못 산다. 일하지 않는 사람은 지루한 게 뭔지 모르지만."

셋퍼드 마인스의 작은 교회는 딱 감리교답게 소박한 방식으로 지은 건축물이었다. 아버지가 생활하는 목사관과 바로 붙어 있는 이 교회는 1957년 루트비히 하체크라는 건축가의 설계도대로 지어졌다. 적절한 용어를 써서 기술해보자면 이 교회에는 예배를 드리는 중앙 홀, 장방형의 벽돌층, 앞으로 튀어나온 성가대석, 불룩하지 않은 형태의 후진後陣, 삼각 아치 형태의 지붕이 있었다. 좀더 명쾌하게 말하면, 천장에 일정한 간격으로 줄지어 있는 늑재 때문인지 교회 안에 들어서면 왠지 뒤집힌 배 안에 들어와 있는 것 같은 기분이 들었다. 안온하게 빛나는 스테인드글라스, 첨두아치형 창, 주홍빛 융단을 깐 중앙 통로, 양옆으로 줄지어 있는 금빛의 긴 의자들, 크림색 벽, 커다란 꿀병들을 모아놓은 것 같은 샹들리에까지, 아버지의 감리교회는 아버지를 꼭 닮아 호감 가고, 유순하고, 다정다감하고, 둘도 없이 튼튼해 보였다. 교회는 영어를 주로 사용하는 미첼 구역에 있었지만 '프랑스의 프랑스어'로 진행하는 설교를 문제시하는 사람은 아무도 없었던 것 같다. 아버지는 몇달 사이에 쉽지 않은 묘기를 해냈다. 새로운 공동체에 적응하고 그곳 사람들에게 인정받은 것이다. 그는 일요일마다 자신의 나룻배를 가득 채웠고, 주중에는 시내에서 오만가지 활동에 — 때로는 자기 소임의 테두리를 벗어나는 활동에도 — 참여했다. 이 도시의 몇군데 구덩이와 분화구에서 사람이 다시 태어난 것 같았다. 그는 한달에 한번 일요일에 '광부들의 예배'라고 하는 특별예배 시간을 마련했다. 1940년대의 교훈적인 영화에서처럼, 석면에 찌든 사내들은 작업복 차림으로 갱도에서 올라와 이 배에 탔고, 지표면에서 잠시 숨 돌리고 쉬어가는 시간 외에는 아무것도 약속하지 않는 이가 쏟아내는 말의 파도에 그들의 몸을 실었다.

몇달 함께 살아보니 아버지가 여기서 제자리를 찾았음은 분명해 보였다. 마침내 그가 태어난 반도의 사람들과 별로 다르지 않은 사람들의 세상에서 서로 호의를 주고받으며 살게 된 것이다. 아버지의 우주는 일상생활, 말썽 부리는 일 없는 포드 브롱코 66, 멀리 보이는 산, 집에서 지척에 있는 깊고 깊은 구덩이로 간단하게 요약되었다. 아버지는 소소하게 설교문을 쓰고, 배를 관리하고, 기려야 할 것을 기리고, 그리고 어쩌면 때때로 전나무들의 보호 아래 동네의 어느 여인을 생각하면서 늘 그렇게 지냈다.

1977년 초, 요하네스 한센 목사의 삶은 그러했다.

한편, 나는 노트르담 거리에 집을 따로 빌렸고 작은 종합건설회사에 일자리도 얻었다. 몇달 만에 그 회사에서 뭐든지 할 수 있는 일꾼이 되었다. 건물 관련 업무 대부분은 속성으로 배웠고, 워낙 다양한 현장을 취급하는 회사 덕분에 감독 밑에서 최선을 다해 일하면 다 배울 수 있었다. 뒤로리에 사는 포드 에코놀린 밴 한대에 통째로 들어갔다. 운전대는 아버지 피에르 뒤로리에가 잡았다. 옆에는 두 아들 자크와 조제프가 탔다. 수석 도제 조 슈미트와 견습생인 나는 뒷좌석에서 공구, 연장 더미와 자리를 공유했다.

눈이 내리고 얼음이 얼기 전 날씨가 좋을 때는 모두 함께 실외 공사와 큰 작업에 매달렸다. 겨울이 오면 건물 안으로 들어가 마루판을 제작하거나 삼중 유리 패널, 석고 보드, 벽난로 맨틀피스 등을 조립하고 어디로 샐지 모르는 배관을 정비했다. 손에 피가 나고 무릎이 붓고 등이 뻐근했지만 나는 그 일이 참 좋았다. 우리는 욕실 공사를 끝내자마자 다른 집으로 출동해 널판으로 차고를 지어주거나 다람쥐 일당이 망가뜨린 전기 배선을 복구해주곤 했다. 자크와 조제프는 마음 깊이 아버지를 존경했다. 아버지는 절대 언성 높이는 법 없이 조에게 지시를 내렸고 늘 혼자만 아는 멜로디를 휘파람으로 불곤 했다. 나한테는 아침에 그날 해야 할 일을 일러주면서 어떻게 하면 온 동네에 정전을 일으키지 않고 그 작업을 해낼 수 있는지 시범을 보여줬다. 나는 크게 의문을 제기하지 않고 그날그날 다양한 업무에 몰두했다.

석면으로 뒤덮인 도시, 독을 뿌린 도시, 유해물질이 도사린 도시에서 산다는 생각은 셋퍼드 마인스의 여느 주민들처럼 나 역시 거의 안중에 없었다. 그들은 산과 분화구 사이에서, 흙더미와 분화구 사이에서 태어나고, 자라고, 배우고, 연애하고, 섹스하고, 결혼하고, 생계를 꾸리고, 일하고, 이혼하고, 교제하고, 기울어지고, 늙어가고, 기침하고, 죽었다.

계절에 따라 아버지와 나는 캐나다와 미국으로 물길이 갈라져 들어가는 멤프리메이고그호[ᄈ]나 반듯한 집들이 보기 좋은 노스 해틀리까지 나들이를 가곤 했다. 우리는 또 감리교회의 오르간 주자 제라르 르블롱이 사는 셔브룩에 반드시 들렀다. 그는 일요일마다 다소간 성스러운 음악으로 예배를 장식하기 위해 셋퍼드 마인스까지 와주었다. 하지만 1940년대 할리우드 배우처럼 매혹적인 옆얼굴을 가진 그 사내, 교구의 모든 여신도에게 오감의 죄를 꿈꾸게 했을 법한 그 사내는 참으로 비범한 오르가니스트였다. 그는 나무 페달, 드로우바[24], 톤 휠, 아흔한개의 톱니바퀴, 레슬리 스피커를 장착한 해먼드 B3의 층층이 건반에서 거미 같은 손가락으로 가없는 음표들의 그물을 짜내는 경이로운 연주자였다. 프로콜 하럼, 더 도어스, 디 애니멀스, 퍼

---

24 오르간의 음색 조절 장치.

시 슬레지, 제임스 브라운이 주로 사용했던 그 신기하면서도 지극히 세속적인 악기를 발견하고 교회음악을 맡긴 사람은 내 아버지였다. 하지만 제라르 르블롱이 예배 시각 한참 전에 그 악기를 마주하고 앉을 때면, 지미 스미스, 로다 스콧, 에롤 파커가 만약 신이 존재한다면 이 절묘한 악기의 발명가 로런스 해먼드를 성인 반열에 올리지 않은 것을 단단히 후회하게 만들려고 한자리에 모인 것 같았다. 텅 빈 교회에서 제라르 르블롱이 자신의 작업대 앞에 앉을 때, 그의 손가락이 재즈와 블루스와 스윙의 악마들을 모조리 불러낼 때, 오래된 나룻배가 두둥실 떠오르고 하늘은 푸르러졌으며 행복이 중앙 홀과 삼각 지붕으로 밀려들었다. 예수는 무덤으로 돌아갔고, 셔브룩의 성직자 제라르가 지고천의 유일한 지배자로서 위세를 떨쳤다.

리프와 질풍 같은 연주가 한바탕 몰아치고 나서, 모든 것이 서서히 지상으로 내려오고 원래 자리로 돌아갔다. 마치 아무 일도 없었던 것처럼 예배 시각이면 제일 먼저 도착하는 신자들이 바흐의 평균율 전주곡과 함께 입장을 했다. 왠지 바흐 자신도 일요일마다 그 연주를 듣고 싶어 신도들 틈에 앉아 있을 것 같았다.

아버지는 이 연주자의 비범한 기교가 자기가 이끄는 예배의 인기에 미치는 영향을 잘 알고 있었다. 몇년쯤 지나서는 신도들이 하느님의 말씀을 들으러 오는 건지 악마의 진수가 담긴 음악을 들으러 오는 건지 헷갈릴 정도였다. 신도들은 눈으로 구경하러 오기도 했다. 그도 그럴 것이, 그들은 좋은 자리를 차지하려고 점점 더 일찍 왔다. 상석에서는 연주자의 유려하면서도 정확한 타건, 페달 건반의 두 옥타브를 넘나들며 빙그르르 돌고, 홀쩍 넘어가고, 폴짝 뛰어오르며 절묘하게 춤추는 발놀림을 직접 볼 수 있었기 때문이다. 뒤에서 보면 그의 페달링은 어느 쪽으로 갈지 마음을 못 정한 사람이 오른쪽으로 발을 내밀었다가 거둬들이고 왼쪽으로 틀었다가 가운데로 돌아오고, 그렇게 어디로도 나아갈 수 없는 몸짓을 고정되지 않은 안무로 표현하는 것 같았지만, 실은 한발 한발 모두 표기에 충실한 진행이었다. 르블롱의 발가락 기교는 그의 손가락 기교 못지않게 전설이 되었다. 이 지역사회에서 그는 '네개의 손을 지닌 르블롱'이라는 별명을 얻었다.

아버지는 자신의 친구이자 예배의 중요한 홍행 요소가 된 이 마법사 같은 파트너를 적잖이 자랑스러워했다. 정오즈음 교회 앞마당에서 제라르에게 몰려드는 인파만 봐도 그랬다. 그럴 때 아버지는 살짝 뒤로 빠져서 평생 음악은 백화점, 대기실, 엘리베이터에서 들은 게 전부인 무지렁이 몇명하고만 악수를 나누었다.

우리가 만나서 한잔할 때면 제라르는 번번이 아버지와 나에게 해먼드 B3의 제작 비법을 알려주고 싶어 못 배겼다. "미친놈의 작품이죠. 악마의 기계라고나 할까. 아흔한 개의 톱니바퀴 톱니 수가 하나하나 다 다릅니다. 요놈들을 자석의 자기장 안에서 회전시켜요. 그러면 각각의 자석에 고정된 코일이, 강자성强磁性 재질로 만들어진 톤 휠이 재유 도하는 자기장을 전기신호로 전환하는 픽업이 됩니다. 이 게 바로 로런스 해먼드의 비법, 톱니바퀴와 자기장과 픽업 의 연금술이지요. 이 전기공학적 결합 덕분에 '드로우바' 를 조작하면서 페터슨, 헨델, 얼랜드, 바흐, 뭐든지 연주할 수 있어요. 드로우바를 조절한다거나 '키 클릭'²⁵을 피한다 거나 하는 식으로 말입니다. 로런스는 진짜 특이한 양반 이었어요. 어디서 읽었는데 어릴 때는 프랑스에서 살았고 열다섯살 때 이미 르노 자동차에 자신이 고안한 자동변속 장치를 제안한 적도 있대요. 미국으로 돌아와서 1922년에 3D 이미지 시스템을 개발했고, 기상천외한 시계들을 제 작했으며, 피아노를 한대 사서 다 뜯어보고는 교회 반주자 를 하던 회계사의 도움을 받아 전선, 톱니바퀴, 자석, 자기 머릿속에 있는 모든 것과 연결된 코일로 오르간을 발명한 겁니다. 그렇게 해서 이 브랜드가 탄생했지요. 내친김에

25 타건에서 발생하는 노이즈. 초기 모델에서는 파이프오르간과 가장 차별화되는 특징이자 설계상의 결함으로 간주되었으나 이 특성이 재즈나 블루스 연주에 개성을 더해주었기 때문에 후기 모델은 이 노 이즈를 조절 가능하게 만들었다.

1932년에는 최초의 다중음 신시사이저 노바코드도 만들었고요. 진짜 걸출한 인물이었죠. 평생 이런저런 시스템을 만들면서 살았습니다. 음악 쪽에서 손을 뗀 후에는 새로운 자이로스코프로 특허를 냈고, 죽기 전에는 군대를 위해 미사일 유도장치도 고안했어요."

맥나마라가 투하한 폭탄의 굉음과 브루크너의 「테 데움」을 연주하는 B3의 플루트 비슷한 잡음은 무슨 관계가 있을까? 서로 어울리지 않고 아예 모순적인 두 악곡이 동시에 한 사람의 머릿속에서 비롯됐다는 점 외에는 아무 관계도 없다. 정신의 의식하지 않은 발놀림이 인식의 광대한 페달에서 어쩌다 그 음들을 동시에 눌러버렸나.

소란도 열광도 없이, 이 괴상한 소도시에서 차츰 내 삶이 꾸려졌다. 청명한 봄날은 셋퍼드의 중심가에 매력적인 분위기를 더해주었고, 예쁜 영국식 가옥들은 한층 더 예뻐 보였다. 나는 일을 했고, 내 또래 여자들을 만났고, 호수에 뱃놀이를 하러 갔고, 내 고용주의 아들 조제프에게 차도 한대 샀다. 자그마한 1974년형 혼다 시빅은 무게가 600킬로그램밖에 안 나갔고 엔진이 시곗바늘 반대 방향으로 회전한다는 특징이 있었는데, 그 점은 그 브랜드에서 출시한 모델들이 전부 마찬가지였다.

피에르 뒤로리에는 일 많은 현장을 일사불란하게 지휘하고 나서 우리 모두를 식당으로 데려갔다. 겨울철 메뉴는

다진 고기, 옥수수 알갱이, 퓌레를 덮고 치즈를 얹은 그라탱 비슷한 중국식 파테[26]였다. 여름에는 똑같은 식당에서 콜슬로, 꿀을 곁들인 닭고기, 감자튀김을 먹었다. 그렇게 우리끼리 모일 때면 뒤로리에는 공사판의 세계를 재구성했고 정치인 한두명을 "정면으로 후려갈겼"으며 내년에는 회사를 더 키우겠다, 사람을 더 뽑겠다, 말하곤 했다. 그러고 나면 그는 별말이 없어졌고, 그의 두 아들이 나에게 팔아넘긴 소형 혼다를 두고 살살 농담을 했다. "그 차 편안하고 내부 공간도 제법 나와. 시계를 신지 않는다면 말이지."

　세월은 흘러갔고, 나는 아버지의 영적 열의가 한풀 꺾였다고 느꼈다. 그의 피로, 성경 말씀을 전하는 어려움, 기도를 할 수 없는 불능, 월급을 받는 대가로 신도들에게 전파해야 할 것을 전파하기가 곤란한 심정을 알 것 같았다. 그래도 그는 규정에 맞게 살았고, 자신에게 맡겨진 배와 목사관을 잘 건사했다. 매주 일요일, 제라르는 공연을 책임질 의무를 다했다. 아버지는 이제 이 쇼맨도 안중에 없었지만 그래도 여전히 정성껏, 아니, 그 어느 때보다 더 공을 들여 설교문을 썼다. 인간들과 그들을 둘러싼 세상, 그 세상 동물들의 영원한 이야기를 콘라트 로렌츠 복음서, 모리스 마테를링크 복음서를 인용하면서 모든 것을 매번 처음

---

26 고기나 생선 구운 것을 파이 껍질로 싸서 구운 요리.

부터, 하늘과 땅이 영혼을 나누고 각자 선과 악 중에서 어느 한쪽을 선택하라고 강요한 그날의 얘기부터 다시 들려주었다.

아버지는 자신의 지위와 여건에서 느끼는 불편함을 극복하고 싶어지면 외출복을 걸치고 동종업계의 호화로운 사옥을 방문했다. 우체국과 버스터미널에서 두블록 떨어져 있는 노트르담 거리 34번지 생탈퐁스 성당이 바로 그곳이었다. 아버지는 일부러 한적한 시간에 성당을 찾아서는 마치 미술관 관람을 온 것처럼 뒷짐을 지고 슬슬 둘러보았다. 그 건축물은 —— 내부 소장품도 —— 퀘벡 문화유산으로 등재되어 있었고, 캐나다 전체에서도 가장 아름답고 값나가기로 손에 꼽혔다. 그 성당은 귀한 자재로만 지어졌고 석면은 흔적조차 찾아볼 수 없었다. 백개의 촛불이 빛나는 샹들리에, 풍성한 제단, 채색조각상, 섬세한 목공예, 석상, 위용 넘치는 그림, 채색장식 들이 도처에서 오랜 세월 이 나라 사람들의 몸과 영혼을 지배해온 가톨릭교회의 호사를 입증했다. 모성애가 유독 강한 이 나라 여성들은 언제나 더 많은 것을 요구하는 교회의 채울 수 없는 보일러를 채워줬다. 바닥부터 천장까지 보이는 모든 것, 울리고 빛나는 모든 것은 신을 기리기 위해서가 아니라 로마의 성직자, 지배, 교만, 권능을 나타내기 위해 지음받았다.

심혈을 기울인 작품이었다. 그건 인정해야 했다. 둥그스

름한 궁륭, 천장의 다채로운 판자 장식, 세 칸으로 나뉜 가로 회랑, 사방의 거대한 석재와 목재. 뿌리 내린 나무처럼 두툼한 긴 의자들은 한결같은 정성으로 만들어진 것이었고 완전히 바로크풍이었다. 모든 형식의 예술, 회화, 자수 공예, 스위스 금으로 장식한 제단, 연한 녹색을 입힌 목공 예품, 그리고 냄새도 잘 관리된 집들에서만 나는 냄새였다. 여기에 오염을 씻는 여덟개의 기지, 허물을 고백하는 여덟칸의 면회소, 그 위협적인 여덟개의 고해소가 있었다. 고해소의 규모와 숫자를 봐서는, 사탄이 매일 저녁 이 도시에 저녁을 먹으러 내려오는 듯했다. 마지막으로, 우뚝한 금관들이 신도석을 굽어보는 발코니에는 1902년에 제작된 21개의 스톱, 27개의 열[27], 또다른 저음 스톱 페달, 그리고 필요 이상의 파이프들을 갖춘 카사방 opus 150 오르간이 자리 잡고 있었다.

이 회칠한 우주 속에서 아버지의 머릿속은 온통 빙글빙글 돌았다. 뒤집힌 배, 해먼드 B3, 강자성 톤 휠, 제라르의 발, 소나무로 만든 긴 의자, 헐벗은 벽, 천장으로 치닫는 제임스 브라운과 지미 스미스, 이 빌어먹을 것들이 전부 스윙 리듬을 타기 시작했고 그동안 레슬리 스피커는 흥을 돋우었으며 밖에서는 발삼전나무들마저 바람에 맞춰 몸을

[27] rang(rank), 하나의 음을 내는 파이프들의 묶음.

흔들며 장단을 맞추었다. 그 뮤지컬 코미디의 영감은 아버지에게 자신에 대한 약간의 믿음을, 토끼와 모자와 혹시 모르니 약간의 마술도 되찾아보자는 의욕을 돌려주었다. 그는 자기 자리는 미첼 구역의 영국인들 사이에 있음을 확신하며 로마의 위용이나 작품과는 거리가 먼 목사관으로 휘파람을 불면서 돌아왔다.

순례자의 발걸음으로 돌아오면서 그는 은행 본사 건물처럼 으리으리하게 지어진 교회를, 그 옛날 인디언들의 땅과 기억을 사들이기 위해 써먹었던 채색 유리 세공품과 장신구 들의 진열창을 생각했다.

1월은 끝나지 않았고, 추위는 우리 모두에게 떨치는 위세를 결코 늦추지 않았다. 밤에는 기온이 더 떨어져서 감방 내부도 수은주가 15도, 16도 언저리에서 꼼짝하지 않았다. 강이란 강은 다 얼었고 나이아가라 폭포마저 빙정氷晶에 갇혀버렸다. 패트릭이 어떤 신문에 난 사진들을 보여주었다. "이건 기록인데, 이렇게 두껍게 얼어붙기는 처음인 것 같아. 굉장해. 거대한 종유석 같잖아. 내가 왜 석순 같다고 안 하는지 알아? 어떤 선생님이 그 둘을 어떻게 구분하는지 가르쳐줬거든. 종유석은 위에서 아래로 생기는 거고, 석순은 위로 점점 자라는 거야. 대단하지, 응? 딴 얘기지만 사진을 보니까 우리 동네 작은 공원에 있던 분수가 생각나네. 거의 벌거벗은 여자 동상이 있고, 그 동상 어깨에 둘러 멘 꽃병 같은 데서 물이 졸졸졸 흘러나오는 거야. 그게 얼면 뭣 같지도 않은데 나이아가라하고 좀 닮았어. 아, 물론 그게 훨씬 작지. 폭포의 크기와 무게를 봐서는 도대체 어떻게 그 모양이 유지가 되는지 신기하단 말이야. 당신 생각에는 폭포가 녹으면 큰 얼음이 한번에 떨어질 것 같아, 아니면 작은 덩어리들이 될 것 같아?"

패트릭의 전형적인 사고 회전은 그랬다. 그리고 마지막에는 언제나 그다운 전격적 질문이 튀어나왔다. 얼음판처럼 맥을 못 추게 하는 질문. 이럴 땐 무슨 말을 하나? 무슨 대답을 하나?

어제 면회실에서 잠시 좋은 시간을 보냈다. 키어런 리드가 또 면회를 왔다. 여덟번째 오는 면회다. 그가 나에게 마음 써주는 유일한 사람이 된 지도 일년이 넘었다. 사건이 터졌을 때도 그 사람만은 처음부터 끝까지 내 편이었고, 불리한 입장에 있는 나를 비호하면서 해고를 결사적으로 반대했으며, 재판정의 판사 앞에서도 변함없이 신념 어린 태도를 보여주었다. 그러나 그의 결연함은 아마도 큰 성과를 얻지 못했을 것이고 아파트 내에서 반감만 잔뜩 샀을 것이다.

키어런 리드는 몬트리올 아헌트식 구역에 소재한 렉셀시오르 콘도의 공동소유주 63명 중 한 사람이다. 나는 그 콘도에서 이십육년 동안 관리인, 수위, 잡부, 간호사, 고해 신부, 정원사, 심리상담사, 전기기술자, 배관공, 주방설비 업자, 화학자, 엔지니어였다. 요컨대 나는 그 작은 사원의 선한 수호자로서 거의 모든 열쇠를 가지고 있었고 거의 모든 비밀을 알고 있었다.

605호가 리드 씨의 집이다. 그 집은 로비를 제외하고 여섯번째 층, 그러니까 건물의 꼭대기 층이었고 수영장과 정원이 내려다보였다. 저녁나절이면, 저 아래 가지를 친 단풍나무들이 은은한 빛에 휩싸인 꽃다발처럼 보였다. 키어런 리드는 영국 출신 퀘벡 사람이지만 사회생활은 대부분 미국에서 했다. 그는 아주 특이한 직업에 종사하다가 지금은 은퇴했다. 시신의 가격을 매기는 직업. 그의 모국어로는 '캐주얼티스 어저스터'(casualties adjuster)²⁸라고 했다. 리드 씨는 주로 프리랜서로 일했다. 비극이 발생하고 보험회사가 유족에게 보상금을 지급해야 할 때, 자기들의 이익을 보전하고 고인의 목숨값을 깎고 싶어 하는 보험회사들이 운구차 부르듯 그를 불러서 외주를 맡겼다.

키어런 리드는 렉셀시오르에서 가장 오래 산 입주자 중한명으로, 눈에 잘 띄지 않게 살아왔다. 그를 중상하는 이들은 구린 게 있어서 숨어 산다고 수군거렸다. 그는 꾸준

---

28 사고 발생 시 사상자들에게 지급해야 하는 금액을 평가하는 사람.

히 교류하는 이웃도 없었고, 공용공간이나 수영장에서 사람들과 인사를 주고받는 일도 거의 없었다. 입주자 회의에 부지런히 나오지도 않았고, 관리비 청구서를 받아서 돈만 냈다. 그렇게 조용히 살아왔기 때문에, 다른 입주자들은 자기네가 잘 알지도 못했던 그 사람이 렉셀시오르의 가장 비천한 종을 열성적으로 변호하고 나서자 더욱더 놀랐다.

늦은 저녁에 임무를 마치고 돌아오면, 리드 씨는 으레 술을 한잔하면서 잠시 얘기도 나눌 겸 나의 관사로 찾아오곤 했다. 나는 그 사람이 곧바로 6층으로 올라가 홀로 서류를 들여다보고 싶어 하지 않는 것을 알았다. 서류에는 머리가 없는 사망자나 트럭에 깔려 죽은 아이의 사진이 끼워져 있을 터였다. 그럴 때 리드 씨는 내 집에 왔고, 소파에 앉아 여행, 고역스러운 탑승, 비행 중의 난류, 유나이티드 항공사 좌석의 불편함을 이야기하다가 어느 순간 비행기라는 교통수단의 위험성을 우물쭈물 에둘러 말하곤 했다. 그러고는 도저히 말하지 않을 수 없었기에, 새로 맡은 임무의 억장 무너지는 사연을, 또다시 빠지게 된 번민과 고통과 기막힌 심정을 털어놓았다. 매번 도저히 있을 법하지 않은 끔찍한 사건이었고, 그는 죽은 이들의 기억과 주머니를 뒤져가며 그 사건을 관리하고 소화해야만 했다. 때때로 고인들은 거짓말했고, 바람을 피웠고, 배신했고, 은폐했다. 리드의 일은 죽은 자들이 말하게 하는 것이었다. 키어런 리드는 오랫동안 자기 일에서 그 부분이 힘들었지만 세월이 흐르니 진실이 산 자와 죽은 자의 중간쯤, 죽음의 회계 언저리에 있는 세상에서 사는 것도 익숙해지더라고 했다. 어쨌거나 '어저스터'가 여행에서 돌아와 내 집에 들어서면서 맨 처음 하는 말은 거의 늘 같았다. "저기요, 폴, 오늘도 한가지는 확실하네요. 나는 아무도 행복하게 해주지 못했어요."

늘 그렇듯 리드 씨가 찾아와줘서 좋았다. 그의 면회는 나를 바깥세상과 화해시켜주었다. 그 사람이 나에게 보여주는 신뢰가 나를 달래고 진정시키고 위로한다. 어제 우리는 렉셀시오르 얘기를 했다. 예전의 렉셀시오르, 초창기의 렉셀시오르, 이제 우리는 그 렉셀시오르를 알았던 몇 안되는 사람에 속한다. 허약한 나무, 거대한 미니어처, 이제 막 자라기 시작하던 작은 숲, 탈모증을 앓던 잔디. 생명이 자리를 잡으려면 물이 필요하듯, 그 시절 렉셀시오르의 정원은 지속적인 관심과 돌봄을 요구하는 실험 현장이었다. "폴, 그 정원은 당신 덕에 있는 겁니다. 그 땅의 처음 모습을 아는 나로서는, 삼십년 만에 그토록 강건하고 아름다운 정원이 자리를 잡은 게 새삼 놀라워요. 아버님이 목사님이셨다고 했지요? 그분이 아들에게 신의 손을 물려주셨네요. 하지만 당신 후임이라고 온 사람은 식물에 대해 아무것도 모릅디다. 돋아나는 건 다 깎고 삐져나가는 건 다 쳐

내요. 뭔 말을 더하겠습니까. 식물에 생기는 병, 특수한 물을 공급해줘야 하는 종류, 겨울에는 잘 싸매줘야 하는 종류, 그런 걸 하나도 몰라요. 당신하고는 영 딴판인 사람이에요. 달라도 너무 달라. 일에 의욕도 없고 아무렇게나 막합니다. 그 사람이 유일하게 반짝 살아나는 때, 그래도 민감한 구석이 있구나 싶은 때는 주차장에 내려가서 자기 쉐보레의 엔진오일 수위를 확인할 때밖에 없어요. 폴, 내가괜히 하는 말이 아닙니다. 그거에 얼마나 집착하는지, 자못 경건하게 게이지를 뽑아서 수위가 적당한지 확인합니다. 한번은 그 사람이 그러고 있는 걸 봤는데 무슨 오르가슴이라도 느끼는 것 같더라고요. 또 특이한 게, 자동차 타이어에도 환장을 해요. 세월아 네월아 타이어를 솔로 문질러 닦을 뿐 아니라, 번들거리는 왁스 같은 것까지 바른다니까요. 타이어에다가 '파티용 드레스'를 입히는 것도 아니고, 참 웃기지도 않아요. 그 사람은 타이어가 좋아 죽어요. 내가 보기에 그건 분명합니다. 그런 사람을 찾아가 얘기를 나눌 수 있겠습니까? 우리가 예전에 그랬던 것처럼? 뭐, 굿이어 사계절 타이어와 최신 파이어스톤 '윈터 스페셜'을 비교해보니 뭐가 좋더라, 그런 얘기를 할까요? 저기요, 난 당신을 내쫓은 입주자 대표를 절대 용서하지 않을 겁니다. 당신 대신에 엔진오일과 타이어에 미쳐 있는 사나이를 데려다 앉혀놨으니 더더욱 용서할 수 없어요."

리드 씨의 음성, 빼도 박도 못할 영국 사람의 빈정대는 말투, 정원 식물에 대한 찬사와 내 후임으로 들어온 사람 등짝을 바늘로 콕콕 쑤시는 뒷담화를 듣고 있으니 얼마나 좋던지 감옥의 일상이 견딜 만해졌고, 추위도 금세 지나갈 일이 되었으며, 호턴의 똥 밀어내기 타임도 거의 기분전환처럼 받아들일 수 있었다. 조금 전 호턴은 자리를 잡고 앉아서 한참을 끙끙대고는 성공을 거두었다. 그는 볼일을 보는 내내 내게서 눈을 떼지 않았다. 싸질러놓은 작품을 주인에게 들킨 개가 으레 짓는, 어색하고 난처한 표정을 지은 채로.

그리고 오르간이 멈췄다

세월이 흘렀다. 아버지는 본인 권한의 요건을 토씨 하나 틀림없이 준수하며 자기 교회의 영국인들에게 매달렸다. 한편, 그 영국인들 대부분은 페달 위에서 트위스트를 추는 르블롱의 복사뼈를 보기 위해 교회를 찾았다. 나로 말하자면, 이제 피에르 뒤로리에가 작은 규모의 현장은 나에게 전적으로 맡겼고 보브 우드워드라는 새 견습생도 내 밑으로 들어왔으므로 그 바닥에서 한단계 올라간 셈이 되었다. 그 친구는 영어 외의 다른 말은 절대로 쓰지 않으려 했다. 한나절 내내 "썹"(fuck)과 "똥"(shit)을 허공에 뱉어냈으니 결코 좋은 조짐은 아니었다. 그래도 보비는—사장이 그렇게 불렀다—엄청난 태만과 만만찮은 자기도취에도 불구하고 크게 책임질 일 없는 그 상태를 즐기는 듯 보였다.

내 나이 스물여섯살, 셰퍼드 여자들이 내 집에 서로 들어오려고 난리 칠 일은 없음을 인정해야 했다. 나는 계절만 허락하면 집중적인 카누 타기 연습으로 그 결핍을 보상했다. 아침 댓바람부터 카누를 띄우고 마곡호, 마사위피호, 에일머호, 생프랑수아호의 어두운 물의 표피에서 온종일 노를 젓다가 저녁에야 철수를 하곤 했다. 호수들은 전부 달랐다. 호수마다 고유한 냄새가 있고, 바람의 습관이 있고, 보이지 않는 물살의 혈관이 있었다. 하지만 모든 호수에는 무슨 수를 써서라도, 거기가 어디든, 저쪽 끝까지 다다르고 싶다는 의욕을 거세게 불어넣는 원초적인 행복감, 그 독특한 생명력이 있었다.

내가 노를 젓고, 아버지가 설교를 하고, 제라르가 페달을 밟고, 석면이 흩어지는 동안, 그 지방에서는 어떤 일이 추진되고 있었다. 연방정부를 뒤흔들고 영국의 옥좌를 오싹하게 할 지각변동이 잠복 중이었다. 퀘벡은 독립을 쟁취하기 위한 주민투표 절차에 들어갔다. 오타와를 거부하고, 런던에 작별인사를 고하고, 이제 여생을 자기네끼리 살아가기로 작정한 터였다. 르네 레베스크와 퀘벡당은 퀘벡주 독립에 관한 주민투표 건을 정성껏 포장하고 리본까지 달아서 1979년 12월 20일 연방정부의 크리스마스트리 아래에, 그리고 피에르 엘리오트 트뤼도 정부의 발치에도 내밀었다. 피에르 엘리오트 트뤼도 총리도 퀘벡 출신이긴 했지만 '주권-연합'을 내세운 이 위장 이혼에는 극렬하게 반대했다. 어쨌거나 그놈의 예수회가 퀘벡당에서 작성한 문건에 입각하여 선택해야 할 미래의 사용법을 모두가 알고 있었다. 게다가 그 예수회 신부 중 한명은 연방정부의 첩자로 의심받았다. "퀘벡 정부는 국민의 평등 원칙에 기초한 새로운 합의를 캐나다의 나머지 주들과 맺기를 제안합니다; 이 합의로 퀘벡은 독자적인 법을 만들고 세금을 징수하며 대외관계를 맺을 권한, 다시 말해 주권을 획득할 것입니다. 그와 동시에 캐나다와 공통 화폐를 사용하는 등 경제 연합을 유지할 권한도 가질 것입니다; 이 교섭으로 인한 정치적 위상의 변화는 또다른 주민투표를 통해 동의를 얻지 못하는 한 결코 실현되지 않을 것입니다; 결론적으로 여기서 제안하는 퀘벡과 캐나다 사이의 합의를 체결할 권한을 퀘벡 정부에게 주시기 바랍니다."

뒤로리에 부자父子라도 이렇게 어설픈 설계로는 집을 못 짓는다고 거절했을 것이다. 게다가 대충 쌓기 설계의 장본인은 이 짧은 글에 쌍반점(;)을 세번이나 쓰는 무능의 극치를 드러냈다. 당혹감과 의심을 나타내는 구두점을 남용한 것 자체가 깔끔하게 끝내고 싶은 유혹과 문장이 어떤 방향으로 나아가는지 두고 보고 싶은 유혹 사이에서 갈팡

질팡하는 소심한 정신을 드러낸다.

1980년 5월 20일 화요일, 가족들 사이에까지 분리선을 그어버린 원색적인 선전 운동이 끝나고 퀘벡 주민들은 투표함을 통해 "아뇨, 됐거든요!"라는 의사를 218만 7991회 표시했다. 미래를 세개의 쌍반점에 맡길 수는 없다는 의견이 59.56퍼센트였다.

아버지와 나는 영주권자였으므로 당연히 투표권이 없었다. 반면 분리주의의 희망을 단련해온 뒤로리에 집안 사람들은 완전히 실의에 빠졌다. 그들은 모두 텔레비전 앞에 앉아 있었다. 다만, 보비 우드워드만은 아마 몇몇 영국 앞잡이와 함께 연방주의자들의 승리에 축배를 들고 있었을 것이다. 그날 저녁, 르네 레베스크가 텔레비전에 등장했다. 할 말을 미리 생각해두었을까 아니면 당원들의 분노, 슬픔, 자긍심에서 영감이 솟아올랐을까? 그날밤 텔레비전을 본 자들은 그런 의문을 품지 않았을 것이다. 그들은 그 사람이 "제가 여러분의 뜻을 제대로 이해한 거라면, 여러분은 우리에게 다음 기회에 봅시다,라고 말씀하신 게지요!"라고 하는 말을 듣고 서로 얼굴을 바라보았고, 눈물이 그렁그렁한 눈을 보았다.

아버지는 일요일 예배까지 남은 닷새를 이용해 르네 레베스크의 희망의 메시지에 착안한 설교문을 쌍반점을 한번도 쓰지 않고 작성했다. 그 장문의 설교는 일생을 건 싸움에 나서는 이에게 믿음이 하는 근본적인 역할을 찬양했다. 은총을 얻고자 하는 탐색은 끝이 없고 어렵다. 물론 여기서 은총의 속뜻은 독립일 터였다.

아버지와 신앙. 아버지는 신앙을 잃어버렸노라 고백한 이후만큼 신앙을 많이 말한 적이 없다. "땅에 있을 때, 전부 다 끝났다는 생각이 들 때, 의심에 빠질 때라도 다시 일어나 믿으십시오. 모든 것을 넘어서, 모든 것을 거슬러서라도 믿으십시오. 주님이 여러분 곁에 계시고, 그분의 음성이 다음 기회가 있다고, 필요하다면 그다음에도 기회가 있다고 말씀하시기 때문입니다. 그리하여 정말로 마지막에 이르면 그 길의 끝에서 여러분은 마침내 그분의 집에 들어가게 될 것입니다." 딱히 새로운 얘기는 아니었다. 고전적이고 관습적인 메시지. 하지만 레베스크의 짤막한 메시지가 발표된 것이 닷새 전의 일이었기에, 아버지의 고집스러운 희망의 송가에 영국인들은 모골이 송연해졌다. 그 일요일에 그들은 교회 앞마당에 오래 머물지 않았다.

1980년 광산 채굴 사업은 여전히 한창이었고 사람들은 계속 거리낌 없이 홍적세에 빨대를 꽂았다. 회사들은 더 깊이 내려가려고, 갱도를 다 파고들어가 새로운 광맥을 찾으려고 다이너마이트의 힘을 빌렸다. 대규모 폭발이 땅과 그 위에 덮인 도시를 수시로 뒤흔들었다. 시간이 흐르고 땅이 야금야금 파이면서 구덩이들이 주거지역과 주택들에 너무 가까워졌다. 이 노천 폭격에 흙, 바위, 돌멩이 파편이 인근 가옥들, 거기 사는 사람들, 그 안에 몰아넣은 자동차들에까지 비처럼 쏟아지는 일은 결코 드물지 않았다.

1960년대 말에 여기서 사건이 터졌다. 그 사건의 과격함은 다가올 세계의 방법과 우선순위를 미리 나타내 보였다. 주민들을 낙진 피해에서 보호한다는 명목으로 — 실상은 생모리스 구역 주거지대 밑에서 도저히 흘려보낼 수 없는 새로운 광맥이 발견됐기 때문이었지만 — 광산 회사들은 그 일대의 주민을 다 이주시키기로 결정했다. 하나둘 회사들이 맨 먼저 주택을, 그다음에는 차고·배관·거리·사람·세간·재화·추억을 옮겼고, 그 구역의 모든 구성 요소를 조립식 부품처럼 더 먼 곳의 빈터에 가져다 놓았다. 철거 인력이 처리해야 할 것이라고는 해체해서 옮기기엔 너무 까다로웠던 교회 골조, 낡아빠진 행정기관 사무소들밖에 남지 않았다. 이제 폭파만 하면 될 일이었다. 실은 폭파도 하지 않았다. 뒷북을 치고 나온 재감정 연구들은 그 광맥의 개발이 결코 효율적이지 않다고 보았다.

미첼 구역은 킹, 벨, 비버, 존슨의 갱도들이 집중되어 있었지만 원래 자리에 남았고 폭발과 낙진에 익숙해져야만 했다. 전쟁터를 이웃 삼은 그 상황은 어느날 지구의 중심에서 튀어나온 단단한 운석이 지붕의 반을 무너뜨리지 않았다면 결코 끝나지 않았을 것이다. 그제야 사람들은 대형

화기를 소유한 눈먼 저격수들의 사정거리 안에서 사는 듯한 그 위험한 상황을 인식했다.

서둘러 회의가 소집되었다. 주택들을 채굴과 철거 현장에서 최대한 먼 곳으로 옮겨주겠다는 약속이 나왔다. 또다른 상징적 안전 조치로, 다이너마이트 투입 작업이 있을 때는 반드시 십오분 전에 강력한 사이렌을 울려 미리 경고하기로 했다. 이 조치는 금세 흐지부지되었지만 나는 그 죽음의 나팔소리가 일대 소동을 일으키는 광경을 특별히 몇번 목격할 수 있었다.

그때까지 위험에 관심이 없었거나 그냥 무시하고 살던 동네들이 알람 조치가 떨어진 후로 뭐라 설명할 수 없는 공황 반응을 보이기 시작했다. 사이렌이 울릴 때마다 많은 이들이 서둘러 집으로 달려가 문과 창문을 걸어 잠그고 대피시킬 수 있는 것은 다 대피시켰다. 예전에는 폭발음에 혼비백산했다면, 이제 가축들이 낌새를 느끼고 미리 우는 모습에 더 벌벌 떠는 것 같았다. 아버지는 세상의 종말을 예고하는 경보가 울리면 부리나케 자기 물건을 챙기는 주민 유형에 해당했다.

이따금 기후나 채굴 작업의 편의를 이유로 일요일 오전에 다이너마이트를 터뜨릴 때가 있었다. 아버지는 예배의 원활한 진행을 방해하는 이 불쾌한 처사에 항의하느라 광산 회사를 두어번 찾아가기도 했다. 그쪽에서는 그 문제를 숙고해보겠다고 했다. 하지만 그다음 주말에는 폭파가 갑절로 늘었고 제발 그만하라는 한탄도 그만큼 늘었다. 아버지를 보려고 어느 일요일에 교회에 들른 적이 있다. 한창 설교 중에 교회에 도착했는데 제라르 르블롱은 '풀 오르간' 조합으로 드로우바를 조작하고 있었다. 목사가 의심과 신앙을 이야기하는 중이었다는 말은 굳이 할 필요가 없을 것이다. 아버지가 설교를 했다 하면 십중팔구 그 두 주제가 등장했으니까. 그날 아버지는 논지를 펼치면서 실력 발휘를 하고 있었다. 청중을 더 세게 휘어잡기 위해 흔들어놓고, 연출을 조절하고, 찬사를 중얼거리고, 과오를 혹평하고, 물에 떠오르듯 자신의 말 속에서 유연하게 헤엄을 쳤다. 타인에 대한 관용과 받아들임을 논하는 대목에서 아버지가 신도들 한 사람 한 사람을 바라보기라도 하듯 잠시 입을 다물고 침묵을 지켰던 것이 기억난다. 툴루즈에서도 아버지가 청중을 집중시키기 위해 때때로 그 수법을 쓰는 것을 본 적이 있다. 드디어 모든 조건이 갖추어졌다 싶은 순간, 아버지는 준비한 메시지를 전했다. 그 메시지에 그런 반향이 있을 줄은 상상을 못했겠지만. "돌과 숲의 침묵 속에서 우리는 때때로 신들의 속삭임을 듣습니다." 아버지가 이 문장의 마지막 단어를 내뱉자마자 사이렌이 불길한 신성모독처럼 울부짖었다. 아버지는 거기서 더 나아갈 수 없었고, 신들이 생명의 세입자들에게 귓속말을 하면서 사실은 뭐라고 했는지 — 왜 '신'이 아니라 '신들'이라고 하는지 놀란 사람들이 있었을 텐데 — 아무도 알지 못하게 되었다. 아버지는 설교문이 적힌 종이를 서둘러 접고 모두 일어나 평안히 가시라고, 세상이 머리 위로 무너지기 전에 속히 가시라고 했다. 유머 감각이나 임기응변이 부족하지 않았던 오르간 주자는 교회를 빠져나가는 행렬의 옅은 공포를 음악으로 옮기기 시작했다. 네개의 손이 「내 주를 가까이 하게 함은」을 연주했다. 여성 시인 사라 플라워의 노랫말에 곡을 붙인 이 찬송가는 왕립 우편 기선 타이태닉호가 난파할 때 악단이 최후의 한 음까지 연주한 곡으로 유명하다. 그 일요일에 알람이 울리고 정확히 십오분 후 폭발이 일어났다. 배의 단단한 갑주에 찰과상을 입히지 못한 자그마한 돌멩이와 알갱이 외에도 미세한 눈송이 같은 석면이 우리 모두에게 서서히 떨어졌다.

교도소에서 패트릭 호턴 옆에서 하키 경기 관람을 해야 한다면, 그 자체로 각오가 웬만큼 필요한 활동이다. 몬트리올 캐네이디언스가 득점을 하면 호턴은 옆 사람에게 달려들어 멱살을 잡다시피 흔들어댄다. 캐네이디언스가 두 들겨 맞으면 옆 사람을 샌드백처럼 두들겨 팬다. 오늘 저녁 우리는 바로 그 캐네이디언스와 토론토 메이플리프스의 경기를 보았다. 호적수로 꼽히는 두 팀의 경기가 민감한 스틱 사용과 큰 반향을 부르는 체킹 없이 끝나는 경우는 드물다. 오늘 저녁은 리프스의 두 선수 파뇌프와 암스트롱이 팀의 승리에는 공헌했지만 유독 악랄하게 경기를 운영하는 듯 보였다. "악랄? 악랄? 아니, 꿈이라고 말해줘. 내가 도대체 왜 당신하고 하키 얘기를 하는지 모르겠네. 당신은 하키를 전혀 모르잖아. 그러니까, 짱나게 하지 마. 파뇌프는 아이스링크에서 만날 수 있는 창녀의 큰아들이지. 그 새낀 스케이트날로 막 썰고 다녀. 그 새끼랑은 스틱이 아니라 야구배트나 식칼을 들고 싸워야 해. 오늘 경기도 그 새끼가 사고는 다 치고 다녔어. 암스트롱도 똑같아. 그 새끼가 두번째 칼이지. 파뇌프가 안 찌르면 암스트롱이 찌를 거야. 그 새끼들은 전부 빙산에 보내서 북극곰하고나 경기를 하라고 해야 해. 아이스링크나 NHL(북미아이스하키리그)에서 설치고 다니게 하면 안돼."

경기 후의 스트레스를 풀기 위해 우리는 켈트족의 스포츠와 카버[29] 멀리 던지기를 다룬 다큐멘터리 프로그램도 봤다. 100~110킬로그램이나 나가는 5~7미터 길이의 통나무를 누가 더 멀리 던지는지 겨루고 있었다. "애먼 나무들 엿먹이지 말고 파뇌프와 암스트롱이나 내던지면 좋을 텐데."

---

29 스코틀랜드에서 낙엽송으로 만드는 긴 창 모양의 통나무.

나도 1969년에 아버지와 함께 하키 시합을 꽤 많이 보았던 기억이 있다. 그해에 아이스하키 월드컵이 스웨덴에서 열렸는데 텔레비전에서 중계 방송을 해줬다. 당연히 툴루즈에서 하키는 인기 있는 종목이 아니었지만 아버지는 스칸디나비아 사람답게 단 한 경기도 놓치지 않았고, 그 덕에 나도 이 종목의 기본 규칙에 익숙해졌다. 월드컵에서 소련 대 체코슬로바키아의 시합이 특히 주목을 받았는데, 러시아 전차들이 프라하로 밀고 들어간 지 일년도 안됐을 때였다. 시합은 그야말로 얼음 위의 전쟁이었고 그 굉장한 경기에서 체코가 4 대 3으로 러시아를 이겼지만 러시아가 전체 평균 득점이 더 높아서 세계 챔피언으로 등극했다. 시합 규정상 선수들은 경기 후에 상대편 선수들과 악수를 나누어야 했지만 그러지 않았다. 메달 수여식에서 인터내셔널 가歌가 나오자 체코 텔레비전은 음향을 껐다. 소련 선수들이 시상대에 올라가자 아예 영상 송출이 중단되었다.

조금 전 나는 내 룸메이트에게 이 인상적인 사연을 들려주려고 했다. 그러나 호턴은 이렇게 말했다. "나한테 그런 얘길 왜 해? 1969년 러시아놈들이 무슨 상관이야. 나는 다 아는 얘기야. 그게 파뇌프와 암스트롱하고 무슨 관계가 있어? 전에 아버지가 어디 사람이라고 했더라? 덴마크? 에라, 잘 걸렸다. 덴마크가 1949년에 어느 나라를 상대로 최초의 공식 국제경기를 했는지 알아? 바로 캐나다다, 이 양반아. 점수가 몇 대 몇이었는지 알아? 49 대 빵이었어. 그러니까 러시아 전차니 뭐니 하면서 번데기 앞에서 주름잡지 마. 역사와 정치는, 그래, 인정해, 내가 까막눈이지. 하지만 하키에 관해서라면 캐나다의 시합 전적, 수상 이력, 선수 명단을 다 꿰고 있거든? 진짜야, 봐봐, 아무거나 물어봐. 캐나다가 세계 챔피언을 몇번 먹었게? 지금까지 스물네번. 올림픽 우승은? 일곱번. 제일 큰 점수 차로 이긴 경기? 조금 전에 말했던, 당신 아버지 나라 선수들하고 한 시합이지. 제일 크게 진 경기? 1977년에 염병할 소련놈들하고 붙어서 11 대 1로 깨졌지. 역사상 최고의 골잡이? 웨인 그레츠키. 됐어? 이제 충분해? 알아먹었어? 그러니까 가서 방 정리나 하셔." 그러고는 스포츠 경기장에서 으레 하는 우스꽝스러운 몸짓을 해 보였다. 오른손으로 보이지 않는 경고 신호의 손잡이를 당기는 듯한 몸짓이었지만 정작 얼굴은 아랫입술을 깨물며 인상을 찡그리고 있었다. "하키를 진짜로 이해하려면, 그 안에서 태어나고 자라야 되는 거야. 다섯살 때부터 동네 스케이트장에서 불알이 꽝꽝 얼고 집에 가면 손가락에 감각이 없을 정도로 굴러봐야 해. 스틱을 잃어버리면 따귀를 쳐 맞고 시합을 뛸 때는 주거니 받거니 할 줄 알아야 해. 무엇보다 스케이트로 치고 나갈 때마다 얼음판을 부숴버릴 기세라야 한다고. 당신, 스케이트를 신어본 적은 있어?" 나는 호턴에게 감히 진실을 말할 수 없었고, 호턴이 말한 대로 방 정리에만 몰두했다.

셋퍼드 마인스에서 사태가 그런 식으로 흘러갈 줄이야 누가 상상이나 했을까? 한센 목사가 갑자기 예상치도 못했던 샛길에 빠져 1982년 1월에 그의 고용주들, 즉 캐나다 교회연합 몬트리올·오타와 지부 퀘벡·셔브룩 노회의 긴급 호출을 받게 될 줄이야. 시련을 거쳐야 할 아버지를 도울 겸 그리고 나에게도 일부 책임이 있다는 생각에서, 나는 아버지를 그 면담 장소에 모셔다드리고 멀지 않은 곳에 차를 세워놓고 기다렸다. 일종의 성직 재판이 아버지의 행적을 심판하고 운명을 결정할 터였다. 면담이 진행되는 동안 나는 운전석에 앉아서 라디오를 들으며 어떻게 이런 일이 일어났을까, 어떻게 아버지가 일 년 만에 막대한 빚을 지고 자기 직분의 미래를 이렇게 말아먹을 수 있었을까 생각에 잠겼다.

아버지가 차로 돌아오는 모습이 보였다. 아버지는 무엇으로부터 숨고 싶은 듯 건물에 딱 붙어서 보도를 따라 걸어오고 있었다. 차 문 닫히는 소리가 났고, 아버지는 두 손으로 얼굴을 쓸고는 눈꺼풀을 매만졌다. "네가 같이 와줘서, 내 곁에 있어주니 좋구나." 아버지는 설교 도중에 곧잘 그랬던 것처럼 한참 침묵을 지켰다. 하지만 이번에는 연단에서의 수법, 연설의 기교가 아니라 그냥 허파에 숨이 달려서, 심장에 힘이 없어서, 정신이 생각을 이어나갈 수 없어서 침묵했을 뿐이었다. 아버지가 나를 향해 고개를 돌렸다. "그 사람들이 육개월을 줄 테니 내가 갚아야 할 돈을 다 내놓으라고 하는구나. 교회 재정을 원래대로 돌려놓고 곳간 열쇠를 내놓으라는 거야. 그 기한을 어기면 고소하겠대." 그는 손바닥을 하늘을 향해 들어 보였다. "하긴, 그 사람들이 달리 어떻게 하겠니."

일년 전, 그러니까 1981년 초겨울에 모든 일이 시작됐던 것 같다. 첫눈이 오고 나서 추위가 도로를 무너뜨리기 시작했고, 날은 끝장을 내려는 것처럼 갑자기 짧아졌다. 그렇게 계절이 변하는 동안 우리 안에서 뭔가가 변했다. 막연히 무료한 기분이 자리를 잡았고 우울감도 일부 따라왔다. 나는 그런 변화에 아주 민감했다. 그 맥빠지는 리듬을 벗어나려고 아버지에게 퀘벡시 팔레 상트랄에서 저녁 시간을 보내자고 말해보았다. 팔레 상트랄은 하네스 속보 경주를 진행하는 경마장이다. 밖에서 보면 두개의 작은 첨탑이 솟은 중앙 아케이드와 대칭 구조인 거대한 메인 관중석이 스페인 북부의 투우 경기장을 묘하게 닮았다. 내부는 모든 면에서 좀더 관습적인 모양새다. 모래 바닥에 점토를 덮고 20여 미터 폭의 트랙을 깔았다. 단골 경마꾼들을 양성하려고 이곳의 소유주들이 관중석에 난방 시설을 설치한 이후로 이 경마장은 사실상 연중무휴였다. 그날 저녁에는 일곱건의 경주가 잡혀 있었다.

그곳에 같이 가자고 아버지를 설득하는 데 힘이 많이 들지는 않았다. 얼마 전까지 두 주인을 섬길 수 없다고 했던 종은 슬그머니 한쪽 주인에게 하직 인사를 올리고, 잠시 나들이하는 동안 다른 주인과 수작을 벌였다. 경기가 시작될 때마다 아버지는 기수의 모자나 조끼 색깔, 1인승 마차의 맵시, 알지 못하는 동물이 걸친 옷을 보고 말과 마차 한쌍을 선택한 후 베팅 창구로 내려갔다. 인생이 송두리째 걸려 있기라도 한 것처럼 갈기 달린 미지의 동물, 보폭의 요행에 내기를 걸었다. 그 열의, 그 믿음을 볼 때 그 사내가 자기 자신과 구주를 향한 믿음의 위기를 거치고 있다고 누가 잠시라도 상상했으랴. 그러고 나서 아버지는 계단을 한꺼번에 몇칸씩 뛰어넘어 관중석으로 다시 올라왔다. 그 밤, 하늘이 그의 불충을 눈감아주었다고 믿을 수밖에 없다. 경주 결과를 종합한 결과 아버지는 대박이 났다. 우승마가 네마리, 입상마가 두마리, 그리고 한마리는 보법步法 위반으로 실격 처리되었다.

내가 다시 소형 혼다에 태워 셋퍼드 마인스로 데려온 사내는 행운을 거머쥔 행복으로 변모된 부자였다. 행운의 여신도 한번쯤은 그에게 미소를 짓지 않을 수 없었던 걸까. 400달러였나 500달러였나 했던 소득, 경주의 짜릿한 전율,

맥주와 시가 냄새, 관중석의 환호, 바깥의 한기, 안의 열기, 마지막 순간까지 깨지지 않는 불확실성, 우연의 불균형, 목사가 성경에서 전혀 엿보지 못했던 가능성들을 팔레 상트랄의 트랙에서 깨닫기에는 그만하면 충분했다.

그다음 주, 같은 요일, 같은 시각, 같은 장소, 같은 경주들. 이번에는 아버지가 함께 가자고 졸랐다. 차를 타고 가는 길에 아버지는 첫 경마 경험이 정말 좋았다고, 굉장히 "흥분됐다"고 말했다. 내 아버지의 입에서 나온 표현치고는 범상치 않았다. 가는 끈으로 목에 건 큼지막한 가죽케이스도 눈에 띄었다. "쌍안경이다. 경기를 제대로 관람해야 하니 말이야. 전에 보니 쌍안경도 없이 앉아 있는 사람은 별로 없더구나." 마지막으로 놀랄 일이 있었다. 아버지는 경마장 앞에 내려서는 주머니에서 격자무늬 캡모자를 꺼내더니, 그 모자가 새로운 인생의 면류관이라도 되는 것처럼 머리에 조심스럽게 얹었다.

아버지는 그럭저럭 나쁘지 않은 새로운 제복 차림으로 속보 경주의 신들과 재계약을 체결했고, 이번에도 성과는 기대 이상이었다. 마지막 경주에 이르러 자신의 애마가 선두에 가까워지자 아버지는 쌍안경에서 눈을 떼지 못한 채 고함을 지르기 시작했다. 그리고 그 말이 선두로 치고 나올 때 아버지는 처음으로 죄를 지었다. "어서! 씨팔, 어서 달려!" 돌아오는 차 안에서 아버지는 사실 생각해보면 경마꾼처럼 근사한 직업이 어디 있겠느냐고 했다. 구경하고, 돈을 걸고, 돈을 따고, 집에 간다. 아버지는 그러한 활동에 따르는 위험을 —가령 돈을 잃을 가능성이라든가— 상상도 하지 않는 듯 보였다. 그러한 우발적 사태, '마력'이 떠나갈지도 모른다는 가설은 아예 검토 대상이 아니었다. 나는 그날 저녁 마귀가 한쪽 발을 문짝 안으로 밀어 넣었구나 생각했다. 하지만 아버지가 자기 손으로 마귀에게 문을 활짝 열어줄 거라고는 상상도 못했다.

아버지는 강추위에도 운영 가능한 퀘벡의 유일한 경마장 팔레 상트랄에서 겨울을 났다. 내가 알기로 아버지는 단 한건의 경주도 놓치지 않았으며, 통상 전적을 보면 비록 몇번의 참패가 회계 장부에 호되게 찬물을 끼얹기는 했지만 그래도 돈을 따긴 했다. 내가 회계 장부를 운운한 데에는 어폐가 있다. 아버지가 장부고 뭐고 전혀 기록하지 않았다는 사실을 나도 알고 있기 때문이다. 그도 그럴 것이, 아버지는 자기가 딴 돈만 기억하고 잃은 돈은 지나가자마자 까맣게 잊는, 가장 위험한 도박꾼 부류에 속했다. 주머니에 돈이 있는 동안은 이 시스템이 어찌저찌 굴러갈 수 있었다.

봄이 오자 아버지는 퀘벡시를 떠나 트루아리비에르 경마장으로 갔다. 1830년에 지어진 이 전문 경마장은 초창기에 말 대신 사람이 달리기도 했다. 그후 캐나다와 미국 최고의 순혈 명마들이 속보 경주, 하네스 속보 경주, 습보 경주를 펼치게 되었다. 경기 주관사는 영국인들의 구미에 맞게 스리리버스 터프클럽, 혹은 프랑스인들을 위로하기 위해 생모리스 터프클럽이라고 불렀다. 이 경마장의 운명은 처음 문을 열었을 때부터 최근까지 불길하기 짝이 없었다. 특히 세번이나 마사에 큰 불이 났는데, 두번째 화재와 세번째 화재로 죽은 경주마만 174마리였다. 아버지는 새로운 타락의 장소에 대해 자료 조사를 한 후 영국 왕 윌리엄 4세가 1836년 이곳에 와서 습보 경주 우승자에게 50기니를 하사한 역사적 사연에 자부심마저 느끼는 듯했다. 어쩌면 그 같은 특별수당에 대한 기대 때문에 아버지는 트라마돌, 코데인, 케토프로펜, 클렌부테롤, 스타노졸롤[30]에 골수까지 찌든 그 경주마들에게 새로운 믿음을 품게 됐는지도 모른다. 아버지는 요즘 약물 검사와 분석이 얼마나 엄격한데 그딴 것들을 쓸 수 있겠느냐며 펄쩍 뛰었다. 불과 몇달 사이에 아버지는 그림으로 그려놓은 듯한 경마꾼이 되었다. 쌍안경을 목에 걸고, 6패널 캡을 쓰고, 목사관에서 직접 수집한 정보와 오래전부터 지상의 모든 연합 노회가 배척해온 수상한 기관에 대한 맹목적 신뢰로 무장한 경마꾼.

요하네스 한센은 퀘벡시에서 그랬던 것처럼 초봄에는

---

30 진통제, 소염제, 스테로이드제 약물들이다.

우승마나 입상마를 연달아 맞히는 등 첫 끗발이 좋았다. 그는 기록적으로 짧은 시간 내에 기수들의 성姓, 마주들의 평판, 말 이름, 베팅 창구 직원 이름까지 전부 머릿속에 집어넣었다. 아버지가 패덕[31], 퍼레이드 링, 승률표 사이를 어찌나 자주 왔다 갔다 했는지, 어떤 직원들은 그를 "요하네스 선생님"이라고 부르면서 표를 내밀었다. 그러나 초여름부터 요하네스 선생님의 행운의 별은 오랜 공백기에 들어갔다. 속보 경주마, 습보 경주마, 하네스 경주마가 전부 다 새로운 인물, 경마를 전혀 모르는 얼뜨기, 아직 캡모자와 쌍안경을 사지 않았으며 막내아들이 날씨도 좋은데 경마장에 한번 가보자고 해서 엉겁결에 관중석 어딘가에 앉게 된 평범한 얼뜨기에게로 돌아섰다.

아버지의 주머니가 탈탈 털리기 시작했다. 펌프에 시동이 걸린 것처럼 손실에 기계적으로 가속도가 붙었다. 어쩌다 걸리는 입상마, 배당액이 몇푼 안되는 우승마의 소소한 수혈로는 출혈을 막기에 역부족이었다.

교회에서는 모든 문제가 막판 스퍼트 구간에 들어와 있었다. 목사는 설교문을 대충 썼고 예배를 소홀히 했으며, 예배 시각에 늦게 나타나고, 약속을 깜박하고, 제라르의 음악에 점점 아무 생각이 없어졌다. 제라르는 뭔가 잘못되

---

31 경마팬들이 출주마의 건강 상태, 걸음걸이 등을 관찰해 우승마를 예상하는 데 참고할 수 있도록 말들을 미리 선보이는 장소.

어가고 있음을 알아차렸다. 그는 허심탄회하게 나에게 그 이야기를 했다. 나는 진실을 고백해야만 했다. 아버지가 눈 깜짝할 사이에 경마에 미쳐버렸다고, 이제 돈을 돈으로 안 보고 오로지 "막판 스퍼트 구간으로 들어오는 그 몇초 간" 폭주하는 아드레날린을 만끽할 수단으로만 보는 강박 적인 노름꾼이 되어버렸다고 말이다.

신앙은 온데간데없었다. 다른 믿음이 이전의 믿음을 밀 어냈다. 아버지에게는 믿음이 필요했다.

이런 사정을 제라르에게 다 털어놓았을 때 그가 나를 빤 히 바라보면서 이상한 말을 했던 기억이 난다. "그게 차라 리 나아. 난 여자 문제가 아닐까 걱정했거든."

여자는 아직 없었다. 그러나 그 시점에서는 전혀 상상도 못했지만 여자는 이미 운명의 배관을 따라 점점 다가오고 있었다.

아버지는 교구 여신도들에게 무척 사랑받았다. 그는 여 신도들에게 잘 공감해주고 그들을 늘 존중했다. 여신도들 의 적성과 학업에 관심을 갖고 격려했고, 어떤 식으로든 여성에게 도덕의 코르셋을 씌우는 법이 없었다. 요컨대 아 버지는 이 나라의 가톨릭 성직자들과는 정반대의 태도를 취했다. 1950년대까지 캐나다 가톨릭의 가르침은 단순했 다. 온 힘을 바쳐 자손을 낳아라, 생육하고 번성하여 영국 인들을 저지하고 제압하라, 로마의 군대를 크게 키워 교황에 반대하는 저 개신교 마귀 떼를 무찔러라. 그 당시 사제들은 방문판매원처럼 집집마다 돌아다니면서 가정에 축복을 내렸다. 주로 그 집안의 어머니들을 만나서 출산에 힘쓰기를, 기진맥진한 육신은 잊기를, 중단도 휴식도 없이 신성한 육체관계에 매진하기를, 결실을 맺을 수만 있다면 육체관계를 만끽하기를 권고했다. 그래서 애가 열두명쯤 있는 집이 흔했다. 결혼생활 십삼년 동안 애를 겨우 일곱명밖에 낳지 않은 여자들은 고해소에서 질책을 당하고 불성실한 그리스도인 취급을 받다가 눈물범벅이 되어 나왔다. 그 여자들은 집에 돌아가자마자 보속補贖으로 남편을 닦달해 속히 생산의 과업에 힘쓰게 했다. 주님이 기다리시고 교회가 조급해했기에. 그리고 그 많고 많은 자식 중에서 아들 하나는 주님께 바쳐 성직자의 길을 걷게 하는 것이 바람직한 가톨릭 가정의 모습이었다. 성직자들에게 바치는 공물, 따로 떼어놓는 주님의 몫.

여성들의 집단 기억에는 아직도 이 모든 학대가 생생했다. 그들은 그리스도의 수난을 감당하듯 출산을 거듭 감당했고, 수탈당한 육신은 나이보다 빨리 쇠잔해버렸다. 그러니 요하네스 한센 같은 목사는 사랑받지 않을 수 없었다. 목사는 친절했고, 관용이 넘쳤고, 얼마 전부터는 머릿속에서 작은 말들이 멈추지 않고 달리는 탓에 생기발랄하기까지 했다.

여름의 끝자락에서 추락은 가팔랐고 트루아리비에르에서의 손실은 매주 눈덩이처럼 불어났다. 아버지는 패자의 소용돌이, 포기하기엔 너무 많이 잃은 자를 가차 없이 집어삼키는 블랙홀로 빨려 들어갔다. 게다가 그의 심중에는 행운의 여신과 말들이 결국은 바른 방향으로 돌아올 거라는 믿음이 있었다. 묘약은 재앙의 칵테일이었다.

9월 초에 아버지는 나에게 어려움을 털어놓고 데자르댕 금고에서 대출을 받을 거라고 말했다. 교회와 목사관 운영 예산에서 몰래 빼돌린 금액을 채워 넣으려면 어쩔 수 없었다. 아버지가 나에게 말하지 않은 부분은, 대출 금액이 아버지가 채워 넣어야 할 금액보다 훨씬 많다는 것이었다. 그는 손실을 회복하고 교회와 은행에 갚을 것을 갚고 죄를 씻은 뒤 쌍안경도 캡모자도 없는, 승률도 모르고 트라마돌도 모르는 덴마크인 목사로서 재출발하는 데 그 상당한 차액을 사용할 작정이었다.

어떻게 보자면 아버지는 이 약속을 절반은 지켰다. 수표를 받고 다시는 경마장에 행차하지 않았으며 교회에 돌려놓아야 할 금액은 한푼도 빠짐없이 돌려놓았으니 말이다. 그리하여 요하네스 한센은 422개 지점을 보유한 탄탄한 신용협동조합 금고의 수많은 채무자 중 한 사람이 되긴 했지만 교회에 진 빚과 자신의 과오를 한나절 만에 청산했다. 알퐁스 데자르댕이 1900년에 설립한 이 탄탄한 신용협

동조합은 연평균 10억 달러 이상을 지출하고 있었다.

어쩌면 아버지는 이 숫자에 취해서 이제 자신도 승자들의 세계로 옮겨가 부채를 해결하고 이자를 그만 낼 때가 됐다고 생각했는지도 모른다. 그러자면 이제 대출금에서 남은 몫으로 두둑해진 주머니에 손을 집어넣기만 하면 되었다.

어느날 저녁 아버지는 회색 양복을 입고 목사관의 문을 닫은 후 자신의 브롱코에 올랐다. 낙엽이 비처럼 떨어지는 가을, 어둠속에서 몬트리올의 빌딩 불빛들이 보일 때까지 한참을 달렸다. 이미 그 빌딩들은 한겨울처럼 숨을 쉴 때마다 하얀 입김을 뿜고 있었다. 그렇다, 요하네스 한센은 창조주께 맹세한 대로 경마장에는 두번 다시 가지 않았다. 그는 샹플랭 다리를 건너 보나방튀르 고속도로를 타고 가다가 노트르담섬 방향으로 우회전했다. 그 섬에서 수수한 상업용 건물이 그를 기다리고 있었다. 불빛이 강물에 반사되어 반짝거리는 그 건물은 셋퍼드 마인스 석면 교회의 일개 목사를 개인적으로 기다리고 있는 것 같았다. 옛날 창고 건물을 리모델링한 그 도박장은 십여 년 후 으리으리한 몬트리올 카지노가 들어설 자리에서 불과 몇백 미터밖에 떨어져 있지 않았고 1967년 몬트리올 만국박람회를 위해 지은 퀘벡과 프랑스의 옛 건물들의 빈껍데기로 치부되었다.

게임장 이름은 '머니메이커'였지만 그곳은 영광과 풍요

와는 거리가 멀었다. 트루아리비에르에서 만난 어느 노름 꾼이 내 아버지에게 이 소굴을 추천했다. 그는 거기서 크랩 스로 하루 저녁에 머큐리 마르키스 한대 값을 땄다고 했다.

열다섯개쯤 되는 테이블에 룰렛, 블랙잭, 크랩스 등이 진행 중이었고, 복도에는 슬롯머신이 몇대 놓여 있었으며, 오로지 포커만 치는 방이 하나 있었다. 전부 해서 150명에서 200명 정도 있었을까. 어울리지 않는 집기, 어쩌다 가끔 나와서 일하는 딜러, 중고 물품, 너무 센 조명, 매캐한 연기까지 무대 세트는 완벽하게 갖춰졌고, 엑스트라들은 다 자기 위치로 가 있었다. 셋퍼드 마인스의 목사가 신앙이 보잘것없는 덴마크인이 장례를 치르러 갈 때 착용하는 칙칙한 양복을 걸치고 거기에 등장하기만 하면 되었다.

십자가의 길은 모든 서바이벌 가이드북에 기술된 예측 가능하고 피할 수 없는 두 단계, 두 국면에 걸쳐 진행되었다. 시작은 다정한 행운, 장삿속에서 나오는 아침, 룰렛에서 따는 푼돈, 약간의 신뢰를 전하는 악수 한번이다. 그다음에 한번 더 변변찮은 승리가 온다. 거의 소가 뒷걸음질하다가 쥐를 잡은 격이지만 장례식용 양복 차림이 한결 편해지기에는 충분하다. 이 대속의 밤에 아버지는 희한하게 자신감에 차서 빚보다 더 많이 빌린 초과분의 돈을 모조리 들고 갔다. 꽤 큰돈이었다. 무시무시한 두시간이 다 가기도 전에 실패의 정밀기계는 이 저금 아닌 저금의 마지막

한푼까지 다 갉아먹었다. 주사위들이 아버지를 학살했다. 그 정육면체들은 던질 때마다 번번이 나쁜 면이 나왔다. 오락은 학살극으로 변했고, 아버지의 달러는 결코 채워지지 않는 배출구 속으로 사라졌다. 결국 아버지는 머큐리 마르키스 한대 값을 뽑기는커녕 탈탈 털리고 짓눌린 정신, 멍한 눈으로 낡은 브롱코의 운전대를 잡고 겨우 귀갓길에 올랐다.

아무리 봐도 이성이 있다면 그 여행은 거기서 끝나고 아버지는 교회 바로 아래 있는 자기 집에 처박혀 목회자로서의 과오를 반추하며 영국인들의 비위를 맞추고, B3 오르간에 윤을 내고, 석면을 털어내고, 데자르댕 금고에 꼬박꼬박 대출금을 갚고, 다시는 게임장이든 경마장이든 얼씬도 하지 말아야 했다.

참패의 다음날, 아버지는 모순적인 생각들이 번득이는 기나긴 밤길을 달려 자신의 포드를 푸르스름하게 빛나는 기만적인 '머니메이커' 간판 아래 세웠다. 그는 멜라토닌이 탈주한 듯 잠을 이루지 못하는 밤에 모든 아이디어와 그 반대안을 검토해보았다. 새벽이 그에게 마지막 기회라는 해결책을 제시했다. 당연히 위험이 컸지만 그는 모든 가능성을 분석해보았고, 그보다 더 나은 벤처캐피탈은 없노라 주장했다. 물론 그런 주장에는 아무 근거가 없었고, 굳이 꼽자면 카지노들이 진즉에 다 망하지 않은 이유, 즉 오랜 자기설득의 훈련만이 근거였을 것이다. 도박꾼이라면 다들 그렇듯 아버지도 징크스에 약했으므로, 지난번에 입었던 장례식용 양복은 목사관에 벗어두고 조금 덜 보수적인 느낌의 옷, 경마장에서 기분 좋게 잘 나갈 때 자주 입었던 옷을 택했다.

그날밤의 불을 피우기 위해 아버지는 교회의 모든 장작을 훔쳤다. 한번으로 모자라 또다시 교구의 운영 예산 전액을 빼돌렸다. 그러모을 수 있는 돈은 전부 다 그러모아서 들고 나왔다는 뜻이다.

자신의 전략적 환상에 틀어박힌 아버지는 이성이 손톱만큼이라도 남은 노름꾼이라면 누구라도 거부할 법한 규칙을 따랐던 모양이다. 쥐고 있는 돈 전부를 사등분해서 네번의 게임에 걸 것. 매번 빨간색 아니면 검은색에만 베팅하고 다른 가능한 조합은 전부 배제할 것.

고로 아버지는 판돈의 두배를 따든가 전부 잃든가 둘 중 하나였다. 그는 미래를 이판사판에 맡기기로 작정했다. 비록 그가 처한 상황에서 뭔가가 두배로 불어나기를 바라는 것 자체가 야무진 꿈이었지만 말이다.

밤 11시 10분, 그는 첫번째 4분의 1을 빨간색에 걸었다. 검은색이 나와서 그의 전망을 시작부터 어둡게 했다. 그는 게임장에서 몇발짝 돌아다녔다. 십분 후, 그는 처음에 선택했던 빨간색을 다시 한번 선택했다. 구슬이 원 안에서 빙그르르 돌다가 한마리 맹금처럼 검은색 중에서도 가장 검은 29번 칸으로 쏙 들어갔다. "이상하게 겁이 나지 않더라고. 그때부터는 의심조차 들지 않았어. 난 그 엿같은 상황이 기어이 끝날 거라고, 다른 가능성은 있을 수 없다고, 그 모든 불운이 결국은 다른 사람을 덮칠 것이고 나는 두 발 뻗고 살게 될 거라고 믿어 의심치 않았지. 트루아리비에르 경마장에서 마지막 경주, 마지막 스퍼트 구간이 나를 구했던 것처럼 최후의 순간이 오면 난관에서 벗어날 수 있을 거라 믿었단다."

딜러는 아버지가 매번 큰돈을 걸 뿐만 아니라 다양한 조합으로 위험을 분산하지 않고 양자택일에만 집중하는 모습에 정말로 많이 놀란 듯했다.

밤 11시 30분, 빨간색이 선택받았고 검은색이 나왔다.

아버지는 이제 마지막 스퍼트 구간에 들어갔다. 그는 여름의 마지막 경주에서 '월터 시즌'이 그랬던 것처럼 선두를 뒤집고 맨 앞으로 치고 나가는 데 필요한 조건이 다 갖춰졌다고 믿었다. 온갖 합법적인 약물과 불법적인 약물에 찌든 그 말은 출발선에서의 지연을 목 길이 하나만큼, 가슴띠 길이 하나만큼 착착 만회해나갔다. 어찌나 기운을 쓰고 달렸는지 녀석의 입에서 하얀 거품 띠가 날렸다. 월터 시즌은 늘 그랬던 것처럼 기수는 신경도 쓰지 않고 1인승 마차를 끌고 달렸다. 말발굽이 땅을 울릴 때마다 기수는 마차에서 떨어질 것처럼 뒤로 넘어갔다. 기수는 고함을 지르며 채찍을 휘둘렀다. 그 몸짓은 전혀 필요하지 않았다. 말은 자기가 해야 할 일을 완벽하게 알고 있었으니까. 다른 말들을 하나하나 전부 제치고 '선착' 사진에 잘 나오게 고개를 똑바로 빳빳이 들고 위풍당당하게 들어가야 한다는 것을.

그날밤 아버지는 '월터 시즌'의 가르침으로 구제받지 못했다. 밤 11시 45분경 게임은 전부 끝났다. 아버지가 생각했던 일은 끝내 일어나지 않았다. 흐름은 뒤집히지 않았고 기적적인 반전도 없었다. '선착' 사진에는 머뭇머뭇 빨간색을 선택하는 목사와 구슬을 검은색 칸에 분명하게 밀어 넣는 신의 손이 찍혔다.

빙그르르 돌던 굴림대가 멈추던 그 순간, 아버지는 못된 덴마크인 도둑, 골칫덩이 영주권자가 되었다. 그는 곧 교구에 불려가 제명당할 터였고, 은행의 기소와 법적 처분을 피할 수 없을 터였다.

"이상한 일이 기억나. 게임판을 뜰 때였는데, 굉장히 예쁜 여자 한명이 나한테 다가오더니 팔을 덥석 잡더구나. 그 안에서 같이 몇걸음 걸었나 그랬지. 나는 그날 저지른 일에 너무 충격을 받아서 내가 모르는 세상에서 둥둥 떠다니는 기분이었어. 그 여자가 나에게 말을 시키고 내 이름이 뭔지, 무슨 일을 하는 사람인지 물었지. 내 이름은 요하네스 한센이고 셋퍼드 마인스에서 목회를 한다고 말했어. 그랬더니 그 여자가 두 손으로 내 얼굴을 감싸고는 마치 고아 소년 보듯 나를 측은하게 바라보는 거야. 그러고는 내 입술에 길게 입맞춤을 해주었어. 나는 그 자리에서 꼼짝 못하고 두 팔을 늘어뜨린 채 눈만 휘둥그레 뜨고 있었지. 마침내 그녀가 몸을 떼고는 나에게 이렇게 말하더구나. '주님께서 당신을 보시거든 축복해주시기를 바라요.' 그다음은 하나도 기억이 나지 않아. 정말이란다. 어떻게 '머니메이커'에서 나왔는지, 어떻게 차를 몰아 집까지 왔는지 기억이 전혀 없어."

그뒤로 이어진 며칠간, 아버지는 노트르담섬에서의 손실이 불러올 비극의 연속보다 그날밤의 유일한 기억으로 남은 그 수수께끼의 여인을 더 많이 생각하는 듯했다. 그가 통과할 가없는 밤에 그 여인은 수시로 그의 머릿속에 떠오를 터였다.

성직자들이 빚을 청산할 말미로 준 여섯달은 너무 짧은 집행유예 기간이었다. 데자르댕 금고에서 더는 1달러도 빌릴 수 없었으므로 더욱더 그러했다. 아버지는 스카겐의 한센 집안 사람들에게 도움을 구하는 방안을 완강하게 거부했고, 이제 자신의 배에 들어앉아 물이 차올라 수장되기를 기다리기만 하면 된다고 결론을 냈다.

나는 몇주 동안 이 상황에서 받아들일 수 있는 타개책을 찾으려고 온 땅과 하늘의 절반을 쑤시고 다녔다. 요하네스호를 구해낼 작정으로 내가 모아둔 돈을 헤아려보았고 내가 대출을 받는 방법도 검토했다. 그러나 물이 새는 구멍들이 너무 커서 내가 가진 변변찮은 원뿔형 물막이 나부랭이로는 틈새를 다 메울 도리가 없었다.

나는 손실액과 규모를 아무에게도 말하지 않겠노라 아버지와 약속했다. 그래서 일개 목사의 생활 수준으로 감당하기에는 턱도 없었다는 말밖에 할 수 없다.

탈선 이후 두달 사이에 아버지는 '머니메이커'를 두어번 더 찾아갔다. 뭐라도 걸고 한판 할 마음은 전혀 없었고, 단지 자신을 다시 신의 손에 맡기고 떠난 그 여인을 찾고 싶어서였다. 그러나 아버지가 창고에서 마주친 자들은 자기처럼 영영 찾지 못할 것을 찾으러 온 사내들뿐이었다.

일요일이면 아버지는 아무 일도 없었던 듯이 계속 예배를 집전했고, 제라르는 해먼드 오르간을 연주했으며, 영국인들은 긴 금빛 의자에 앉았다. 처벌이 확정된 다음부터 아버지는 여태껏 여기서 아무도 들어본 적 없는 설교들을 준비했다. 교회의 한계도 아랑곳하지 않고, 우리네 인생의 우여곡절을 너그러이 끌어안는 설교들을. 그는 삶이라는 시궁창 속에 바로 우리의 자리가 있음을, 낙엽송이나 맥貘이나 우리와 같은 감방을 나눠 쓰기는 마찬가지임을, 비록 우리의 본능은 정반대를 속삭일지라도 우리 모두 미래를 불안해하고 신들의 호의를 믿으려고 애쓰고 있음을 말했다.

나는 어렸을 때 이후 처음으로 아버지의 설교를 들으려고 꼬박꼬박 교회에 나가게 됐다. 솔직하게 말하자면, 이 해방된 말씀 앞에서 보수적인 영국인 집단의 당혹한 회의주의가 점점 더 커지는 양상을 구경하러 갔다.

아버지는 몬트리올 면담 이후로 제명이 임박할수록 교회나 신과의 계약이 전부 끝난다고 홀가분해하는 것 같았다. 어떤 의미에서 신은 최악의 순간에 — 마지막 스퍼트 구간에서 — 그를 버렸다. 이제 그는 자제하거나 두려워하는 기색 없이 자신을 완전히 풀어놓고 나무, 사람, 짐승에 대해 수다를 떨고 유틀란트 어부들이 사는 이야기를 들려주었다. 맞부딪히는 물살은 어부들의 사지를 갈라놓을 듯하고, 물고기가 널리고 널려서 모래에 파묻힌 교회 종탑에까지 죽은 물고기들이 떠밀려 온다고 이야기했다. 아버지는 건물 꼭대기에서 뛰어내리는 것 같은 인상을 풍겼다. 그는 우리 앞에 서서 자신이 추락하면서 본 것들을 전하고 있는 듯했다. 가장 놀라운 사실은 그의 영웅담이 대개의 경우 신도들을 그의 세상으로 싣고 갈 수 있었다는 것이다. 좌중은 모두 최면에라도 걸린 듯 빠져들었다. 염병할 일부 영국인들은 예외였지만 그거야 그럴 수 있다.

1982년 3월 14일의 설교도 그 이전의 설교들처럼 마법

같고 아련했다. 아마도 영국파가 셋퍼드 마인스의 이단 교주를 고자질했을 테고, 어차피 곧 제명당할 인물이기도 한 터라, 몬트리올 노회 대표가 직접 그 파행의 현장을 보러 나왔다. 대표는 일단은 그날 들은 말씀에, 그리고 그후에 목격한 일에 충격을 받고 돌아갔다.

그 일요일의 설교는 가족이 대대손손 물려주는 부담과 곤경을 다루었다. 우리가 잘 모르지만 물려받았음을 원망해 마땅한 이야기들, 우리가 짊어지고 우리 자신의 죄로 더 크게 키워서 다른 세대에 떠넘기는 이야기들. 그 모든 말이 아버지의 신열 어린 혼돈과 혼동 속에서 쩌렁쩌렁 울렸다. 그 열熱이 모든 것을 청산하고 있음을, 진정 모든 셈을 끝내고 있음을 느낄 수 있었다.

"마지막으로 이런 말을 하고 싶습니다. 내가 여러분에게 얘기하는 것도 이번이 마지막이지 싶습니다. 나는 다른 곳에서 나를 더는 원치 않았기 때문에 셋퍼드 마인스에 왔습니다. 그리고 마찬가지 이유로 이 도시를 떠날 겁니다. 나는 두번 과오를 저질렀습니다. 그리고 두번 쫓겨납니다. 여러분은 나와 관련해서 꽤 불쾌한 얘기를 듣게 될 겁니다. 그런 얘기는 아마 다 사실일 겁니다. 그리고 이번에도 나 자신을 옹호하기 위해 할 말은 전혀 없을 겁니다. 그렇지만 내가 여기서 지내는 동안 늘 헌신적이고 충직한 일꾼이었음을 알아주십시오. 비록 지금에 와서 이런 표현은 말 같지도 않겠지만요. 비록 오래전에 신앙은 나를 떠나갔지만요. 비록 여러분이 나를 위해 기도하기란 불가능하겠지만요. 여러분이 나를 심판하고 단죄할 시간은 얼마든지 있을 겁니다. 그러니 이 말 한마디만 마음에 새겨주시기를 부탁드립니다. 참 단순한 말, 우리 아버지께서 사람의 허물을 크게 보지 말라면서 늘 하시던 말씀이지요. '모두가 세상을 똑같이 살지는 않습니다.' 주님께서 여러분을 보시거든 축복을 주시기를 바랍니다."

아버지의 무릎이 보일 듯 말 듯 구부러졌고 두 손이 연단에 매달렸다. 충실한 파트너 제라르가 아버지와 함께 골라놓은 전주곡을 치기 시작했고, 레슬리 스피커는 선의를 품은 모든 이에게 한바탕 소리를 흐드러지게 펼쳐놓았다.

아버지는 낯선 인파 속에서 친숙한 얼굴을 찾으려는 것처럼 시선을 던졌다. 우리에게 뭔가 할 말이 있었는데 잊은 것처럼, 아직도 몇 마디가 더 튀어나와야 한다는 듯이 입을 벌렸다. 그러고 나서 그의 손이 세상의 암벽에서 미끄러졌다. 다리 힘이 빠지면서 그는 쓰러졌다.

좌중이 충격으로 숨을 죽였다. 제라르 르블롱이 연주를 중단하고 아버지에게 달려갔다. 그리고 오르간이 멈췄다.

몬트리올, 퀘벡시티

셋퍼드 마인스의 목사는 영구차를 타고 그 도시를 떠났다. 그는 도르발 공항에서 입관 절차를 거치고 스위스에서 항공기에 탑승한 후 제네바를 경유해 코펜하겐으로 갔다. 덴마크에서는 다른 영구차가 나와서 스카겐까지 데려갔다. 그리하여 아버지는 스카겐의 가족, 친지가 지켜보는 가운데 내가 걸어준 쌍안경, 내가 씌워준 캡모자와 함께 흙 속으로, 바람의 기마행렬이 단단히 다져놓은 묘지의 모래 아래로 사라졌다.

어머니도 나의 연락을 받고 그 자리에 왔다. 멋쟁이 가짜 과부는 좋았던 옛 시절과 똑같이 덴마크인들에게 대접받았다. 교회의 오래된 종이 울리는 소리와 함께 아버지가 땅속에 묻히던 순간, 어머니는 티슈를 꺼내어 완벽하게 말라 있던 눈가를 훔쳤다. 그녀는 내 어깨를 붙잡고 오래전에 자신이 우리 사이에 정해놓은 거리를 유지한 채 말을 걸었다. 마치 먼 친척 고모와 우리 둘 다 오랫동안 잘 알고 지냈던 사람의 죽음을 이야기하는 기분이었다. 이제 아빠도, 엄마도, 아이도 없었다. 단지 어른 둘이서 무덤 사이를 거닐며 생의 흐름에서 불가피하게 발생하는 부수적 피해를 이야기하는 것처럼, 한때는 친숙했지만 이제 고인이 된 제3의 어른을 함께 추억할 뿐이었다.

어머니도 한센 집안 사람들도 아버지의 마지막 이년이 어땠는지 전혀 알지 못했다. 그들이 알아야 할 이유도 없었다. 어머니는 제네바로 돌아갔고, 한센 집안 사람들은 그들의 물고기에게 돌아갔으며, 나는 두번째 새 인생이었으면 하는 내 생활로 돌아갔다.

몬트리올 노회의 요청에 따라, 한센 목사를 기리는 예배나 의식은 일절 거행되지 않았다. 은행과 교단의 회계 보고는 목사의 채무에 완전히 빗금을 그어버렸고 영국인들은 새로운 목사가 오기를 기다리는 동안 다른 교회로 예배를 드리러 갔다. 제라르는 악기에 쌓인 정 때문에, 또한 내 아버지를 추억하는 뜻에서 교구의 재산이던 해먼드 B3, 페달 건반, 레슬리 스피커까지 매입했다. 교구 측에서도 기꺼이 거래에 응했다. 어쩌면 그 오르간은 지금도 셔브룩 쪽에서 7도 화음인지 9도 화음인지를 구성지게 뽑아내어 흩뿌리고 날려보내고 있을 것이다. 제라르 르블롱과 나는 몇년간 — 그후로는 내가 몬트리올에 살았으므로 — 전화 통화로 드문드문 서로의 근황을 전하고 살았다. 아버지의 후임으로 온 목사가 구세대 신자 몇명밖에 붙잡아놓지 못했다는 얘기도 르블롱이 알려줬다. 그 신자들은 르블롱의 표현을 빌리자면 "연단에 수달을 데려다 놓아도 교회에 나올 사람들"이었다. 그러고 나서 몇년 후였나, 르블롱이 밤 11시쯤에 불쑥 전화를 했다. 그만큼 자기가 들은 소식을 나에게 빨리 전하고 싶어서 좀이 쑤셨던 게다. 셋퍼드 마인스 교회는 영국인들이 대거 떠나간 탓에 이미 일년 전에 문을 닫았고 어머니의 영화관이 밟았던 전철대로 어느 부동산대행사에 매물로 나왔다가 목사관과 함께 금세 팔려 주거용 건물로 탈바꿈했다나. "아버님이 이 사실을 알면 경마장에서 죽치고 보낸 날들을 그렇게 후회하시진 않을 거야, 아무렴. 내가 조만간 직접 한번 가보려고 해. 그곳이 어떻게 되어 있는지는 다녀와서 알려줄게." 그후로 제라르의 소식은 듣지 못했다. 왠지 그 이유를 알 것 같다. 나는 셋퍼드 마인스에 다시는 가보지 않았다. 그저 새로운 입주자들이 아버지의 음성이 오래오래 울리던 그 천장과 늑재만은 새로운 배에서도 남겨두면 좋을 텐데,라는 생각만 했다.

아버지가 세상을 떠난 후 나는 뒤로리에 사를 그만두었다. 회사 사람들이 조촐한 환송회를 열어주었다. 피에르는 미래를 내다보기라도 했는지 이 바닥 사람이라면 누구나 탐낼 만큼 버젓한 공구함과 절단하고 연마하고 홈을 새기고 뚫고 두들기는 데 필요한 전기공사용 연장 일체를 정성껏 마련해주었다. "네가 어떻게 될지는 모르지만 이 도구와 우리에게 배운 것만 있으면 심심치 않게 먹고살기는 할 거야. 행운을 빈다, 아들아." 아들이라고 부르는 소리를 들어본 지도 오래됐을 때였다. 나는 그 선물과 얼마 안되는 내 물품을 깃털처럼 가벼운 3.54미터 길이의 혼다 시빅에 싣고서 그 도시에서 몬트리올, 퀘벡시티 방향으로 똑바로 달렸다.

감옥에서 우리는 속내를 잘 말하지 않고 가족 얘기는 거의 하지 않는다. 패트릭이 자기 가족 얘기를 간략하게 몇 번 하긴 했지만, 가족과 함께 살던 어린 시절 이야기가 그에게 영 불편하다는 것은 나도 잘 안다. 내 쪽에서도 그에게 별 얘기를 하지 않았다. 어머니 얘기가 나와서 그저 투지가 있는 신식 여성이었고 눈이 번쩍 뜨일 만큼 미인이었다고만 했다. "어이, 어머니 얘기잖아. 자기 어머니를 그런 식으로 말하는 사람이 어디 있어. 꺼림칙해, 씨팔. '눈이 번쩍 뜨이는 미인'이라니, 진심이야? 라발의 술집 여급 얘기하는 것 같아. 당신이 그렇게 말하면 다른 사람들이 머릿속으로 무슨 영화를 찍는지는 말하지 않을게. 어이, 진짜야, 어머니는 어머니라고. 그걸로 끝이야."

또 어쩌다가 한번 아버지가 덴마크 사람이고 죽을 때까지 목사로 일했다는 말을 한 적이 있다. 그 실수는 내가 어떤 태도를 취해야 하는지 단단히 가르쳐주었다. "씨팔, 당신이 목사 아들이라고? 아, 심하다. 아니, 심각하게 이상하지 않아? 그럼 당신 아버지는 평소에 뭘 했어. 예배나 뭐 그딴 건 다 일요일에 하잖아. 사제 비슷한 거, 하여간 그런 사람 아들로 사는 건 상상이 안 가. 응, 너무 이상해. 그리고 목사가 '눈이 번쩍 뜨이는 미인'하고 살았다는 거야? 이봐, 그것도 너무 꺼림칙해. 목사들은 결혼해도 되는 거 나도 아는데, 그래도 그렇지, 당신이 말한 것 같은 그런 어머니하고는 너무 뜨악해. 완전 뜨악해. 미안하지만 우리 가톨릭은 그런 거에 익숙지 않아. 가톨릭에선 아무도 섹스 안해. 사제들은 그런 거 하면 안돼. 때때로 한번씩 물 빼주는 것조차 하면 안돼. 아, 물론 대외적으로 그렇다는 거야. 그런데 당신 아버지는 교회에 가기 직전까지도 '눈이 번쩍 뜨이는 미모'의 어머니하고 그 짓을 해도 되었잖아. 아, 미안해, 그렇지만 내 생각에 그런 건 너무 심하다 싶어서 말이야." 우리는 거기까지만 했다. 더이상의 가족 얘기나 교황을 추종하는 이들의 습속이나 신교도의 습속이 서로 비교해볼 때 어떤 장점이 있느니 하는 얘기는 우리의 공동 세입자 생활에서 영구 퇴출되었다.

오늘 패트릭은 몹시 초조해 보인다. 눈이 번쩍 뜨일 만큼 아름답지는 않은 어머니가 편지를 보냈고, 그 편지에서 오늘 오후에 그를 면회하러 오겠다고 했기 때문이다. 패트릭은 어머니가 온다며 면도를 멀끔하게 했고, 심하게 구겨지지 않은 옷을 찾느라 애를 먹었다. 이 정도 크기의 감방에 2.5인이 살면서 그런 옷이 있기란 하늘의 별 따기다. 그가 머리를 정성스럽게 빗는 모습도 우리가 방을 같이 쓴 이래로 오늘 처음 봤다. 난생처음 데이트를 하러 가는 소년이 따로 없다. 패트릭은 초조하다. 그의 기다림은 어머니의 편지를 받은 순간부터 시작되었다. 그 편지를 받자마자 패트릭은 남의 집 애들을 사랑하는 교수의 아들, 아주 오랫동안 보지 못한 그 교수 부인의 아들, 아이스하키 스틱을 잃어버리면 한대 맞을 거라는 으름장을 듣는 아들로 돌아갔다. 그는 어머니가 내색은 하지 않았을지언정 자신을 사랑했다고 어느정도는 느꼈다. 그렇지 않고서야 왜 오늘 이 먼 곳까지 망신스러운 교도소, 흉물스러운 면회실을 찾아온단 말인가? 당연히 어머니는 그를 사랑했다. 그가 바보 같은 짓을 해서 교수가 방으로 끌고 가 두들겨 팼을 때조차도. 어머니가 아들 편을 들지 않았던 이유는 편을 들어줄 일이 아니어서였고, 어찌 됐든 남편은 참지 않앉을 것이다. 그녀는 다시 살아보기 위해, 다시 자식들을 하나씩 품에 안고 용서를 구하기 위해 내심 남편이 사라지기를 기다렸다. "이 갈색 셔츠랑 파란 바지가 어울려? 아님 회색 바지를 입을까? 여기 하도 오래 처박혀 있었더니 이제 옷 입는 법도 까먹었네." 그는 주저한다. 엄마가 어떻게 생각할지를 고민한다. 어머니가 그를 눈에 보이는 모습으로 판단할지, 아니면 그냥 있는 그대로, 양아치에 폭력배지만 자기가 낳은 자식, 어느날 저녁 즉흥적으로 교수의 현금을 들고 집에서 뛰쳐나간 자식새끼로 받아들일지. 패트릭이 한없이 애처롭다. 그의 어머니가 부디 잘 대해주면 좋겠다.

나는 몬트리올에 거처를 정하고 며칠 안되어 마침 캐나다 시민권 수여식에 참석하러 갔다. 이 두번째 국적을 취득하려고 거의 오년을 기다렸다. 세계 각지 출신의 백여명이 수여식장에 모였다. 캐나다 국기 두개가 걸려 있고, 정복을 갖춰입은 경찰 한명과 업무복 차림의 여성 의장, 금색 체인 목걸이가 묵직해 보이는 서기가 보였다. 참석자는 한 사람 한 사람 다음의 따뜻한 말과 함께 시민권 증서를 받았다. "캐나다 대가족의 일원이 되신 것을 환영합니다." 그후 모두 일어나 아돌프바질 루티에의 노랫말에 칼릭사라발레가 곡을 붙인 캐나다 국가 「오 캐나다」를 불렀다.

나는 잔망스 공원을 가로질러 생튀르뱅 거리, 데자르 광장을 걷다가 카페 87에서 초콜릿 음료를 주문했다. 실은 아무것도 달라지지 않았다. 단지 내가 캐나다 시민이 되었을 뿐이다. 주머니에 새로 받은 증서가 있으니 이제 나는 스카겐 출신 덴마크인의 아들이자 프랑스계 캐나다인임을 뽐낼 수 있었다. 새로운 임대계약을 체결하면서 내가 살 집의 이름을 직접 고르는 것도 난생처음이었다. 나로서는 다 전에 못해본 경험이었다. 「오 캐나다」 얘기를 하자면, 맥주를 들이켜다가 대충 휘갈겨 쓴 글줄로 전투적이고 과시적인 신앙심을 꾸역꾸역 채워 넣은 그 노래는 ― "그대의 팔은 검을 들 줄 알기에 / 그 팔은 십자가도 들 줄 안다." ― 내 모국의 무시무시하고 소름 끼치는 국가 「라 마르세예즈」보다 결코 더 낫지 않았다. 나는 이 땅에서 평화와 존엄성을 열망하는 점잖은 프랑스계 캐나다인이라면 절대로 해서는 안될 말을 ― 생각조차 해선 안될 말을 ― 여기에 쓰련다. 국가에 한해서는 경쟁이 되질 않는다. 어디서 연주되든 연주 사유가 무엇이든 간에 「신이여, 여왕을 구하소서」는 늘 영국인이 아니어서 원통한 기분을 느끼게 하는 국가이기 때문이다.

　나는 몬트리올이 마음에 들었다. 몬트리올은 기름과 기체의 압력에 의해 돌아가는 도시, 편안한 도시였다. 인생의 요철과 충격을 누그러뜨리는 것 같고, 불행을 삼키든가 매끈하게 밀어내든가 할 수 있을 것 같은, 세상에서 극히 드문 도시 중 하나였다. 몬트리올에는 산·물·공원·강이 있고, 하나의 잡스러운 작품을 함께 만드는 인간들이 웅성대는 벌집이 있었다. 밤이면 그 벌집이 서서히 흩어졌다가 고층 빌딩의 불빛들로 다시금 구멍 하나하나가 번쩍거리면서 살아난다. 나는 별 어려움 없이 그 윙윙대는 북새통에 섞여 들어갔다. 처음에는 노트르담 거리에서 로나 철물점 점원으로 일했다. 그곳은 진정한 물건의 낙원, 연장과 부품의 에덴동산이었다. 상상도 못한 물건을 기어이 품게 되는 선반들이 하늘까지 들어찬 곳. 그다음에는 식품과 소비재 전반을 취급하는 로블로스에서 일했다. 나는 그곳에서 왁스 처리를 갓 마치고 나온 과일과 채소를 진열하는 일을 맡았다. 그다음 일터는 생로랑 대로의 캐네이디언 타이어, 각종 차량 부품과 일반적인 차량 정비를 제공하는 상점이었다. 거의 일년을 정비소 직원으로서 필터와 점화 플러그를 교체하고 간판에 쓰여 있는 대로 '바퀴로 굴러가는 모든 것'(everything on wheels)을 갈아 치웠다. 하루 평균 8대의 자동차를 처리했다. 한달이면 거의 160대, 한해면 대략 1600대다.

엔진오일 교체가 직업이 될 순 없다. 밸보린 모터오일, 아마존 베이직스, 펜조일, 로열 퍼플 신세틱, 암소일, 쿼커 스테이트 오일의 점성을 찬양하는 일을 업으로 삼을 수 있는 사람은 아무도 없다. 나는 이쪽 방면으로 강박충동이 있는 손님들을 알아보게 되었다. 엔진오일과 기묘한 관계, 거의 애정에 가까운 관계를 이어온 손님들이 있다. 그 사내들은 허구한 날 필요 이상으로 돈을 처바른 자동차 얘기를 해도 귀 기울여주고 그들이 늙어가는 모습을 지켜봐주는 인내심 있는 아내보다 정제하고 첨가물을 넣은 탄화수소통에 평생 더 의리를 지킨다고 봐도 무방하다.

　서른번째 생일에서 여드레가 지난 날 나는 타이어와 오일의 세계를 떠났다. 그때는 클라크 거리에 있는 한칸짜리 집에서 살았다. 프티트 이탈리가 건너편이고 자리 공원이 바로 옆이었다. 내가 살던 건물의 수위는 아마 몬트리올을 통틀어 가장 이상하고 웃기는 사람이었지 싶은데, 나한테는 한없이 호감 가는 사람이었다. 그는 여름이나 겨울이나 근무시간에는 늘 똑같은 옷차림이었다. 앞코를 덧씌운 신발, 긴 모직 양말, 버뮤다 카고 팬츠, 검은색 스웨트셔츠와 UPS라고 찍혀 있는 밤색 점퍼. 그 물류회사를 대신해서 평생 도시를 누비고 다닐 꿈이라도 꾸었을까? 그는 늘 그 회사 상표가 박힌 옷, 그 특징적인 차림새를 고수했다. 그뿐만 아니라 건물 복도를 돌아다니면서 현대인의 가정에서 들을 수 있는 온갖 소음을 완벽하게 재현하곤 했다. 엘리베이터 문 청소를 하면서 블렌더 돌아가는 소리를 냈고, 유리창을 닦으면서 청소기 소리를 흉내 냈고, 청소기를 밀 때는 포뮬러원 레이싱카 변속기 소리를 재현했으며, 완벽하게 기름을 친 문짝에서 삐걱거리는 소리가 나게 했다. 어둠이 내려앉으면 건물 계단에 앉아 담배를 피우면서 항구를 떠나는 어선의 디젤 엔진 돌아가는 소리를 기막히게 뽑아냈다. 세르게이 부브카는 그렇게 연주를 하는 동안 이 세상에 혼자였고 남의 환심을 사거나 누구를 즐겁게 하려는 의도가 조금도 없었다. 연안을 벗어나 물살을 타면 그는 이미 퍼킨스 엔진이 터덜터덜 돌아가는 어망어선에서 키를 잡고 있었다. 그는 자기 방식으로 세계를 구성했고, 거실을 고속도로 삼아 미니카를 밀면서 입으로 부릉부릉 소리를 내는 어린애들처럼 자신의 꿈에 음향을 입혔다. 나는 세르게이 부브카와 마음이 아주 잘 맞았다. 집에 돌아올 때 이따금 로비에서 그를 마주치곤 했는데, 그러면 그는 "오늘 저녁엔 뭘 해줄까요?" 하고 물었다. 나는 대답했다. "지하철 문 열렸다 닫히는 소리요." 다음 순간 지체 없이 신호음이 울리고, 나는 어느새 지하철 객차에 탑승해 있었다. 그런 식이었다.

나는 부브카에게 크게 신세를 졌다. 나를 새로운 생활 속으로 내던진 사람이 바로 그이다. 소리 흉내, 가령 채용의 악수 소리라도 재현했다든가 하는 건 아니고, 노엘 알렉상드르에게 나를 소개했다. 노엘 알렉상드르는 아헌트 식 공원에서 그리 멀지 않은 동명의 구역에 위치한 건물 렉셀시오르의 입주자대표회 회장이었다. 세르게이가 쩔쩔매던 전기 관련 문제, 위생시설 문제를 내가 해결해준 적이 몇번 있었다. 그는 나에게 무척 감탄하면서 두고두고 고마워했다. 그래서 예전에 여기에 살았던 알렉상드르가 그를 우연히 만나 지금 사는 아파트 경비가 일을 너무 안 해서 새로운 사람을 구하는 중이라고 했을 때 부브카는 대뜸 말했다. "선생님한테 필요한 사람을 아는데요."

부브카는 나에게 말했다. "알렉상드르 씨가 나에게 뭐라고 했는지 압니까? '나한테 보내봐요.' 그러고 나서 묻습디다. '그런데 그 사람도 당신처럼 소리를 잘 냅니까?' 나는 알렉상드르 씨를 참 좋아합니다. 아주 점잖은 양반이에요."

한달 후 나는 렉셀시오르에 자리를 잡았다. 그 거대한 여객선에는 기계실, 복잡다단한 내부의 삶, 대형 수영장, 식물이 잘 자라는 정원, 그리고 여섯개의 갑판에 차곡차곡 들어찬 예순여덟칸의 객실이 있었다. 그중 한칸, 로비에 있는 가장 보잘것없는 객실 한칸이 나에게 관사로 주어졌다. 나는 그 아파트에 관리인으로 채용되었고 삼년 동안 일을 시켜보고 잘하면 관리소장급으로 올려준다는 약속을 받았다. 그리하여 나는 범선을 이끄는 선장의 제복 대신 카키색 작업복을 입고 렉셀시오르의 만능 집사 노릇을 하게 되었다.

첫해는 끝나지 않는 악몽이었다. 피로, 좌절, 어둠과 싸워야만 했다. 공통 작업, 개별적으로 들어오는 요청, 혹한 때문에 더욱 빈번한 잔고장과 유지 보수 일감이 감당이 되지 않아 몇번이나 사표를 낼 뻔했다. 이 초창기에 체중이 9킬로그램이나 빠졌다. 잠은 하루 거르고 하루 자는 수준이었다. 나는 줄곧 짐승의 배 속에서 살았다. 여섯달이 지나니 공용구역에서 마주치는 입주자들의 얼굴을 보고 어떤 이름을 떠올릴 수 없게 되었다.

호텐이 내 아버지의 일이 널널했겠다고 슬그머니 빈정댈 만도 하다. 일의 집중도나 피로도를 따지자면 교회를 운영하고 건사하는 일, 레슬리 스피커의 전력을 맞추고 일주일에 한번 영국인들의 허물을 들추는 일은 사실상 즐거운 한판, 누워서 떡 먹기, 그야말로 기분전환에 지나지 않았다. 돌이켜보면 아버지가 경마장에서 크랩스 테이블로 넘어가던 시절을 빼고는 아버지가 한탄하는 모습을 본 적이 없는 것 같다. 장시간의 야간운전, 손실액이 더 불어날지 모른다는 불안, 그 두번째 인생에서 기어이 비쳐 보이던 두려움은 실제로 그에게 크나큰 시련이었다. 하지만 그전까지는, 신자석을 차지한 여자들이 그를 둘러싸던 시절에는 아버지는 늘 팔팔하니 활기가 넘쳤고 한송이 장미처럼 싱그러웠다.

그곳의 장미나무는 가시를 비수처럼 곤두세우고 정원

에서 나를 기다리고 있었다. 나는 그 나무들을 건사하고 철에 맞게 가지를 잘라줘야 했다. 비스듬하게, 연약한 가지는 늘 꽃눈을 세개만 남기고. 그리고 겨울에는 천으로 잘 싸줘야 한다. 그다음에는 딱총나무, 채진목, 개잎갈나무, 수국을 돌봐야 했고, 가을이면 단풍나무 숲에서 무더기로 떨어지는 낙엽을 치워야 했다. 여름이면 언제나 갈증에 허덕이는 잔디는 늘 완벽한 초록빛을 띠어야 했고, "짧게 깎되" "흙바닥에 너무 딱 붙을 정도는 아니어야" 했다. 그리고 내가 몇번을 빠졌는지 기억도 안 나는 수영장, 그놈의 물 23만 리터를 관리하기란 불가능했다. 쓱 한번 훑어만 봐도 pH 지수가 안 맞아서 온갖 생물학적 엽기 현상이 꼬이고 조류가 창궐한다는 것을 알 수 있었다. 조류의 형태와 빛깔에 따라 수영장은 거대한 우유 탱크처럼 보이기도 했고 반대로 별로 먹음직스럽지 않은 시금치 수프 같기도 했다. 소금을 이용한 전해 처리가 도입되기 전까지 나는 네배 효과 염소, pH 상승제, 응집제를 큰 통으로 몇개씩 써가면서 그 엿같은 조류를 얼른 가라앉힌 후 다시 빨아들여서 내다버리는 방법으로, 내가 싸울 수 있는 한 악착같이 싸웠다. 그 작업은 비용도 만만찮을 뿐 아니라 시간을 엄청나게 잡아먹었다. 그러다보니 수영복으로 몸을 졸라맨 입주자들이 작업이 언제 끝나나 초조하게 기다리고 지켜보기 일쑤였다. 그놈의 미생물들은 내 생활을 집어삼켰고, 때때로 나는 한밤중에도 수영장으로 달려가야만 했다. 입주자들이 아침에 일어나 그 꼴을 발견하기 전에 내가 먼저 피해 상태를 확인해야 했기 때문이다. 기분전환을 위한 그 물이 소금으로 처리되고 4월 말부터 10월 중순까지 전기난방 시스템으로 항상 28도를 유지하기 전까지, 나는 여름마다 쉴 새 없이 그 23만 리터와 악전고투했다. 나의 밤 위에서 찰랑대는 그 물은 언제고 여차하면 협정을 깨뜨리고 나를 부끄러움으로 휩쓸어버릴 태세였다.

참회하는 사환의 쭈그러든 자세로 내 실패를 고백하려고 노엘 알렉상드르의 집 앞으로 올라간 적이 어디 한두번이었나. "어젯밤에 사달이 났네요." 그러면 알렉상드르는 자기 아내를 바라보며 말했다. "사달이 났군." 그러면 한 시간도 안되어 집집마다 발코니에 나와 그 참사의 현장을 구경하면서 사달이 났다, 확실히 그렇다, 웅성대곤 했다.

그렇다, 수영장은 오랫동안 나의 근심거리이자 한없는 불쾌감의 원천이었다. 게다가 세월이 흐른 후 수영장 때문에 내가 해고를 당했고 결국은 교도소에까지 들어오게 되었다고 생각하니 참으로 얄궂다. 물론 그 이유는 수영장 물의 pH 반응과 아무 상관도 없었지만 말이다.

게다가 그 거대한 수조에 따르는 까다로운 업무는 여름철이 끝나도 끝이 아니었다. 가을부터는 수영장 물을 비우는 절차에 들어갔다. 겨울에 수영장이 얼어붙었다가는 벽이고 배관이고 다 갈라지고 난리가 나기 때문에 230세제곱미터의 물을 하수구로 말끔히 배출해야 했다. 불가피한 작업이기는 했지만 그 절차를 밟을 때마다 무슨 나쁜 짓을 저지르는 기분이 들었고 정말로 부끄러웠다. 염소로 단장하고 — 나중에는 소금을 썼지만 — 입주자들이 춥지 않게 모잽이헤엄을 칠 수 있게끔 거의 여섯달 내내 데워둔 물 23만 리터를 변기물처럼 내려버리는 건 좀 그렇지 않나. 도시의 작은 바다, 그 순수한 조류潮流를 하수구로 쫓아보내는 건 좀 그렇지 않나.

겨울나기의 둘째 단계에서는 공기압축기로 수영장 여과장치, 상부와 하부의 흡입구, 급수 노즐에서 물기를 완벽하게 제거하고 난방장치를 해제해야 했다. 그러고 나서는 그 시퍼렇게 휑한 자리에 눈이 내려 내년 시즌까지 망각으로 덮어주기를 기다리기만 하면 되었다.

그렇게 일을 배워가던 초창기에는 단순하지만 배운 바가 있다. 사람 사는 건물은 으레 그곳에 사는 사람들을 닮고, 그들은 남들도 자기를 닮기 바란다.

인생을 망치는 방법은 무한하다. 나의 외조부는 DS19 시트로엥을 택했다. 내 아버지는 성직자의 길을 택했다. 그리고 나는 내가 살아갈 날들을 촘촘한 시간 배정으로 지배해버린 그 속세의 수도원에 들어가는 편을 택했다. 예상치 못한 고장과 긴급 상황이 아니면 나의 일과는 항상 동일했다. 아침에는 일단 모든 복도를 돌면서 전반적인 청결 상태를 점검했다. 그다음에는 엘리베이터, 조명, 전기 시설을 점검했다. 날씨와 기온에 상관없이 늘 옥상에 올라가 환기 시설을 점검했다. 여덟개의 기둥에 각기 세개의 모터가 돌면서 통풍, 탈취, 제습 기능을 했다. 나는 밸브가 잘 작동하는지 확인했고, 각 군群의 모터들이 돌면서 노후화의 조짐인 신음을 뱉지는 않는지 주의 깊게 귀를 기울였다. 건물 안으로 돌아와서는 지하에 내려가 급수 펌프 설비를 검사하고, 차고 문 셔터에 윤활유를 바르고, 화재경보 시스템이 잘 작동하는지 살피고, 출입증을 갖다 대야만 열리는 보안장치들을 전부 점검했다. 다시 올라가 본격적으로 유지 보수 작업에 들어가기 전에 건물 안팎 주요 구역에 설치된 스물네대의 감시카메라 영상들이 집결되는 관리실에도 잠시 들렀다.

그렇게 아침마다 쭉 돌아봐야만 막대한 차질이 연쇄적으로 일어나기 전에 이런저런 문제를 파악할 수 있었으므로 그 예비순찰은 도저히 거를 수 없었다.

렉셀시오르는 그 안의 수영장을 쏙 빼닮았다. 그 주거용 건물은 취약했고, 그만큼이나 제멋대로였고, 놀이를 좋아했고, 충동적이었다. 여름이고 겨울이고 늘 눈에 불을 켜고 지켜봐야 했다. 그러지 않으면 아주 사소한 부주의를 틈타 슬그머니 도망가버리는 녀석이었다. 그 녀석을 제정신과 제자리로 다시 돌려놓는 게 내 임무였다. 렉셀시오르는 치약과 비슷해서 튜브에서 짜내기는 쉬워도 도로 집어넣기는 하늘의 별 따기였다.

이틀 전부터 교도소 전체에 소화기 전염병이 퍼졌다. 진짜 형벌은 이런 거다. 다닥다닥 붙어 지내고 변기를 공유하니 전염병이 쉽게 퍼질 수밖에 없다. 감방들이 하나둘 무너졌고, 설사약을 조직적으로 지급하고 있지만 지금 당장은 효과가 보이지 않는 것 같다. 구역질 나는 냄새가 온 건물에 퍼졌다. 간수들은 마스크와 라텍스 장갑을 착용한다. 그들은 수감자들과 접촉하지 말라는 지시를 받았다. 우리 콘도는 무사히 넘어가길 빌었지만 어제부로 우리 둘도 증상이 나타났다. 전파 속도가 이렇게 빠른 걸 봐서는 아무래도 음식에 문제가 있는 것 같다. 남이 보는 데서 변기에 앉아 급히 볼일을 보다니, 굴욕감에 피폐해진다. 이렇게 살라고 태어난 사람은 없다. 이 세계의 폭력과 야만성을 점점 더 받아들이기가 힘들다. 변의가 치밀어오를 때마다 나는 변기로 달려가면서 패트릭에게 양해를 구한다. "어이, 얌전 빼지 마. 다 그러는 거야. 병에 걸린 걸 어떡해. 그러니까 복잡하게 살지 마. 마음 편히 다 비워내. 마음대로 하고 난 신경 쓰지 마. 내 말 잘 들어둬, 난 아무것도 못 보고 아무 소리도 안 들리고 아무 냄새도 못 맡아."

때때로 호턴의 짐승 같은 야수성에서 고결함이 느껴진다고 할까. 판사와 간수보다, 평생을 가르치는 일로 보냈으나 아무것도 배우지 못한 교수 아버지보다 그가 더 나은데가 있다. 전혀 기대하지 못한 순간에, 도무지 그럴 만한상황이 아닐 때, 호턴은 섬광처럼 번쩍하고 인간미를 드러낸다.

간수 한명이 우리에게 전하기를 의사가 일주일만 있으면 다 나을 거라고 했단다. 그때까지 우리는 쌀을 주식으로 하는 식사를 한다. 패트릭과 나는 최대한 많이 자려고하지만 배 속이 야단스럽게 꿈틀대면서 어김없이 주의를준다. 호턴이 잠자리에 들기 전에 나에게 부탁을 하나 했다. "내일 좀 괜찮아지면 내 머리를 잘라줄래?" 나를 엄청나게 신뢰하지 않고서야 패트릭이 그 일을 맡길 리 없다. 누구든 한번이라도 이 짐승이 미용받는 모습을 보았다면당장 감방을 옮겨달라고 부탁할 만했으니까.

오늘 아침에는 상태가 한결 낫다. 밤새 악취가 많이 빠졌고 우리의 배 속도 가라앉았다. 패트릭은 준비가 끝났다. 등을 곧게 펴고 간이의자에 앉았고 어깨에 수건도 둘렀다. 그는 심하게 불안해하고 긴장한다. 턱을 꽉 다문데다가 목까지 잠겨서 나에게 하는 말이 잘 안 나올 정도다. "너무 짧게는 말고, 응, 진짜 조금씩만 살살 잘라줘. 뭉텅

뭉텅 쳐내지 마. 머리칼에서 짤각대는 가위 소리가 나면 안돼. 진짜 천천히 해줘. 안되겠다 싶으면 내가 말을 할 테니까 바로 멈춰줘. 정말 못 참겠으면 바닥에 잠시 누워 있어야 하거든. 난 원래 그러니까 걱정하지 마. 내가 당신은 믿으니까. 아, 씨팔, 1, 2분만 더 시간을 줘. 그다음에 시작하자."

패트릭 호턴은 아주 어렸을 때부터 희귀한 공포증에 시달렸다. 머리칼도 지체肢體에 속한다고 생각해서 머리칼을 자르면 일종의 신체적 고통을 느낀다. "어떻게 말을 하면 좋을지 모르겠네. 손가락이나 귀때기가 베이는 느낌, 진짜 내 몸에서 뭔가 잘려 나가는 기분이라고 해야 하나. 되게 고통스럽단 말이야. 내 머리칼은 진짜로 나의 일부라고. 그래서 난 이발소에 절대 못 가. 집에서 살 때는 어머니가 직접 머리를 잘라줬어. 뚝딱 자르고 나서 말을 해줬어. 내 손으로는 못 잘라. 내가 거울을 보면서 직접 잘라보려고 했는데, 가위질에 들어가야 하는 순간 도저히 못 보겠더라고. 당신 같으면 거울을 들여다보면서 자기 혀를 자를 수 있겠어?"

나는 손가락으로 패트릭의 머리칼을 쓸어본다. 살얼음판을 걷듯 조심스럽게 그 털 뭉치를 한올 한올 자르기 시작한다. 무성한 가시덤불을 손톱 가위로 제거하는 기분이다. "살살 해. 한꺼번에 많이 자르지 말고, 머리카락 당기지 말고. 절대로 가위 소리가 들리면 안돼. 내가 못 참아서 그래. 미안." 패트릭의 몸집이 미세하게 떨리기 시작한다. 그의 윗입술 위에 송골송골 맺힌 불안이 보인다. "그만, 그만. 조금만 쉬었다 해." 바닥에는 아직 뭉텅이라고 하기도 뭐한, 약간의 머리털이 떨어져 있다. 이 속도로 이발을 하려면 일주일도 더 걸리겠다. 나는 잠시 쉬는 동안 커피를 만들어 패트릭에게 건넨다. 그는 난파에서 가까스로 구조된 생존자처럼 두 손으로 잔을 움켜쥐고 커피를 홀짝거린다.

가위도 딴에는 최선을 다했지만 아무리 살살 다룬다 해도 날카로운 가윗날이 머리칼의 큐티클층, 코르텍스층, 메둘라층을 가르는 특유의 서걱대는 소리는 어쩔 수 없다. 그리고 패트릭은 바로 그 소리를 못 견뎌 했다. "그만, 젠장, 안되겠어. 어지러워. 나 누워야겠어. 아, 씨팔." 한 사람 반 덩치의 사내는 간이의자에서 바닥으로 천천히 내려와 거대한 집짐승처럼 웅크리고 누웠다. 나는 그 옆에 쭈그리고 앉아서 그의 어깨에 손을 얹었다. 내 귀에 들리는 패트릭의 숨소리가 차츰 고르게 돌아온다. 우리는 나란히 그 자세로, 필요한 시간만큼 내처 그러고 있다.

세월이 흐르면서 공포의 밤, 자신감 결핍은 물러났다. 해가 여러번 바뀌었고 렉셀시오르의 소심한 관리인은 계약 조항대로 삼년을 채우고 총관리인급으로 승진했다. 쉽게 말해서 새로운 직급 덕에 월급도 좀더 받게 됐고 업무 지휘권이 더 생겼다. 그도 그럴 것이, 이미 내가 지고 있던 책임들 외에도 건물의 사무 관리, 요컨대 각종 소비재 구입, 유지 보수에 필요한 연장과 상품 주문, 용역회사 상대하기, 약속 잡기가 다 내 소관이 되었기 때문이다. 어떤 면에서 나는 작은 사업체를 운영하는 셈이었다. 그런 업무도 적응 기간을 넘기자 할 만해졌고, 입주민 누구나 편하게 이름으로 부르는 관리소장 역할을 무리 없이 해냈다. 나는 그 건물 전체의 핵심 인력이 되었고 차차 친숙한 존재, 심지어 때로는 속내까지 터놓을 수 있는 존재가 되었다.

내가 행동하고 관여하는 범위는 각 세대의 문 앞까지였다. 문지방 너머에서 일어나는 일은 내 소관이 아니었다. 집 안에서 발생하는 고장, 누수, 정전, 전화기나 케이블 문제는 각자 알아서들 해결해야 했다.

1990년대 초의 렉셀시오르는 장차 은퇴 후의 여생을 편안하고 잘 관리된 환경에서 보낼 생각으로 입주한 노년층이 많은 아파트였다. 바로 그때가 왔다. 운명은 그 입주자들을 너그러이 대접하기로 결심했는지, 자격은 하나도 없으나 모든 일에 전문적인 프랑스계 캐나다인 관리소장을 찾아내어 그곳에 보내주었다. 고장, 누수, 정전, 전화기의 말썽과 이상하게 꼬인 케이블 문제를 말끔히 해결할 수 있는 바로 그 사람을. 그리하여 원래는 안되는 일이었지만 집집마다 나에게 문을 활짝 열었다. 내가 지내는 관사에서 나오면 건물 전체가 나의 세컨드하우스 비슷하게 느껴질 정도였다. 그 당시에는 렉셀시오르의 68가구 중에서 나이 많은 여자 혼자 사는 집이 21가구나 되었다. 그 할머니들은 모두 나만 믿고 있었다. 어떤 때는 옥상에서 환풍기 잡음을 점검하는 시간보다 영혼의 뻐걱거림을 들어주는 시간이 더 많지 않나 싶기도 했다. 하지만 나는 서른다섯살이었고 천사의 인내심과 결코 변치 않을 입맛이랄까, 뭔가를 수리하고, 제대로 다루고, 돌보고, 관리하고 싶은 욕구의 소유자였다. 그러니 부탁도 받은 김에 68가구도 그렇게 대하면 어떤가. 입주자들은 이 말을 무슨 낙이라도 삼듯 되풀이하곤 했다. "문제가 있어요? 폴에게 답이 있어요."

1991년 5월 14일, 나는 답 없는 상황을 맞닥뜨렸다. 어머니의 반려자인 군터 간츠가 한밤중에 전화를 걸어 어머니의 사망 소식을 전했다.

전화로도 게르만계 혈통이 역력히 느껴지던 그의 낮고 굵은 목소리가 아직도 들리는 듯하다. "어머니카 한시칸 처네 토라카셔씁니다. 코통은 없서씁니다. 차쌀이에요."

도르발 공항, 에어 캐나다 항공편, 일곱시간 반의 야간 비행. 제네바 쿠앵트랭 공항. 나를 기다리는 간츠. 그의 1970년대 메르세데스 벤츠. 간츠는 말이 거의 없다. 칙칙하고 다른 시대로 가득 차 있는 그의 집. 빨간색 벨벳이 깔려 있고 삐걱대는 계단. 내 어머니의 침실과 시신. 경사로운 날처럼 곱게 차려입은 모습. 배에다 얌전히 포개어 올린 두 손. 생명의 빛깔을 덧칠한 얼굴. 그냥 잠들어 있는 것 같다. 죽음이 들어왔다가 도로 나간 것 같다. 이제라도 눈을 뜨고 아들을 발견하고는 가까이 와서 앉으라고 말할 것 같다. 어머니의 몸에는 시계나 장신구가 하나도 없다. 간츠가 이미 함에 다 정리해두었다. 그는 정리정돈을 잘하는 사람 같다. 나는 어머니의 손에, 어머니의 얼굴에 손을 얹고 싶지만 엄두가 나지 않는다. 간츠가 의심 많은 세관원 같은 자세로 내 옆을 내처 지키고 있다. 오토바이 지나가는 소리. 저 멀리 보이는 호수의 만灣.

"좌장은 내힐 아침입니다." 침대머리 탁자에 약병들이 아직도 있다. 승리를 거둔 작은 군대처럼 약병들이 열을 맞춰 쭉 늘어섰다. "차쌀이에요."

전화로도 들었고 조금 전 공항에서도 그렇게 들었다. 나는 이 여인의 아들이다. 나는 건물을 돌본다. 나는 노인들을 돕고 이따금 병자들도 돕는다. 내가 죽은 자도 살려낼 수 있으면 좋겠다. 침대 가장자리에 앉아서 아버지의 뺨이 그랬던 것처럼 싸늘한 어머니의 뺨을 손으로 쓸어본다. 그러자 간츠는 벌써 저만치 멀리 있고 한없이 작은 허깨비에 지나지 않는다. 어린 시절의 뒤안길에서 우리네 생명의 진흙을 머금은 눈물이 솟아오른다. 무구한 처음의 사랑으로 가득 찬 눈물, 우리가 더는 누리지 못할 참으로 많은 것이 담긴 눈물. 어린 폴 한센의 눈물이 어머니 웃옷의 폭신한 소맷부리로 떨어진다.

간츠, 영원한 스위스인 파수꾼, 밀수업의 고행자, 그가 포즈를 취한다. 오토바이가 반대 방향으로 또 지나간다.

제네바 바티 길 생조르주 화장장. 수지류 수목들, 거대한 콘크리트 덩어리와 유리로 이루어진 건물로 통하는 널찍한 계단. 꼭대기까지 올리려다 만 듯한 작은 탑. 흰색 도기 타일을 바른 거대한 BBC 화장로. "어머니는 종교의씩을 커부하셨습니다." 명백한 사정에 굳이 자막을 달아야 할 필요를 느끼는지 간츠가 그 저주받은 목소리로 설명한다. 경마팬 목사의 전처였던 내 어머니 아나 마르주리, 한때 「딥 스로트」 홍보대사요, 「돼지우리」[32]의 선교사였던 초대初代 무신론자가 가스 소각로에 들어가기 전에 성직자에게 기름 부음을 청할 거라고는 생각도 안해봤다. 어머니는 메데이아[33]만큼이나 불경하게, 세상의 모든 멋과 아름다움을 지니고 지옥으로 갔다.

돌아오는 여행은 비몽사몽 피로에 흐려졌다. 도르발 공항에 도착하니 세상을 아름답게 물들이는 아침놀에 캐나

32 피에르 파솔리니 감독이 1969년에 발표한 영화.
33 그리스 신화에 나오는 콜키스 왕의 딸. 연인 이아손에게 배신당하자 그와의 사이에서 낳은 아들들을 죽여서 복수를 했다.

다가 마치 마요르카 같았고, 렉셀시오르는 얼룩 하나 없는 물 옆에서 햇빛을 받으며 유유자적하고 있었다. 시간이 좀 지나 있었지만 회전자를 점검하러 옥상에 올라갔다. 나의 작은 세계가 자유로이 숨 쉬는지, 안온한 침묵 속에서 조그만 마찰도 없이 계속 잘 돌아가고 있는지 확인하고 싶었다.

위노나의 비버

패트릭의 분신 같은 머리칼은 뒤탈을 일으키지 않았다. 그는 결국 자기 머리의 모낭 하나하나를 지키기로 작정했고 운동 벤치에서 힘쓰는 캘리포니아 죄수들이 가끔 쓰는 검은 그물 같은 것으로 머리를 뒤덮었다. 오늘은 교도소가 흥분에 빠져 있다. 법무부 사람 한명이 이 교도소를 방문할 예정이다. 죄수들은 감방 문을 열어놓고 안에서 대기해야 한다. 법무부 대표가 각 별관을 둘러보고 수감자들과 직접 대화를 나눌 거나.

패트릭은 이 소식에 신이 난 눈치였다. 이 얘기를 듣고부터 줄곧 작은 수첩에 자기만 내용을 아는 탄원을 작성하느라 바쁘다. 법무부 사람이 우리 방에 오면 제기하고 싶은 탄원을.

긴 겨울을 박차고 나온 큰곰처럼 패트릭 호턴은 원기를 다 회복한 것 같다. 국가기관의 일원과 만날지도 모른다는 이 소식이 그에게는 식탐을 더욱더 자극하는 푸짐한 꿀단지나 마찬가지다.

리처드 소렐이 우리 방문을 소심하게 노크했다. 그는 캐나다 왕립 헌병대원 두명을 대동하고 들어와 패트릭과 나에게 신임장을 제시했다. 리처드 소렐은 좋은 사람의 얼굴을 하고 있다. 명백하다. 아마도 그는 그의 아버지가 오랜 세월에 걸쳐 뿌린 씨에서 마땅히 거둬들인 열두 자식 혹은 열세 자식 중에서 막내이거나 막내 바로 위일 것이다. 끼니때마다 다른 식구들이 먼저 밥을 먹었고 그는 끄트머리였을 거라는 느낌이 들었다. 그러지 않고서야 성인이 되어서도 저렇게 셔츠 목 주위가 구명튜브처럼 둥둥 뜰 만큼 삐쩍 곯을 리가 있겠는가. 패트릭은 상대가 너무 허약해서 되레 위협을 느낀 듯 리처드 소렐을 뚫어져라 바라보았다. 떡대 좋은 장정을 상대로 자신의 권리를 행사하지 못하게 되어 아쉬운 듯했다. 법무부 장관의 대리인이 보르도 교도소에 대해 건의하고 싶은 사항이 있는지 묻자 패트릭이 옳다구나 나섰다. "여기에 짧게 써봤습니다. 하지만 그전에 내가 설명을 좀 해드리지요. 일단 다른 죄수들은 죄가 있어서 여기 왔겠지만 난 아닙니다. 난 결백합니다. 내가 고

발당한 내용은 다 사실이 아니에요. 내가 헬스 엔젤스 단원인 건 맞습니다. 네, 그건 사실이죠. 하지만 난 오토바이만 몰았지 딴 건 하나도 몰라요. 약에는 손이 아니라 손톱도 대본 적 없다고요. 이게 첫번째 핵심이고요, 다음으로는 두세가지 문제를 말할 건데요, 어디 사시는지는 모르지만 선생 같으면 여기서 살 수 있겠어요? 이 코딱지만 한 방에서, 여기 오기 전까지는 한번도 본 적 없는 사람이랑 이십사시간 내내 붙어 지낼 수 있어요? 매일 저녁 그 사람하고 먹고 자고 할 수 있겠냐고요. 그 사람 앞에서 똥도 쌀수 있어요? 말할 만하니까 하는 겁니다. 1년에 300일은 뭘 넣고 끓였는지도 모를 닭고기가 나오죠. 식사가 그냥 고약한 수준이 아니라 위험하다고요. 다른 사람들한테도 물어봐요, 다들 내 말이 맞다고 할 테니까. 지난주에는 싹 다 설사병에 걸렸죠. 감옥 전체가 아침부터 저녁까지 똥을 줄줄 싸대고 설사약을 한움큼씩 처먹었습니다. 선생 집에도 생쥐, 들쥐가 있어요? 여기는 늘 쥐가 있고, 그놈들이 밤새 긁어대는 소리가 나죠. 그 좆같은 소리 때문에 잠도 못 잔다고요. 강철과 못으로 빈틈이란 빈틈은 다 막아야 됩니다. 난방 얘기를 빼먹었네요. 법무부는 크리스마스에 몇도였는지 모르지만 여기는 이번 겨울에 옷을 다 껴입고 폐타이어 냄새가 나는 이불을 둘둘 감고 잤어요. 산책 시간 단축, 좆같은 활동, 우리를 똥 취급하는 간수들, 이런 자질구

190

레한 얘기는 생략하죠. 게다가 당신이나 나나 똑같이 죄 없는 사람인데 이런 일을 당한다고 상상해봐요. 좀더 자세히 알아보고 싶으면 거기에 내 이름을 적어놨으니 봐요. 호턴입니다, 패트릭 호턴."

사람이 군용 배낭 속에 들어가 있는 것처럼 보이는 양복, 골격이 가늠되는 옷차림의 소렐 씨는 이제 막 탈수기에서 나온 것 같았다. 실제로 거의 그런 상황이기도 했다. 원기 왕성하고 호전적이며 더이상 명확하고 단도직입적일 수 없는 한 사람 반 몸집의 사내를 만나지 않았는가. 그는 정신을 수습하느라 잠시 시간이 필요했다.

리처드 소렐은 그냥 들어와 있기만 해도 우리 콘도의 협소함을 더욱 여실히 느끼게 하는 헌병대원들을 데리고 나가기 전에 뭔지 모를 감정을 가득 담아 나에게 손을 내밀었다. 그러고는 패트릭에게 이렇게 말했다. "용기 내서 솔직한 얘기를 해줘 고맙습니다." 작고 말라빠진 사내는 우리 방에 왔을 때처럼 조심스럽게, 양쪽에 헌병대원을 한명씩 대동하고 문으로 나갔다.

저녁에 교도관장이 우리를 찾아왔다. 법무부 사람의 방문이 별일 없이 넘어갔는지 알아보려는 수작이다. "바보 같은 소리를 너무 많이 떠들지는 않았기를 바라, 호턴." 패트릭은 머리채에 그물을 씌우면서 씩 웃었다. "내가요? 교도관장님, 그럴 리가요."

1991년 6월 초 아파트 회의실에서 나의 은인 노엘 알렉상드르의 주관으로 렉셀시오르 입주자대표회의 연례 총회가 열렸다. 입주자 대다수가 이 자리에 참석해 다가올 한 해의 우선순위를 차지할 지출을 결정하고 지난 한 해의 회계 보고를 받았다. 총회는 가족적인 분위기였고 때때로 마찰이 없지 않았으나 결국에 가서는 다 함께 스파클링 포도주나 샤르도네 잔을 맞부딪혔다.

키어런 리드도 그해에는 웬일로 출장이 없어서 그 즐거운 연례 규정에 동참했다. 그는 입주자들과 허물없이 어울리지는 않았지만 미소와 목례로 인사를 주고받았다. 그날 저녁, 그 사람이 아주 치사스러운 일로 볼티모어 출장을 다녀왔다면서 나와 수다를 떨었던 기억이 생생하다. 자식 넷이 보험회사와 작당을 해서 돌아가신 아버지의 부도덕한 사생활을 폭로했다나. 그 자식들은 어머니에게 너무 많이 돌아가는 보험금을 터무니없는 비율로 깎기 위해 그런 짓을 했다. "그들의 증언을 녹음해야만 했지요, 그게 내 일이었으니까. 자식이라는 사람들이 왜 그렇게까지 아버지를 모욕하고 어머니를 벗겨먹으려 하는지 이해가 안 갔습니다. 나중에는 보험회사에서 그 자식들에게 사례금을 준다는 얘기가 나옵디다. 내가 알기로 당신은 자식이 없지요, 폴? 잘한 겁니다. 자식은 두지 말아요. 내 말 믿어요, 언제가 될진 몰라도 자식은 기어이 부모 얼굴에 똥칠을 하고 만다니까요."

나는 키어런 리드가 인간적으로 특히 힘들었던 임무를 마치고 돌아오면 자기 자신과 인간 족속에게 환멸을 느낄 만하겠다는 생각을 자주 했다. 그럴 때면 그는 다음번 출장까지 평소처럼 생활하기에 앞서 자신이 입은 모든 오염을 제거하려는 것처럼 며칠이고 집 밖으로 나오지 않았다. "있잖아요, '캐주얼티스 어저스터'는 직업이 아닙니다. 나도 처음에는 변호사였고 주로 노동조합들하고 일을 했어요. 그러다 어머니가 병에 걸리셨죠. 치료비니 수술비니 해서 어머니가 평생 모은 돈이 육개월 만에 바닥났어요. 그다음은 내가 책임을 져야 했지요. 장기간의 입원비, 간병비, 의료비 등등. 바로 그 무렵에 이 일을 처음 제안받았습니다. 지금도 기억이 생생하네요. 되게 이상한 사건이었어요. 피해자는 시골 도로에서 픽업트럭을 시속 100킬로미터로 몰고 있었죠. 커브에서 난데없이 말 한마리가 트럭 앞으로 튀어나왔어요. 차에 치인 말이 앞 차창을 들이받고 들어와서 뒤 차창으로 나갔어요. 믿기지 않겠지만 진짜로 그런 일이 일어났답니다. 구급차가 도착했고, 구조대원들은 차를 뚫고 나가는 말의 옆구리에 압사한 운전자를 발견했지요. 그게 내가 맨 처음 맡은 사건이었습니다. 여기서 별로 멀지도 않은 뉴욕주 북부에서 일어난 일이지요. 회사는 고인이 어떻게 살아왔는지 알아보라고 나를 채용했던 겁니다. 요컨대 나는 무모한 말이나 운 나쁜 사람들 덕택에 어머니를 그럭저럭 편하게 칠팔년 더 모실 수 있었던 겁니다. 부모님이 아직 살아계시나요, 폴?"

보름만 더 일찍 이 질문을 받았어도 그렇다고 대답할 수 있었을 것이다. 하지만 이제 그럴 수 없었다. 내 부모님은 모두 돌아가셨다. 무엇에 관한 것이든 조사하고 말고 할 건더기도 없었다. 두 분 중 어느 쪽도 도로 한복판에서 말과 마주친 적은 없었다. 아니, 어쩌면 쌍안경과 캡모자를 착용한 내 아버지는 마지막 스퍼트 라인에서 그런 적이 있었으려나.

시간이 갈수록 나는 마음 깊이 확신했다. 리드 씨가 자신이 주머니를 뒤져야 하는 그 망자들의 무게에 한 해가 다르게 짓눌려가고 있다고 말이다. 그는 늘 불행의 진앙에서 손실을 최소화하기 위해서라면 뭐든지 할 태세인 보험사, 보험금을 최대한 많이 타내려고 혈안이 된 유족, 예측이 안되는 판사, 자문료를 악착같이 뜯어내는 변호사 들을 상대했다. 리드는 인간이라는 족속의 몹쓸 자투리, 가장 나쁜 패악이 뭉근하게 익어가는 고약한 인간성의 잡탕에 빠져 있었다. 그의 소임은 무슨 일이 있어도 소송을 피하는 것이었기에 피해자 유족들을 구워삶고, 이면 협상을 하고, 보험사가 그들의 편이라는 믿음을 심어주고, 그들이 힘들어하는 시기에 공감을 표하면서 보험사 측의 제안을 받아들이게 했다. 유족들이 기대한 금액보다는 좀 적지만 곧바로 수령 가능한 돈이다. 언제 끝날지, 어떤 결과가 나올지 모르는 소송을 안해도 되고, 이쪽에서 따로 조사를 할 필요도 없고, 저쪽도 피해자의 사생활을 조사하지 않을 것이며, 막대한 변호사 비용을 아낄 수 있다. 이런 식으로 어저스터는 거실 같은 사적인 공간에서, 사별의 슬픔으로 마음이 약해진데다가 아버지의 호주머니나 벽장에서 뭐가 나올지 몰라 불안한 사람들을 상대로 보험금을 낮게 조정했다.

입주자대표회의 총회가 있고 얼마 지나지 않았을 때, 리드가 내 집으로 찾아왔다. "오늘 꼭 해야 할 일 있습니까, 폴? 괜찮다면 내가 식당에서 저녁을 사고 싶은데요. 온종일 서류를 읽었더니 머리가 터질 것 같아서 이제 더는 못하겠네요."

우리가 렉셀시오르의 문으로 다시 들어온 새벽 1시 반, 키어런 리드는 내 팔을 꼭 잡고 입술이 벗겨질 정도로 많은 말을 쏟아내고 있었다. 거추장스러운 모든 것, 기억을 더럽히는 모든 것을 자기 밖으로 분출하면서. 할로겐 조명과 거울이 번쩍거리는 아파트 로비의 중립성에 수치와 후회를 흩어놓으면서. "결국은 그렇게 까다로운 일도 아닙니다. 오히려 그 반대죠. 삶의 불평등은 대개 법을 통해 우리의 죽음에까지 연장되고 확증되니까요. 뉴욕의 어느 회사 대표가 죽었다고 하면 보험사 입장에서는 악재죠. 몬태나에서 말을 키우는 사람이 사망한 경우보다 유족에게 지급해야 하는 돈이 열배, 스무배는 더 뛰니까. 불행의 분포도가 있다고 해야 하나, 하여간 다들 알아요. 사망자의 몸값이 금값이 되는 행정구역들이 따로 있죠. 보험사가 유족과 합의를 못하고 소송까지 간다고 칠 때 전형적인 최악의 경우가 뭔지 압니까? 에어백 결함으로 인한 아동 사망사고, 아니면 마흔살 정도의 백인 기혼 남성, 좋은 직장에 다니는 도시 거주자에 애가 둘쯤 있고 가정적이며 연로한 부모에게도 잘하는 남자가 죽은 경우죠. 이 두 경우를 만나면 보험사는 망하는 겁니다. 마흔살 백인 남성의 사망처럼 사건이 너무 굴곡이 없어 보이면 나 같은 사람을 고용해서 조사를 시키죠. 이를테면 고인의 건강 상태는 어땠는지. 희한하지만 이미 죽은 사람의 건강 여부가 보상금 산정에 영향을 미치죠. 흡연자는 금액이 떨어져요. 혈압약을 복용 중이었다고 하면 그보다 더 떨어집니다. 에이즈 바이러스 보균자라면 아주 왕창 내려갈 겁니다. 이 업계의 계산표와 판사들의 계산표에서는 사교적이고 자주 친구들을 만나러 나가고 스포츠를 즐기는 피해자가 — 이른바 '아웃도어지 피플'(outdoorsy people)이 — 집에 틀어박혀 책을 읽고 TV나 보는 고독남보다 값이 더 나가죠. 당신도 알겠지만, 사실 아메리카는 죽은 사람이 건장하고 활동적이고 건강한 사람이어야 좋아하는 희한한 대륙이죠. 그리고 소위 '정당한 가정 내 성생활'이라는 것을 하던 사람이 죽으면 유족들에게 보상금이 더 나옵니다. 남편과 사별한 아내가 법정에서 '만족스럽고 빈번한 성관계'를 잃었노라 선언하기만 하면 판사가 이 과부의 슬픔을 25만 달러에서 30만 달러 상당의 만족감으로 달래줄 겁니다. 그 과부가 예쁠수록 보상금이 많이 나오죠. 그거 알아요, 폴? 가정주부가 교통사고로 사망하면 가사전문가를 보내서 피해보상(pretium doloris) 외에도 그 여자가 집안일과 가족을 돌보는 일로 가계에 기여한 부분의 보상액을 산정해요. 요리, 주택 관리, 장보기, 자녀교육, 집안 살림 말이에요. 전부 다 계량하고, 시장 가격으로 산정하고, '경제적 손실'로 수치화하죠. 하지만 요즘은 '아픔과 고통'(pain and suffering) 혹은 '정서적 손실'(emotional loss) 쪽으로 요청이 많이 들어옵니다. 대형 회사들이 이런 쪽으로 발목을 잡히면 보상액이 걷잡을 수 없이 커지거든요. 최근에 재판이 있었던 이런 유의 사건 퀼스 대 케이스는 내가 아주 잘 기억하고 있죠. 로스앤젤레스의 부스 앤드 코스코프가 원고 측 대리인이었는데 무려 1750만 달러를 받아냈거든요. 하지만 보험사도 그 정도 돈을 내놓기 전에 우리를 고용해서 다 뒤지고 들추고 하면서 고인이 그렇게 반듯하게 살지만은 않았고 가끔 딴짓을 하고 다녔다는 걸 확인합니다. 일이 그렇게 진행되는 거예요, 폴, 딱 그런 거예요. 나는 더러운 놈들 틈에서 더러운 방법으로 더러운 일을 하죠. 만약 당신이 죽으면, 뭐, 이곳 캐나다는 사정이 조금 다르겠지만, 당신의 사후 몸값은 아마 변호사의 악덕, '어저스터'의 수완, 당신의 것이던 과거, 당신이 누리지 못할 미래, 당신의 피부색, 당신의 불운, 그리고 당신의 '만족스럽고 빈번한 성관계' 여부로 결정될 겁니다. 만족스럽고 빈번한 성관계예요, 폴, 살아생전에 그걸 절대로 빼먹으면 안돼요."

나는 리드에게 왜 어머니가 돌아가신 후에도 그 일을 그만두지 않았는지, 왜 그 바닥을 단념하고 원래 직업으로 돌아가지 않았는지 물었다. 그는 너무 늦어버렸다고, 원점에서 전부 다시 시작할 용기가 없었다고 대답했다. 길을 잘못 들었음을 알지만 그 길을 끝까지 갈 거라고 했다. 그날밤 나는 잠을 이루기가 무척 힘들었다. 리드 때문이지 싶었다. 그가 털어놓은 얘기의 성격상 나는 마음이 몹시 불편했다. 어떤 이야기는 그가 떠난 후에도 계속 내 머릿속에 맴돌았다. 그날밤, 어느 남자와 여자가 자동차를 타고 신나게 달렸다. 세미트레일러가 오른쪽에서 튀어나와 그들의 앞을 가로막았다. 그들은 속도를 늦출 겨를도 없이 세미트레일러의 연결재 아래로 처박혔고 차량 지붕 쪽이 통째로 뜯겨나갔다. 자동차는 그대로 100미터쯤 더 미끄러지다가 도로 한복판에 멈췄다. 남자와 여자는 좌석에 똑바로 앉은 채 몸뚱이가 안전벨트로 고정돼 있었다. 두 사람이 똑같이 머리통 윗부분이 날아갔다. 둘 다 턱과 아래쪽 치열밖에 보이지 않았다. 머리통 윗부분은 머리카락, 머릿골이 범벅이 되어 도로에 굴러다녔다. 이 사망자들의 진짜 건강 상태는 어땠을까? 그들은 빈번하게 만족을 경험하는 '아웃도어지 피플'이었을까?

오늘 아침에는 패트릭과 적당히 거리를 두는 편이 낫다. 패트릭은 그의 오토바이가 사건 관련 증거물로 채택되어 법원에 압수당할 수도 있다는 얘기를 변호사로부터 들었다. 팻 보이 모델, 밀워키 에이트 107 엔진, 6기통, 2만 5000달러, 1745큐빅센티미터니까 1큐빅당 14.32달러다. 그 '뚱뚱한 사내'의 사진이 그의 간이탁자에 놓여 있다. 판사에게 그 오토바이에 손대면 절대 안된다고 말하고 싶다. 그랬다가는 필연적으로 화산을 깨우고 말 것이며, 한 사람 반만 한 사내가 두 사람 이상의 괴력을 발휘할 거라고 말하고 싶다. 판사에게 패트릭이 무슨 짓을 저질렀든, 그가 무슨 대죄를 범했든, 그 오토바이만은 주차되어 있는 자리에 그대로 두어야 한다고 말하고 싶다. 그 '뚱뚱한 사내'에게 한쪽 손만이라도 얹었다가는 경을 칠 테니 부디 인간들의 법과 시간이 미치지 않는 덮개 속에 고이 두기를. 패트릭 호턴을 구원할 수 있는 뭔가가 있다면 그건 그의 할리, 1큐빅당 14.32달러가 나가는 그 오토바이뿐이다. 그 물건을 징발하는 것은 싸움의 발단, 호턴에 대한 선전포고, 호턴에게 남은 인간다움을 싸그리 제거할 수도 있는 위험 행동이다. 그랬다가는 제2의 모리스 '몸' 부셰르가 나올지도 모른다. 헬스 엔젤스의 전 리더였던 부셰르는 간수 두명을 살해하고 종신형을 받았다.

오전 내내 호턴은 중얼중얼댔다. "오토바이에 손대는 새끼는 죽여버린다. 씨팔, 그 새끼는 찢어 죽일 거야. 헬스 단원으로서 맹세하는데, 아예 뼈를 발라버린다." 딱히 누구에게 들으라고 하는 말은 아니었다. 호턴은 먹잇감을 빼앗긴 야수처럼 분노를 토하며 왔다 갔다 했다. 정오가 다 되어, 호턴이 심상치 않음을 알아차린 간수 두명이 와서 복도에 선 채로 잠시 호턴과 얘기를 주고받았다. 두시간 후 호턴은 교도소장을 만나러 가게 됐다.

에마뉘엘 소바주가 딱히 더 고약한 사람은 아니다. 그 사람 역시 지금까지 대개 더러운 인생을 살아온 더러운 사람들 틈에서 더러운 일을 하고 있을 뿐. 그는 법무부가 자신에게 부여한 권한으로 관리가 잘 안되는 이 시설을 이끌면서 입소자들에게 잠자리와 먹거리를 제공한다. 소바주는 가끔 수감자들을 만나러 와서는 친근한 말투로 말을 건다. 그는 우리에게 지나치게 가혹하지 않고 필요 이상으로 동정하지도 않는다. 물불 안 가리는 수감자가 이 도시 인구의 상당수를 둘로 찢어 죽이고 싶어 한다는 보고를 듣고는 두시간도 지나기 전에 그를 자기 방으로 불러들인 이 남자에 대해서 내가 할 수 있는 말은 이게 거의 전부다.

오후가 꽤 지난 후, 호턴은 컨디션이 좋고 살아 있음이 행복할 때만 나오는 특유의 걸음걸이로 방에 돌아왔다. 그럴 때면 그는 신발창에 스프링이라도 달린 것처럼 한걸음 한걸음 풀쩍 뛰어오른다. 호턴은 얼굴이 환하게 빛났고, 선거운동에 나선 젊은 상원의원처럼 복도에서 마주치는 모든 이에게 손을 들어 인사를 건넸다. 감방에 들어와서는 나한테는 눈길 한번 안 주고 '팻 보이' 사진으로 직행하더니 전쟁터에서 살아 돌아온 아이에게 뽀뽀하듯 입을 맞추었다. "완전 짱이야, 소바주. 너무 센 사람이야. 그렇게 생각하지 않아? 소바주가 나를 자기 방으로 불러서는 감옥에서 무슨 애로사항이 있느냐고 묻는 거야. 그래서 내가 오분간 뭐가 문제인지 설명했더니, 그가 고개를 저으면서 이러는 거 있지. '복도에서 기다리게, 서기를 부를 테니까.' 그리고 오분 뒤, 아니, 오분도 안 걸렸어, 소바주가 이랬어. '자, 해결됐어. 팻 보이는 계속 자네 집에 있을 거야. 자네 변호사는 도통 이해를 못하더군. 자, 이제 더는 골치 아프게 굴지 말게.' 그러고서 나를 냉큼 쫓아내기는커녕 앉아보라고 하는 거야. 어, 그렇다니까. 소바주가 나를 앉혀놓고 무슨 얘길 했는지 알아? 오토바이 얘기만 했어. 그쪽으로 아주 빠삭한 사람 같다는 감이 왔지. 소바주가 나에게 팻 보이에 대해 여러 가지를 물어봤어. 아우디를 몰고 다니는 사람 머리에선 절대 떠오르지 않을 질문들이었지. 그 시점에서 소바주가 갑자기 고백을 했어. 실은 나도 할리가 한대 있다, 소프테일 슬림이다, 그러는 거야. 이렇게 말해도 당신은 감이 안 오겠지만 소프테일 슬림은 진짜 깡패의 오토바이, 140/90/16 미친 타이어에 끝내주는 엔진이 올라가는 물건이라고. 여기 보스가, 소바주 본인이 소프테일을 몬다는 거야, 알겠어? 씨팔, 소바주가 내 오토바이 문제가 다 해결됐다고 했을 때 껴안고 입을 맞출 뻔했어. 그리고 자기 슬림하고 타이어 얘기, 그건 다 보너스였을 뿐이야. 이게 믿어져? 소장이 할리를 몬다는데? 아, 미안하지만 나 급히 볼일 좀 봐야겠다. 감정이 급격해져서 그런가, 배때기가 갑자기 아프네. 음, 나 볼일 보고, 괜찮으면 내 머리 좀 잘라줘. 이번에는 잘 참을 수 있을 것 같아."

바이커들의 신은 존재한다. 그건 분명하다. 그 신은 아마 '헤리티지 클래식'을 탈 것이고 감옥의 지배적 수컷들과 월급쟁이 조련사를 한 공동체에 모아놓을 만큼 도박사 기질이 있다.

밤은 적막하다. 낮 동안 쌓였던 긴장이 풀어진다. 우리 콘도처럼 옹색한 공간의 분위기는 우리의 부정적인 감정과 분노를 만나면 급격히 나빠진다. 폭풍우가 임박하면 양이온을 머금은 공기가 우리를 짓누르는 것처럼 말이다. 하지만 그럴 때도 우리의 생활 루틴이 이긴다. 나의 룸메이트는 빼앗긴 장난감을 돌려받은 아이처럼 잠이 들었다. 감옥이 잠자고, 간수와 죄수가 잠잔다. 나만 깨어서 위노나, 누크, 아버지를 내 곁에 두고 있다. 나는 필요한 시간만큼 그들을 기다려왔다. 이제 그들이 여기 있다. 눈이 크게 떠진다. 할 말이 참 많다. 그들이 곁에 있다는 게 내게 남은 전부요, 앞으로도 전부일 것이다.

앞에서 썼듯이 나는 프레리 강변 구앵 우에스트 대로에 위치한 보르도 교도소에 수감되었다. 내가 살던 렉셀시오르는 욕을 하면 들리지 않을까 싶을 만큼 여기서 가깝다. 운명은 내 거처를 이 구역으로 정했던 것처럼 바로 이 대로에서 위노나를 만나게 했다. 강을 쭉 따라가는 이 대로는 플로트에 동체가 올라가는 수상비행기들의 기지 역할을 했다. 수상비행기들은 그때그때 요청에 따라 몬트리올에서 반경 300킬로미터 안의 이 호수에서 저 호수로 짐과 승객을 옮겨주었다. 위노나 마파치가 일하는 그 작은 회사의 이름은 비베어(Beav'Air)였는데, 회사가 보유한 세대의 비행기가 '비버'라는 사실에 착안한 일종의 언어유희였다. 드 하빌랜드 사가 제작한 비버 DHC2, 1947년 8월

16일에 첫 비행을 시작한 이래로 온 세상의 하늘을 누볐고 지형과 계절의 변화에도 놀랍도록 적응하며 물에든 땅에든 빙판에든 착륙 가능한 불멸의 단발엔진기 말이다.

그 1995년 5월의 어느 아침에 우리 건물의 총리 노엘 알렉상드르가 정오에 어떤 손님이 생 조제프 공원과 섬에서 멀지 않은 구엥 에스트의 수상비행기 기지에 내리기로 했는데 시간이 있으면 그쪽으로 데리러 가달라고 나에게 부탁했다.

수상기지의 위치는 그리 매혹적이지 않았지만 그 회사가 제공하는 투박한 서비스의 기준이나 성격에는 잘 맞았다. 강 중간의 작은 만에 이용양식을 작성하는 작은 통나무집이 한채 있었고, 튼튼한 부표가 있어서 손님들이 편하게 내리기도 하고 수상비행기를 매놓기도 했다.

프랫앤드휘트니 특유의 엔진음과 함께 비행기 한대가 북쪽에서 나타났다. 비행기는 서서히 고도를 낮추더니 기지를 지나쳐 남쪽으로 가다가 180도 돌아서 강에 나란하게 위치를 잡더니, 잠시 쉬기로 작정한 거대한 물새처럼 플로트를 내리고 강가로 미끄러지듯 다가왔다. 승객은 세명이었는데 그중 한명이 알렉상드르의 친구 노바 씨였다. 노바 씨는 여행가방 세개, 꾀죄죄한 개 한마리, 낚싯대 한다발과 함께 내렸다. 내가 그 짐을 내리느라 끙끙대고 있는데 누가 나에게 말을 걸었다. "그래 가지고는 안돼요."

그 비행기의 조종사 위노나 마파치였다. 그녀는 잡동사니를 전부 내리고는 강가에 완벽하게 순서대로 쌓았다. 나는 그녀가 수상비행기가 잘 매였는지 확인하고 측면 현문(舷門)을 열어 카드와 가죽가방을 챙기고는 감청색 조종복 차림으로 통나무집으로 걸어가는 모습을 바라보았다. 그 통나무집이 본사, 기착지, 접수처, 탑승 라운지, 심지어 자동판매기로 시리얼바와 셀로판지에 싸인 머핀을 살 수 있는 식당 역할까지 두루 하는 모양이었다.

"괜찮아요? 개도? 가방은 모두 여기 있습니다, 계산은 다 끝났고요. 가셔도 됩니다." 이 모든 일이 십오초도 안 걸렸다. 대체로 자신이 상대하는 여자가 어떤 사람인지 짐작하기에는 그리 많은 시간이 필요하지 않다. 이 경우에도 나는 위노나 마파치를 처음 본 순간부터, 아버지는 알곤킨 인디언이고 어머니는 아일랜드인인 이 여자가 저열한 문제들의 대기줄에서 미적거리기에는 인생이 너무 짧고 귀하다는 사실을 매 순간 의식하면서 사는 그런 유형의 인간임을 알아차렸다.

이치대로라면 우리의 관계는 거기까지였다. 구앵 대로 프레리 강변에 세워놓은 비버 꽁무니에서 서둘러 짐을 내렸고 그 장면에서 끝날 법했다. 그러나 인생은 도박의 우연으로 자기가 잃기로 작정한 존재들을 서로 가깝게 하는 계책을 부렸다. 그때의 계책은 노엘 알렉상드르의 친구 노바 씨의 부주의였다. 그 부주의가 나를 전격적으로 돌려세워 내 아내가 될 여자에게로 이끌었다. 정말 바보 같게도, 노바 씨는 낚시를 하러 갔던 섬의 오두막에 신분증, 지불수단, 여권까지 든 가방을 두고 왔던 것이다. 거기서 북쪽으로 두시간 거리인 생탈렉시스데몽 근처 사카코미 호수에 있는 섬이었다. 그런데 노바 씨는 급성 요통으로 갑자기 꼼짝을 못하게 된 터라 자기 물건을 직접 찾으러 갈 형편이 못되었다. 알렉상드르는 또 한번 나에게 부디 통신 비둘기 역할을 해달라고, 마스키농제에 가서 거기 있어야 할 것을 가져와달라고 청했다.

위노나는 나의 안전벨트를 점검하고 시동을 걸더니, 스위치 몇개를 작동하고 서서히 강가를 떠나 강 한복판으로 비행기를 이동시켰다. 그후의 일은 내가 아는 그 어떤 것과도 비슷하지 않았다. 비버는 야생 거위가 날아오를 때처럼 수면을 치고 나가더니 점점 더 속도를 내면서 부드럽게 강물에서 벗어나 1950년대 물건의 굉음과 진동을 타고 하늘로 올라갔다. 날이 맑은 봄철이라 위노나는 육안으로 조종을 했고, 이따금 보이지 않는 기류를 만나 동체가 덜컹대기도 했다. 그녀의 기억에는 그 지역의 지도가 다 새겨져 있었다. 이동하는 흑기러기의 거대한 돛처럼 본능은 언제나 그녀를 가야 할 곳으로 데려다주었다. 갑자기, 배우가 무대에 등장하듯 호수가 눈앞에 나타났다. 그녀는 평소처럼 호수에 흩뿌려진 섬들 사이로 접근하면서 상상의 항공표지 한가운데로 방향을 잡았다. 수상비행기는 플로트로 수면을 건드리고는 부드럽게 미끄러지며 물가로 다가갔다. 귀 따가운 엔진 소리가 멈추자 강물이 플로트의 옆구리를 때리는 찰싹찰싹 소리밖에 들리지 않았다.

움직이는 부표, 소박한 산장, 노바 씨의 가방과 이런저런 귀중품, 숲의 소리, 새들의 비행, 적당한 때에 딱 좋은 곳에 와 있다는 느낌, 바로 지금이라고 말하는 위노나의 눈빛, 내 옷 주머니 속으로 들어온 그녀의 손, 와 닿은 손가락, 기적을 움켜잡은 나의 손, 옷자락의 마찰, 맞닿은 두 몸, 살갗과 살갗의 부대낌. 세상이 아주 자그매졌다. 세상과 그곳의 모든 일, 세상의 빌어먹을 수영장들과 세상의 지불수단, 스위스인들의 세상과 덴마크인들의 세상, 내가 매일같이 통풍을 점검하는 기둥들이 있는 세상, 그 세상 전부가 절망의 폭죽처럼 인생을 비추는 그 짧고 눈부신 섬광이 지속되는 동안은 사라졌다.

위노나는 매사를 고려하고 처리하는 방식이 아주 직선적이었다. 그녀는 조종복을 다시 입고 담뱃불을 붙이면서 나에게 말했다. "오늘 아침에 수상비행기 기지에 다시 나타난 당신을 보고 대번에 그런 생각이 들었어. 내 인생의 마지막은 이 남자랑 함께이겠구나. 이제 돌아가자. 문 잘 닫고 그 가방 꼭 챙겨."

위노나는 비버를 몰아 물 위를 가볍게 한바퀴 돌고는 마치 카누의 노를 젓는 사람처럼 섬들을 쭉 따라갔다. 수달들의 작은 모임과 이동 중에 지친 철새들이 그 바람에 흐트러졌다. 남쪽으로 방향을 잡고 R985 와스프 주니어[34] 엔진 노즐에 연료를 보내자 그 별 모양의 9기통 450마력이 해밀턴 스탠다드의 양날 추진기에 힘을 전달했고, 추진기는 공기의 저항을 참을성 있게 가르고 가방은 손에, 심장은 안전벨트에 맡긴 우리를 몬트리올로 데려다주었다.

우리의 희한한 결혼생활이 지속된 십일년 동안 나는 숨한번 들이마시는 순간조차 위노나 마파치를 사랑하지 않은 적이 없었다고 생각한다. 호숫가에서의 그날 이후로 그녀는 내 육신의 일부가 되었고, 나는 그녀를 내 안에 품었다. 그녀는 내 심장 속에서 살아가고, 생각하고, 움직인다. 위노나가 죽은 후에도 여전히 그렇다.

몇주 지나서 노엘 알렉상드르에게 그가 내 인생을 두번 바꿨다는 말을 하러 갔다. 첫번째는 이 대형 여객선 건물의 관리를 나에게 맡김으로써. 그다음에는 수상비행기를 타고 사카코미 호숫가로 일종의 신혼여행을 다녀오게 함으로써. "결혼을 했어요, 폴?" 그렇다, 나는 결혼을 했다. 사실 우리의 결합을 바라보는 관점에 따른 문제이긴 했다.

34 프랫앤드휘트니 사의 공랭식 엔진 이름.

행정적으로 영국의 여왕 폐하와 그에 상응하는 프랑스 당국은 우리를 단순한 '내연관계'(concubini)로 규정할 것이다. 이 라틴어 명사를 번역하자면 '침대를 같이 쓰는 사람들' 정도일 텐데, 이 말 자체는 부끄러울 것이 없고 완전히 틀린 것도 아니다. 하지만 키체시피리니[35]족의 위대한 알곤킨 추장 테수아의 눈으로 바라본다면, 비록 그는 1636년에 죽었지만, 그 위대한 인디언 현자가 위노나와 나를 아내와 남편으로 선언했으리라는 데 추호의 의심도 없다. 같이 살기 시작한 지 좀 돼서 내가 결혼을 하고 싶은지 물었을 때 나의 내연녀는 바로 그렇게 설명했다. "하지만 우린 이미 결혼했는걸. 알곤킨 인디언들은 계약이나 신성한 맹세 같은 거 없어. 함께 살고 서로를 위해 살면 다야. 같이 살다가 아니다 싶으면 헤어지고." 자, 이 경제적인 네 문장이 영국 여왕과 보통법(Common Law)을 그 습기 자욱한 섬나라로 반송해버렸다.

나에게 위노나는 두 옛 세상의 경이로운 집약체처럼 보였다. 모계의 아일랜드 혈통에서는 하루하루를 자기 손으로 만들어야 하는 것처럼 장애물을 해치우고 땅과 삶을 휘젓는 힘을 물려받았다. 위노나는 명랑하고 낙천적이고 의리가 있을 뿐 아니라, 영국인을 상대할 때만은 유전자에

---

35 '큰 강의 사람들'이라는 뜻으로, 캐나다 알곤킨 인디언의 한 부족 이름이다.

새겨진 도전 의식도 있었다. 토착민 혈통에서는 보이지 않는 세상에 동화되는 능력, 바람이 전하는 이야기나 장대비를 해독하고 나무들이 삐걱대는 소리를 들으면서 그 세상과 일체를 이루는 능력을 물려받았다. 그녀는 전설들이 지나가는 곳에서 자랐다. 시간의 기원을 다시 쓰는 의미심장한 이야기들. 그 이야기들에서는 늑대가 사람에게 말을 가르쳤고 사랑과 상호존중과 사회를 이루며 사는 법도 알려주었다고 했다. 곰도 그랬고 순록도 그랬다. 그 동물들이 독수리, 숲의 나무, 들판의 풀과 마찬가지로 우리의 조상이었다. 우리는 모두 같은 땅을 먹었고, 때가 오면 땅이 우리를 먹을 터였다.

사실 위노나는 뇌의 어떤 부분이 세포부터 알곤킨 인디언이었지만, 비행기들의 배 속에서 살고 매일 손으로 날개를 더듬어보고 골조를 확인하는 실무 감각이 있는 여자이기도 했다.

매일 아침 아내의 사진을 바라보면서 나는 내가 사랑하는 이가 골웨이의 아일랜드 여인인지 마니와키의 인디언 여인인지 도무지 알 수 없었다. 스카겐의 황홀한 빛처럼 위노나의 이목구비는 시시각각 달라졌고, 두 혈통 중 어느 한쪽이 도드라지곤 했다. 아침에 일어나면 구릿빛 머리칼과 투명한 눈동자가 그녀를 게일족의 대기실에 불쑥 데려다 놓은 듯했지만, 저녁이 가까워지고 빛이 비스듬하니 낮게 깔리면 혈색·얼굴선·단호한 눈매에서 인디언들의 흔적이 드러났다. 나는 그 양면성에 더욱 애가 달았다. 나는 남몰래 두 여자와 동시에 살았고, 한 여자가 매몰차게 굴면 다른 여자에게서 위안을 얻었다. 그렇다, 내가 위노나 마파치를 사랑하지 않은 순간은 단 일초도 없었다.

그녀가 나의 작은 거처로 들어와 살기로 하면서 아파트에서의 내 생활은 잠시 흐트러졌다. 집은 당연히 좁았지만 그 협소함은 결과적으로 우리 사이를 더 돈독하게 했다. 아침 일찍 렉셀시오르의 기관지를 진찰하러 나가는 발걸음이 잘 안 떨어졌고, 만능 집사의 작업을 마무리하고 저녁 늦게 퇴근하면서 참 부질없다는 생각이 자주 들었다. 건물과 여자를 동시에 돌보는 일은 무척 어렵다. 스무명의 과부를 받들고 살면서 한명의 아내를 한껏 사랑하기란 얼마나 힘든지. 위노나의 근무시간은 계절마다 달랐다. 몬트리올에서는 플로트로 내리느냐, 바퀴로 내리느냐에 따라, 심지어 겨울에는 스케이트보드로 내리기도 했으므로 착륙지도 얼마든지 바뀔 수 있었다. 우리는 근무시간이 탄력적인 커플이었고, 때로는 우리가 바라는 것 이상으로 근무시간이 늘어나곤 했다. 그렇지만 나는 키어런 리드가 가르쳐주고 조언한 대로 위노나가 내 장례식 날 증인을 대동하고 보험사 사람에게 "정당한 가정 내 성생활" 차원에서 "만족스럽고 빈번한 성관계"만을 누려왔노라 말할 수 있게끔 내가 할 수 있는 최선을 다했다.

우리가 결혼하고 몇년 사이에 렉셸시오르의 사정이 변하기 시작했다. 인구가 노령화했다. 퇴직자들은 이제 생의 마지막 단계에 다다랐다. 그들은 소소한 물건들을 잃어버렸고, 수영장 옆에 열쇠나 개인 물품을 두고 오기 일쑤였으며, 중요하지도 않은 일로 전전긍긍하고, 가끔은 환기구에서 이상한 소리가 났다면서 저녁에도 나를 불렀다. 그들은 늙어가고 있었다. 늙는다고 모두 죽는 건 아니지만 다들 죽음에 다가가고 있었다.

렉셸시오르는 서서히 암흑기에 접어들었다. 1997년 크리스마스 바로 직전에는 5층에 혼자 사는 할머니 소라야 엥겔브레히트가 밤 10시에 잠옷 가운 차림으로 로비의 접객실 의자에 앉아 있는 모습을 보았다. 바깥은 매섭게 추웠고 눈발까지 날리고 있었다. 나는 입주자들이 지켜온 흥겨운 전통에 따라 아파트 현관에 연말 분위기의 장식과 루미나리에 설치를 마무리하는 중이었다. 잠시 일손을 멈추고 그 할머니를 살피러 갔다. 그녀가 나를 보는 눈은 친절하고 다정했지만 날 알아보지 못하는 것을 금세 알아차릴 수 있었다. 나는 입고 있던 웃옷을 벗어 할머니에게 걸쳐주었다. "저 폴입니다. 댁으로 모셔다드릴게요. 여기 계시면 안돼요. 이러다 감기 걸리시겠어요. 자요, 그만 댁으로 올라가시지요. 제가 같이 가드릴게요." 아파트 문이 잠겨 있어서 내가 마스터키로 열었다. 엥겔브레히트 부인은 마법사라도 보듯 나를 신기하게 바라보더니 갑자기 정신이 돌아와 나를 알아보았다. 부인은 내게 고마워하고 미안해했다. "미안해요, 폴. 정말 미안해서 어째요. 내가 요즘 기력이 없네요." 우리는 침대까지 몇걸음을 함께 걸었고, 부인은 자리에 눕자마자 거의 바로 눈을 감았다. 나는 이불을 매만져주고 불을 끈 후 어둠속에서 잠시 지켜보다 나왔다.

소라야 엥겔브레히트에게 가족이 아무도 없다는 말을 들은 적이 있었으므로, 나는 누구에게 연락을 해야 할지 몰랐다. 일주일 후, 이번에도 어둠이 깊어질 무렵이었다. 위노나의 귀가를 기다리며 통유리창 너머를 내다보고 있는데, 그 할머니가 얇은 옷에 맨발로 길을 건너가더니 버스정류장 벤치에 앉는 게 아닌가. 그날은 영하 10도였고 길바닥은 얼음판이었다. 엥겔브레히트 부인은 나를 보고는 일어서려고 애쓰면서 손을 내밀었다. "너무 무서워요, 폴. 윌리엄이 죽었나봐. 남편이 지금 막 숨을 거둔 것 같아요." 나는 엥겔브레히트 부인을 내 팔에 안아서 렉셀시오르 현관까지 데려왔다. 할머니는 어린애처럼 가벼웠다. 나는 그녀를 집으로 데려다주고 잠들 때까지 옆에서 지켜보았다. 엥겔브레히트 부인은 십년 전쯤 남편하고 사별했다. 그 남편 이름은 프레데릭에드워드였다.

이 마음 아픈 일화는 다른 일화들의 예고편이었다. 시간이 흐르면서 이 같은 삶의 부수적인 잡일들이 나의 아파트 관리 업무를 서서히 추월했다. 노엘 알렉상드르는 엥겔브레히트 부인의 상태가 심상치 않다는 보고를 받고 사회복지과에 연락을 했다. 그쪽에서는 의료진의 의견을 듣고 소라야를 요양시설로 보냈다. 나는 그 부인이 새로운 집에서 부족함을 느끼지 않도록 몇가지 물건을 챙겨줬다. 떠날 때가 되자 부인은 나에게 가끔 자기 집에 올라가서 화분에 물을 주었으면 좋겠다고 했다. 의료진이 부인을 데리러 와서 내가 구급차까지 함께 내려갔다. 그후 나 혼자 부인의 집으로 올라가 닫아야 할 것은 닫고 그 할머니의 삶이었던 모든 것에 문을 걸어 잠갔다.

다행히도 저녁에는 위노나가 있었다. 낮 동안의 일에 타격을 입지 않고, 영혼을 씻어주는 음이온으로 가득하며, 노년이나 호스피스는 물론이고 쇠락해가는 나의 여섯층짜리 작은 세계와도 거리가 한참 먼 불멸의 풍경에 고이 축적된 아름다움에서 활력을 얻는 위노나가. 위노나라는 이름은 그녀의 조상들 언어로 '첫번째로 태어난 딸'이라는 뜻이다. 나에게 위노나의 존재는 그 어느 때보다도 절실했다.

세기말은 나의 기억 속에 대탈출의 시기로 남았다. 입주자들이 많이 떠났다. 잔디와 화단 건사, 수영장의 수질과 온도 관리, 모든 기계의 원활한 작동, 만능 집사의 도움을 제공해도 독거생활을 유지할 신체적 여력이나 정신적 여력이 안되어 렉셀시오르를 떠난 사람이 적어도 열다섯명은 되었다. 나는 누구에게는 장을 봐주고 또다른 누구에게는 약국 심부름을 해주는 등, 내게 남은 마지막 과부들을 보살폈다. 그 할머니들은 매니큐어를 칠한 손톱 끝으로 간신히 생에 매달려 있었다. 언젠가 전부 무너져내릴 줄 알고 있었지만 나는 개수대에 물이 샌다, 가스레인지 후드 필터를 갈아야 한다, 하는 소리를 들으면 허겁지겁 올라가서 손을 봐줬고 내가 여기 있다는 말로 그들을 안심시켰다. 그 거대한 집에서 오랜 세월을 보내고 나서야 비로소 그들이 나에게 각별했다는 것을, 어떤 면에서 내 딴에는 그들을 사랑했다는 것을 깨달았다.

어둠이 드리우기 직전

　교도소장을 만나고 온 후로 패트릭 호턴이 달라졌다. 자기를 둘러싼 세상의 일에 부쩍 관심이 많아진 것 같은데, 특히 오늘 아침에는 은행이 어떤 식으로 우리의 미래를 등쳐먹는가를 두고 펄펄 뛰었다. "씨팔, 그거 알았어? 서브프라임 문제가 진행형이라는 거. 그 개수작이 돈을 얼마나 잡아먹었는지 첫 결산이 나왔대. 미국 퇴직자들이 그놈의 연금을 얼마나 털렸는지 알아? 말해봐, 어디 한번 보게. 아니, 그냥 대충 아무 숫자나 대봐. 진짜 상상하려고 해도 안될 거야, 친구. 2조 달러래. 나는 2 다음에 0을 몇개 붙여야 되는지도 잘 모르겠어. 미국만 쳐도 손실액이 2조 달러래. 이런 세상 상상이 가? 장난하는 것도 아니고 말이야. 당신은 어떤 빌어먹을 새끼가 맞을 만한 짓을 해서 때렸는데도 당장 빵에서 이년을 썩게 됐잖아. 다른 새끼들은 카지노에서 사람을 털어먹고 완전히 씹창 내놓고는 아카풀코에서 약이나 빨다가 유유히 빠져나가. 우리 어머니도 그딴 거에 돈을 좀 부었지. 큰 액수는 아니지만 어머니한테는 소중한 돈이었어. 그런데 은행에서 어머니에게 그 돈이 다 없어졌다고 했어. 세탁기에 지폐를 넣고 돌린 것처럼. 그렇게 당한 사람들이 좆나게 많은 거야. 당신도 세탁기에다 돈 처넣은 적 있어?"

아니, 패트릭. 나는 단 1달러도 그딴 슬롯머신에 넣은 적 없어. 위노나와 나는 그날그날 벌어먹고 살았어. 일은 우리가 했지 우리의 돈이 하지 않았어. 우리가 다 쓰지 못한 돈만 생자크 거리의 몬트리올 은행에서 아주 평화롭고 깊은 잠을 잤지.

"내가 팻 보이의 정확한 가격을 알려주면 2조 달러로 몇 대 살 수 있는지 계산할 수 있어?" 이제 패트릭은 자신이 속하기로 작정한 세상에 전에 없던 관심을 보이지만, 허구가 현실을 따라잡고 쓰러뜨리는 순간이 더러 있다. "계산이나 연산, 뭐 그런 거는 어떻게든 될 것 같아. 그런데 0의 개수는 절대 헷갈리지 않아야 할 텐데." 패트릭은 세상의 위기와 불행을 언제나 지상에서 그에게 유일하게 안정적인 가치 척도, 즉 할리 데이비드슨 '팻 보이'를 기준으로 이해하고 해석하고 측정한다.

"있잖아, 이런 기사를 읽으면 내가 경제니 정치니 하는 쪽으로 모르는 게 진짜 많구나 싶어. 은행과 그 주위의 썩어빠진 똥통 얘기 같은 거. 내가 굳이 강조할 필요도 없겠지만, 난 엄청 뒤처져 있지. 전에는 반대였어. 노력도 해보고, 내가 많이 알수록 호구 잡힐 일은 줄어든다고 생각했단 말이야. 투표라든가 어디에 돈을 붓는다든가 할 때. 그런데 한편으로 요즘은 그런 고민이 없어졌어. 난 어차피 돈이 없으니까."

1999년 여름이 끝나갈 즈음, 나는 렉셀시오르의 수영장으로 호출을 받고 달려갔다. 노엘 알렉상드르가 쓰러졌다고 했다. 그는 바닥에 뻗은 채 눈으로 어떤 얼굴을, 시선을 고정할 만한 일종의 걸쇠를 찾고 있었다. 나는 그의 손을 붙잡고 온갖 부질없는 이야기를 뇌리에 떠오르는 대로 늘어놓았다. 래칫과 제대로 맞물리는 소켓을 찾다가 별안간 맹렬한 불행을 만났을 때 생각나는 그런 이야기를.

나는 구급차에 함께 탔고, 내게 몇번이나 내밀던 그 손을 결코 놓지 않았다.

밤이 다 되어서 렉셀시오르로 돌아왔다. 수영장 옆에는 아무도 없었다. 기계실 전용문은 여전히 열려 있었고, 소켓도 래칫에 끼워지기를 기다리고 있었다.

집에 가니 위노나가 돌아와 있었다. 소파에 앉은 위노나 옆에 하얗고 조그만 강아지가 몸을 동그랗게 만 채 잠들어 있었다. "오늘 오후에 주웠어. 생타가트데몽 쪽 마니투 호 숫가에 버려져 있더라고. 애가 쫄쫄 굶은데다 발에 종기까지 있어. 6개월? 7개월? 그쯤 되는 것 같아. 우리가 보살펴주자. 꼭 새끼늑대 같지." 누크는 늑대도 아니고 귀여운 모양새로 키우는 개도 아니었다. 누크는 세상을 발견하고 배우려는 호기심이 예민한 동물, 우리가 미처 느끼지도 못한 괴로움에까지 마음을 써주는 신기한 동물이었다. 그 개는 금세 우리 삶에서 떼려야 뗄 수 없는 존재가 되었다. 희한하리만치 힘도 들이지 않고 우리와 하나가 되었다. 누크는 낚시꾼을 물고기들에게 데려다주는 비버 안에서 깡충깡충 뛰고, 아헌트식 공원을 산책하는 우리 옆에서 신나게 달렸다. 눈이 예쁘게 내린 후에는 그 겨울 선물에 털이 흠뻑 젖고 축축해질 때까지 눈가루 천지에서 데굴데굴 굴렀고 온몸을 털면서 차가운 공기 속에 눈송이 구름을 흩어놓았다.

누크는 우리와 함께 밥을 먹었고, 우리와 함께 영화를 보았고, 우리 옆에서 잤다. 잠을 자기 전에는 종種의 규율과 숲의 법도를 따랐던 제 조상들에게 배운 대로 제자리에서 네다섯바퀴 맴을 돌곤 했다.

내가 저녁에 위노나의 귀가를 기다리고 있으면 누크는

내 옆에 바싹 붙어서 내 팔과 갈비뼈 사이로 머리통을 들이밀었다. 아무 일도 일어날 수 없는 그 어두운 소굴에서, 오직 누크만이 사람이 으레 말하기 힘들어하는 아주 많은 일을 알고 있었고 나에게 이해시켰다. 때때로 그 반려견은 나를 향해 한쪽 눈을 반쯤 떠 보였고, 그건 자기는 이제 아무 소리 안 내고 한숨 자겠다는 신호였다. 고 조그만 녀석이 얼마나 정신이 말짱하고 충직했는지, 나는 꼭 사람에게 말하듯 낮 동안의 리듬과 정체(停滯)에 대해 주저리주저리 이야기하는 습관이 들었다. 제일 놀랄 일은 그러고 있어도 이상하다는 느낌조차 없었다는 것이다. 나는 내 집에서 속을 풀어놓았고, 누크는 내 얘기를 듣고 나름대로 내 말을 알아들었다. 아마도 고 녀석은 인간의 횡설수설을 해독하느라 딴에는 애를 썼을 것이고, 나 역시 녀석의 짖는 소리와 몸의 언어를 해독하느라 나름의 노력을 기울였다. 모든 일이 그렇듯 배우는 기간이 지나자 꽤 만족스러운 결과가 나왔다. 우리는 이제 같은 언어를 쓰고 있었으므로 일상의 기본적인 일들을 잘 처리할 수 있었다. 누크는 내 속을 훤히 들여다보듯 읽었고 나는 누크에게 늘 주의를 기울였다. 누군가를 사랑할 때면 저절로 그렇게 되듯, 고 녀석을 향한 나의 애정 어린 몸짓은 늘어만 갔다.

노엘 알렉상드르는 병원에 실려가고 얼추 열흘 만에 렉셀시오르로 돌아왔다. 구급차가 우리에게 돌려준 사람은 약해빠진 껍데기였고, 그 안에는 억지로 밀어 넣은 약간의 생명밖에 없었다. 이제 퀭한 반점투성이의 얼굴에서 튀어나온 광대뼈, 턱뼈의 굴곡, 눈썹뼈가 그리는 아치를 선명하게 볼 수 있었다. 관자놀이는 움푹 파였고, 목의 살갗만 봐도 가냘프게 펄떡거리는 심장 박동을 눈으로 파악할 수 있었다.

노엘 알렉상드르는 렉셀시오르에서 죽기 위해 돌아왔던 것이다.

나는 단풍나무의 가장 높은 가지들이 뚫고 들어오고 싶어 하는 듯한 통유리창 맞은편에 그의 의료용 침대와 수액 걸이를 설치했다. 간호사들이 하루 세번 방문해서 그들이 할 수 있는 처치를 아낌없이 해주고 갔고, 나는 보이지 않는 실로 밤낮으로 노엘과 연결되어 있었다. 무선無線은 전자공학의 기적뿐만 아니라 애정의 기적에도 힘입은 바가 크지 않을까. 노엘이 손아귀에 쥐여 있는 작은 단추를 누르기만 하면 나는 보수 작업을 내팽개치고 한달음에 달려갔다.

알람은 하루에도 몇번이나 울렸고, 그때마다 나는 약간 나아진 것 같은 환상을 어찌저찌 그에게 급조해주었다.

그러다 어느날 알람이 더는 울리지 않게 됐다.

그 오랜 세월 내가 회장님이라고 불렀던 이는 그 건물에 영혼과 정신을 갈아 넣었고 결국에는 건물이 그를 닮아갔기에 한 사람 한 사람에게 친절하면서도 든든하고 자유로운 분위기를 마련해주었다. 노엘 알렉상드르는 그러한 태도만으로, 그리고 필요할 때는 용기를 보여줌으로써 욕망과 기분이 서로 충돌하기 쉬운 67가구의 호르몬을 조절하는 놀라운 위업을 달성했고, 우리 모두 서로 존중과 관용을 보여야 한다고 설득해냈다. 자신의 노하우와 현자의 레시피를 활용하여 임기가 다할 때까지 우리의 집을 슬기롭게 이끌었다.

밀레니엄을 목전에 두고, 세기의 끝을 몇달 앞두고 우리는 새로운 시대로 넘어갔다. 당연히 우리는 그 시대에 대해 아무것도 몰랐지만, 공기 중에 감도는 사소한 그 무엇만으로도 그 시대가 여러 면에서 이전 시대만큼 점잖고 정겹고 풍요롭지 못할 거라고 짐작했다.

한 해의 끝인 12월 30일에 입주자회의 총회가 열렸다. 회계 보고가 있었고, 마지막 순서로 새로운 입주자대표회장 선거가 있었다. 키어런 리드를 포함해 입주자 전원이 회의에 참석하고 투표를 했다. 후보자는 세명이었다. 오래된 파벌의 대표 루이 앙줄랭은 3층에 사는 양반으로 수영장 비용에 전전긍긍했고 잔디밭 관리에 관한 한 타협을 몰랐다. 식물학자나 했으면 좋았을 것을, 사람 성가시게 하는 데는 뭐가 있었다. '메이드 인 뉴잉글랜드' 에두아르 세즈윅은 새로 들어온 입주자, 새로운 파벌, 새 차, 새

아내, 딱 보기에도 새 인생을 살려고 온 사람이었다. 원래는 세련된 부촌인 우트르몽에 살다가 아헌트식에 있는 콘도 5층으로 급을 낮춰 왔으니 말이다. 그 사람이 입주하는 날 처음 요구한 것은 가장 최근의 입주자대표회의 보고서였다. 마지막으로 마들렌 브리그는 부러워할 만한 꼭대기층 클럽의 회원, 관리를 하고 사는 육십대 여성, 뼈 때리는 유머 감각의 소유자, 예측이 안되어 재미있는 사람이었다. 그녀는 육체와 정신이 빠릿빠릿하던 한창때 MAC(몬트리올 현대미술관) 소장품 관리과에서 일했다. 그녀는 항상 우리 건물이 너무 삭막하다고 말했고, 팅겔리[36]의 조각품을 정원 곳곳에 설치하는 게 꿈이었다. 현실과 동떨어진 데가 있어서 렉셀시오르 같은 건물을 관리할 수 있을까 싶었지만, 그래도 매일 보고 살기엔 괜찮은 사람이었다.

각 후보는 십오분간 이 건물의 향후 운명에 대해 소견을 발표했다. 놀랍지도 않지만 앙줄렝은 식물의 종자와 잔디용 비료, 현관과 로비 공용공간의 실내조경, 그리고 당연히 수영장의 난방비와 유지비를 두고 쓸데없는 소리를 해댔다. 브리그는 "기계, 운동, 소리"에 대한 예술사를 우리에게 간략하게 소개하고, 인간에게 좋은 자극을 줄 수 있는 환경, 특히 팅겔리의 작품으로 멋을 더한 정원에 대한

---

36 Jean Tinguely(1925~91), 스위스 출신으로 키네틱 아트, 누보 레알리즘을 표방한 현대 조각의 대표적 작가.

비전을 열광적으로 드러냈다. 무슨 돈으로 그러겠는가마는, 공동주택 명의로 젊은 캐나다 작가들의 작품을 매입할 경우 세금이 면제되므로 이보다 더 좋은 구매는 있을 수 없다나. 누군가가 이렇게 말했다. "아니, 세금을 안 내는 게 문제가 아니라 그런 걸 사서 우리에게 무슨 이익이 있느냐고요." 브리그는 의아하다는 듯한 턱짓 한번으로 그 반론을 일축하고 자리에 다시 앉았다.

나는 그 사람이 입을 열기도 전에, 무슨 말을 뱉기도 전에 저 사람이 당선되겠구나, 하고 알았다. 겉멋 든 자가 구비한 악덕의 일습[*]. 속이 시커먼 위선자, 음흉한 기회주의자의 전형. 과연 에두아르 세즈윅은 친근함과 오만, 전문적 식견과 무시를 적절히 섞은 요즘 시대의 수완으로 우리 건물의 대표가 되었다. 나와 누크는 백보 밖에서도 그 의욕적인 사기꾼의 냄새를 맡을 수 있었다. 세즈윅은 이렇게 소견을 밝혔다. "돈이 나가는 모든 항목을 꼼꼼하게 감시하여 단 1달러도 허투루 쓰이는 일이 없게끔, 이 건물이 관리 개혁을 통해 우리 모두의 집으로 남을 수 있게끔 책임지겠습니다." 아멘.

앙줄랭의 녹색 선거 유세는 14표를 얻었다. 주로 젊은 날의 푸르름을 그리워하는 구세대의 대평원에서 거둬들인 수확이었다. 브리그는 7표를 받았다. 나와 리드의 표, 그리고 어차피 죽을 거면 아름다움 속에서 떠나자고 생각

한 5명이 더 있었다. 세즈윅은 뻔하고 빈약한 소견, 판에
박힌 관리위원회 대표다운 설교에도 불구하고 나머지 표
를 싹쓸이했다. 기권이 1명 있었고 46명은 그에게 표를 던
졌다. 적당한 토끼와 모자를 확보한 재주꾼이 황당하게도
무슨 마술처럼 쓸어간 46표였다. 노엘 알렉상드르의 무덤
에 흙을 던진 46표. 한달 전에는 아무도 몰랐고 어디서 왔
는지도 모를 사람이 씹어 먹은 46표. 내 삶을 점점 더 고역
스럽게 만들 46표. 나에게 한번 이상은 도움을 받았거나
고장을 해결받았던 이들의 46표.

새 시대를 위한 주민투표였다.

2000년대와 그에 발맞춘 세상은 이제 에두아르 세즈윅
의 차지였다.

다행히도 위노나와 누크는 나를 너무 오래 갇혀 지낸
이 우주에서 이따금 빼내주었다. 우리는 가끔 비버를 타고
생장 호숫가의 작은 숙박업소에 주말을 보내러 갔다. 나
는 배기관 없이 배출되는 기체에 동체가 정신없이 흔들리
고 고막이 찢어지는 것 같은 그 여행을 무척 좋아했다. 누
크에게는 내 손으로 직접 작고 부드러운 헬멧을 만들어 귀
를 덮어주었다. 처음에 누크는 그 헬멧을 질색했지만 나중
에는 익숙해졌다. 나무와 물, 땅과 동물을 하늘에서 내려
다보는 그 공중 산책을 수백년 동안 계속하라고 해도 나는
싫증 내지 않고 즐겼을 것 같다. 가없는 세상, 아름다움의

카탈로그가 무한히 펼쳐지는 세상을 내려다보고 사는 기분이랄까. 하늘, 물, 숲, 모든 것이 광대했다. 우리는 인터폰이 설치된 여섯층짜리 아파트, 아무도 물을 마실 수 없는 조그만 인공 호수가 딸린 공동주택에서 살겠다고 우리 눈에 보이지 않는 야생의 삶이 우글댈 그 세상을 떠났을 것이다. 우리는 인공 호수 곁에서 살아가고 산책하며 어떤 흔적도 남기지 않는다. 기껏해야 디지털 출입보안장치 문자판에나 지문을 남길까.

내가 수상비행기에서 본 장관은 누구의 것도 아니었다. 어느 한 사람의 것도, 아니, 두 사람의 것도 아니었다. 국가는 그런 풍광으로 뭘 했을까? 그곳은 여왕도 입주자대표도 없는 세상이었다. 46표가 아무 가치도 없고, 아무것도 주지 못하고, 아무것도 지키지 못하는 왕국. 거기선 46표로 아무것도 못 먹고, 도망치지도 못한다. 46표로는 곰을 끌어들이거나, 늑대를 불러들이거나, 그냥 얼어 죽든가 한다.

비버 내부는 소음이 매우 심해서 헤드폰이고 뭐고 소용이 없었다. 그래서 위노나와 나는 수신호로 대화를 나누는 버릇이 생겼다. 위노나가 손가락을 아래로 하면 나는 이제 곧 하강하고 착륙을 할 거라는 뜻으로 알아들었다. 우리의 여행에서 내가 유일하게 겁내는 순간이었다. 플로트가 수면에 닿는 순간. 아내가 그림을 보여주고 항공역학적인 설명도 간간이 해줬지만, 나는 늘 그 부속품 중 하나가 범선처럼 수면에 올라타지 못하고 속도를 못 이겨 앞부분부터 물에 처박히고 꼬리가 번쩍 들릴 정도로 전복되지는 않을지 겁이 났다. 그래서 늘 호수의 수면에 내려앉기 전에 누크를 무릎에 앉히고 우리의 생존과 원만한 착륙이 확실시될 때까지 꼭 껴안고 있었다.

모 전문잡지에서 걱정스러운 기사를 읽은 적이 있다. 수상비행기를 본격적으로 다룬 그 기사는 비버의 내구성과 다양한 활용성에 찬사를 보내면서도 조종사에게 주의를 요구했다. "비버는 적재량을 꽉 채운 상태에서 저속으로 비스듬하게 비행하면 이탈의 전조도 없이 갑자기 말을 잘 안 듣는 경우가 많다고 한다. 대개는 아주 급작스럽게, 낮은 고도에서 기체가 전복되기 때문에, 섣불리 바로잡으려 하면 매우 위험할 뿐 아니라 경우에 따라서는 인명사고로 이어진다."

내가 이 기사를 위노나에게 보여줬더니, 그녀는 이렇게만 말했다. "나도 다 알아. 1946년부터 모두 아는 얘기야. 그렇지만 이 사람들은 어쩌다 한번 비버에 대한 기사를 썼을 뿐이고, 나는 매일 비버를 몰아. 그리고 나는 늘 벌새를 지니고 다니는걸."

벌새는 위노나가 한시도 몸에서 떼어놓지 않는 열쇠고리였다. 그녀는 그 새 모양 쇠붙이를 언제나 비버를 올바른 길로 이끌어주는 일종의 수호천사처럼 생각했다. 아내는 남아메리카 전설에서 오만가지 모순적인 소식들의 전령으로 등장하는 그 새를 못 말리게 좋아했다. 가령 타이노족에게 벌새는 행복과 번영의 매개지만, 브라질에서는 이 새가 집 안으로 날아 들어오면 사망 전보를 받은 것처럼 불길해한다.

어쨌거나 그 조그마한 새는 자연의 수수께끼, 장난꾸러기 항공역학자이자 짓궂은 해부학자가 설계한 지옥의 기계다. 몸길이 5, 6센티미터밖에 안되는 새가 1분당 1260회의 심장 박동을 감당하고, 폐로 500회나 호흡한다. 벌새의 날개는 어느 방향으로나 회전 가능하기 때문에 전진과 후진, 상승과 하강에 상관없이 속도를 낼 수 있으며, 말도 안되는 자세로 시속 100킬로미터를 주파한다. 벌새의 날개는 1초에 200회 움직이고 항상 공기방울을 머금고 있어서 자유자재로 날개 끝 와류를 일으킨다. 게다가 이 새는 허공에 가만히 떠 있는 비행, 곡예 비행에도 일가견이 있고, 혈액의 적혈구가 1큐브밀리미터당 659만개나 된다. 몇 그램밖에 안 나가는 몸뚱이로 8000킬로미터를 비행할 수 있으며, 하루에 여덟번 먹고, 잠들기 전에는 체온을 10도나 떨어뜨리고 심장 박동도 1분당 50회로 대폭 낮춘다. 바로 이 지옥의 새에게 아내는 자기 목숨과 운명을 맡기고 있었다. 3그램짜리 새가 2톤 반이나 나가는 낡아빠진 비버의 계제 나쁜 양력 저하를 책임지는 셈이었다. 위노나의 벌새 모양 열쇠고리를 볼 때마다 나는 아버지가 생각났다. 벌새를 믿는다는 위노나의 고백을 아버지가 들었다면, 하늘의 난리 법석에 일상적으로 단련된 인디언 여인의 믿음이 쌍안경을 건 목사에게 좋은 교훈이 된다고 생각했을 텐데.

　교도소장을 만나고 온 후로 패트릭은 소장실에 또 가고 싶다는 생각밖에 없다. 그런 뜻에서 며칠 전 교도관장에게 청을 넣기도 했지만 그 접근은 아무 효과도 불러오지 못했다. 패트릭은 따로 생각하는 바가 있는 듯 보였다. 그는 탁자 앞에 앉아서 소바주에게 편지를 쓰기 시작했다. 종이 몇장을 구겨가면서 끙끙대고는 마음에 맞는 결과물을 얻었다. 그는 그 수수께끼의 편지를 봉투에 넣고 간수에게 주면서 교도소장에게 전해달라고 했다. 며칠 후, 패트릭은 응답을 받았다. 대형 봉투 안에 그가 요청했던 바로 그것이 들어 있었다. "씨팔, 소바주 완전 짱이네. 장난 아니고 진짜 대인배야. 상상이 가? 내가 혹시 할리 데이비드슨 부품과 액세서리 카탈로그를 최신판으로 한부 구해줄 수 있겠느냐고 했거든? 와, 그런데 진짜 올해 새로 찍은 카탈로그를 보내줬어. 소장이 자기 일을 떠나서 날 위해 이걸 구하러 가줬다는 뜻이잖아. 씨팔, 소장이 성직자 지망생이었나. 다른 말로는 설명이 안되네. 고맙다고 한마디 써서 보내야겠어." 패트릭은 탁자 앞에 앉아 편지를 쓰기 시작하고는 꽤 오래 고민했다. "처음에 '친애하는 마뉘'[37]가 좋을까, '친애하는 소바주 선생님'이 좋을까? 아니, 바이커끼리는 다 같단 말이야. 죄수가 어디 있고 간수가 어디 있어, 다 같은 바이커지. 모두가 '타려고 산다, 살려고 탄다'(Live to ride, Ride to live)라는 모토를 오토바이 통에다 새기고 다니는 바이커일 뿐이라고. 마뉘라고 부르는 게 더 호감가고 할리스러운 것 같아. 친애하는 선생님은 깨잖아. 전기요금 청구서에나 쓰는 호칭 아니냐고. 한참 얘기도 나눈 사이인데. 아, 소장이 나한테 헤리티지 얘기할 때 그 얼굴을 당신도 봤어야 하는데. 그랬으면 '선생님'보다는 '마뉘'가 딱이라고 바로 이해할 텐데. 그러니까 좀 도와줘, 젠장. 마뉘로 가, 선생님으로 가?"

나는 선생님이라는 호칭이 비록 '큐빅 인치'스럽지는 못해도 관습적으로 무리가 없음을 패트릭에게 이해시켰다. 게다가 수신인을 충격에 빠뜨릴 일이 없는 호칭이므로 나중에 또 부탁을 할 수 있는 여지가 있다. 이 마지막 논거에 패트릭은 바로 넘어왔다. "씨팔, 악마야, 뭐야? 왜 이렇게 머리가 좋아? 열일곱수 앞을 미리 내다보는 체스 기사 같아. 당신 말이 맞아. 친애하는 소바주 선생님이 좋겠어." 패트릭은 나에게 편지의 내용까지 봐달라고 하지 않았지

---

37 교도소장의 이름 에마뉘엘의 애칭.

만, 그의 바이커 본성이 또 불쑥 튀어나와 계제에 맞지 않은 반말이나 찬사의 의미로 쓴 '씨팔'이 예의를 지키려는 노력을 물거품으로 만들지 않을까 걱정된다.

감사의 편지를 수신인에게 보내놓고 패트릭은 카탈로그를 한줄 한줄 정독한다. 한껏 음미하고 나노 단위로 핥는다. 그가 머릿속으로 사진 속 액세서리들을 하나씩 자신의 '팻 보이'에 장착해보고, 그 연출 효과를 평가하고, 그 장비를 떼어내고 심미적으로나 기능적으로 또다른 장비를 다시 붙여본다는 걸 알겠다. 가죽가방을 달까, 새로운 배기통을 달까. 물소뿔 모양의 핸들을 달아볼까, 라운지 스타일 발받침을 달아볼까. 이 순간 패트릭이 정신의 금고 속에 틀어박혀 빗장을 채우고 이중으로 잠근 뒤 아무도 접근할 수 없는 행복을 누린다는 걸 알겠다. 참 드물게도 홀로 느끼는 무한한 행복. 아버지도 없고, 기억도 없고, 전과도 없고, 그야말로 무구하고 아무것도 없는, 단지 '살아가고 오토바이를 타기 위해서', 좀더 정확히는 '오토바이를 타고 살기 위해서' 태어난 자의 행복.

나는 그렇게 생각을 마음껏 풀어놓고 달리게 할 정신의 들판도 없다. 완전히 수감된 사람. 갇힌 자. 이 장소가 나를 차지하고 매일 내 살가죽을 벗긴다. 아, 물론 날 찾아오는 이들이 있다. 하지만 어떤 날은 우리처럼 망자들도 사는 게 힘들다. 오늘은 누크도, 아버지도 오지 않았다. 위노나는 잠깐 들렀다. 위노나는 집 열쇠도, 벌새 열쇠고리도 가지고 있지 않았다. 얘기를 하고 싶은 기분도 아닌 듯했다. 오늘은 골웨이 바다의 물보라와 코리브강의 냄새인가 싶을 만큼 천생 아일랜드 사람의 얼굴을 하고 있었다. 예전에 툴루즈에 살 때 아버지가 아일랜드 토탄±炭 얘기를 꺼냈던 설교가 기억난다. 아버지는 이 화석연료를 우리 삶에 켜켜이 쌓이는 어떤 물질에 비교했다. 신비주의적인 이해의 미궁 속에서 아버지를 따라가기란 때때로 쉽지 않았다.

네시간만 있으면 밤이 될 것이다. 잠이 빨리 오면 좋겠다. 다만 몇시간이라도 도망가려면 뇌의 그 작은 구멍 속으로 빠져들어야 한다. 그게 잘 안되면, 구멍이 보이지 않으면, 로라제팜을 먹는다. 그 약이 락토오스 기반의 부형제와 함께 작용하여 문제를 해결해주리라.

간간이 페이지 넘어가는 소리가 들린다. 그러면 나는 패트릭이 행복하다는 것을 안다.

위노나와 내가 살림을 합쳤어도 키어런 리드의 습관은 사실상 변하지 않았다. 이제 답답한 속을 풀어놓고 싶으면 조금 더 일찍 내 집으로 와서 우리의 세상을 함께 돌아보았을 뿐이다. 그는 세즈윅의 당선을 몹시 못마땅해했다. 신의 법이든 사람의 법이든 두려운 걸 모르는 인간이라고 했다. "그 사람 말하는 걸 보니까 무슨 세무 상담 홍보물

읊듯 하던데, 우리 콘도를 엉망진창으로 만들 인간이라는 감이 딱 옵디다. 내가 그런 유의 인간은 잘 알아요. 매일 상대하는 게 그런 사람들이라서요. 코스트 킬러(cost killer). 머릿속에 엑셀 표들만 잔뜩 처넣고 여기저기 들쑤시고 다니면서 난장판을 만드는 사람들. 그 사람을 조심해요, 폴. 당신이 예산을 운용하는 관리소장이니까 보나 마나 최전선에서 싸우게 될 겁니다. 그 사람이 당신 뒤에 늘 따라붙어서 매사 다시 계산하고 확인하고 그럴 거요."

그러다보면 위노나가 돌아왔고, 누크는 반갑다고 방방 뛰었으며, 키어런 리드는 그 어느 때보다도 '캐주얼티스 어저스터'다운 자세로 이제 그만 가봐야겠다는 시늉을 했다. 하지만 내키지 않는 기색이 역력했으므로 위노나의 입에서 저녁을 먹고 가라는 말이 나왔다. 그러면 리드는 자기 자신과 마주하는 저녁을 '간발의 차'로 모면한 사내답게 고마움과 기쁨으로 얼굴이 환해졌다.

내 아내는 리드가 식사 자리에서 풀어내는 인간성의 이런저런 단면들에 매료된 것 같았다. 그는 우리 앞에서 자신이 관찰한 것들을 펼쳐 보이고 공유했다. "이 직업이 장점이 됐죠. 우리네 세상의 뒷마당으로 통하는 문을 열어주었다고 할까요. 그 바닥에선 사람이 돈으로 거래되고 사람의 가치를 흥정하죠. 모든 게 돈이고, 뭐든 사고팔아요. 그러다 결코 알아선 안될 이유, 어떻게 그런 일이 있을 수 있나 싶은 사연들을 다 불러내는 거죠. 한때 나는 포드 핀토 사건에 매달렸지요. 두 분도 그 일을 기억하는지 모르겠네요. 1970년대에 포드 사가 독특하게 생긴 '콤팩트 카'를 만들었는데, 설계상 중대한 결함이 있다는 걸 금세 알았어요. 연료탱크의 금속 자재가 너무 부실해서 행여 뒤에서 이 차를 박았다가는 화재가 나기 십상이었거든요. 이 차에서 시커멓게 타 죽은 사람만 180명, 중증 화상을 입은 사람이 180명, 화재를 일으킨 차량이 7000대나 됐어요. 포드 사 수뇌부는 이 구조적 결함을 바로잡으려면 비용이 얼마나 드는지 자체 연구조사를 실시했죠. 그 분석 결과는 지체 없이 '핀토 메모-비용과 편익'이라는 제목의 보고서로 올라왔어요. 피해자 가족에게 보상하는 비용이 핀토를 전량 리콜해서 문제가 되는 연료탱크를 교체해주는 비용보다 훨씬 싸게 먹힌다고 나왔죠. 포드 사는 이 보고서를 사장했고, 핀토를 구입한 고객들은 계속 화염에 휩싸인 채 죽어나갔어요. 그러다 이 사건이 크게 터져서 회사는 그 범죄적인 계산과 선택의 기준을 공개하지 않을 수 없게 됐죠. 포드 사는 그제야 지갑을 열고 모든 사망자에게 20만 달러, 화상 피해자에게 6만 7000달러, 파손된 차량 한대당 700달러를 물어줌으로써 그 사태에서 벗어났어요.

핀토 사건은 이 협상의 대류에서 가시적으로 드러난 일각에 지나지 않습니다. 이 하부 세계에서는 살아 숨 쉬고 진짜로 만져지는 사람 목숨이 오로지 재무비율을 기준으로만 계산되지요. 몇년 전이었나, 이런 문제들과 관련된 수정안이 미국 상원에 상정되기도 했어요. 그 수정안은 특히 판결을 내려야 할 때 한 생명의 가치를 달러로 나타내는 것은 '이 나라 사람들의 공통적인 종교, 윤리적 신념, 도덕에 대한 근본적인 모욕'이라고 설명했지요. 그리고 인종적인 기준, 소득, 질병, 연령, 장애 여부를 고려한 변수를 계산에 끌어들이는 행태도 근절되어야 한다고 주장했어요. 당연히 그 수정안은 보험회사들의 로비 공세에 너덜너덜해졌고 결국 거부되어 문서 파쇄기에 들어가고 말았죠. 있잖아요, 폴, 당신은 어디 그런 일이 쉽게 일어나겠느냐, 내가 너무 꼬인 것 아니냐,라고 할 것 같은데, 난 심각해요. 세즈윅 같은 사람은 '핀토 메모'를 작성하고도 남아요."

누크는 한참 전부터 또다시 그날의 일을 얘기하려고 주둥이를 내 팔 아래로 들이밀었다. 모터가 돌아가는 이상한 새가 호수의 물 위에 내려앉았고, 아일랜드 사람 같기도 한 인디언 여자가 그 새에서 내렸고, 자기를 향해 걸어와서는 손을 내밀고 비스킷 몇개를 먹으라고 건넸고, 자기가 두려움과 피로와 신열로 벌벌 떠는 동안 내처 곁에 있어줬다고. 그 여자가 상처를 살펴봐주었고, 잠시 정답게 어루만져주었고, 자기를 번쩍 안아 올려서는 비행기에 데리고 갔다고.

이 대목쯤에서 누크는 잠시 제 얼굴을 든든하고 폭신한 받침에서 빼내고는 나를 빤히 바라보곤 했다. 그럴 때면 나는 이렇게 말하는 목소리를 분명히 들었다. "그다음에는 너무 기운이 없어서 모터 소리가 그렇게 요란한데도 잠이 들고 말았어요."

리드는 저녁을 맛있게 먹었다고 하면서 위노나가 진짜 '가족끼리'의 저녁 시간을 제안해줘서 고맙다고 인사를 했다. 나는 '어저스터'가 무슨 말을 하고 싶은 건지 알았지만 이 새로운 가정의 돌연한 탄생과 친족 관계 선언이 좀 이르지 않은가 생각했다.

불행은 대체로 하나의 건물이나 공동체 속에 시기를 두고 자리를 잡는다. 몇달을 각 층 복도에서 어슬렁거리면서 한 집 한 집 밑밥 까는 작업을 하고, 약한 자들을 먼저 쓰러뜨리고 희망을 품은 자들을 망가뜨린다. 그러다 어느날 갑자기 거리와 동네를 바꿔서는 집요한 장인정신으로 일을 밀어붙인다. 우리 콘도에서는 대략 일년 남짓 걸렸다. 2002년 말부터 오만가지 골치 아픈 문제가 렉셀시오르와 그곳의 기계, 나무, 사람을 덮치기 시작했다.

시작은 도시 전체를 열흘간 완전히 마비시킨 얼음 폭풍이었다. 우빙雨氷의 공세에 모든 것이 속수무책으로 망가졌다. 철탑, 전기 케이블, 전화선, 변압기가 하나하나 터지더니 온 나라가 암흑에 휩싸였다. 집집마다 난방이 안 들어와서 방이 냉골이었다. 입주자들은 펄펄 끓는 물을 욕조에 한가득 받아놓고 거의 욕실에서만 생활하는 방법으로 몸을 녹이려고 애썼다. 우리 건물의 에너지원은 둘로 나뉘었는데, 난방 공급은 전기로 하고 온수를 만드는 데는 가스를 썼다. 입주자들은 촌사람들처럼 외투를 껴입고 이불까지 둘둘 만 채로 조금이라도 정보와 위안을 얻고자 복도나 공용공간에서 서성거렸다. 그나마도 노년층은 엘리베이터가 작동이 안돼서 집에서 꼼짝을 못했고, 내가 그들에게 마실 것, 먹을 것을 날라다 줘야만 했다. 남다른 열성이 있는 사람들은 그래도 나무들이 온통 고드름 장식을 단 세상에 용감히 맞서서 출근을 하려고 했다. 모든 것이 비현실적이었다. 저녁이 되면 어둠은 무섭도록 어두웠다. 천지가 암흑이었다. 이따금 나뭇가지 부러지는 소리, 얼음이 우지끈 깨지는 소리가 들렸다. 정원의 아름드리 황자작나무가 외투처럼 둘러쓴 서리에 오래 못 버티고 휘어지더니 천상의 도끼에 찍힌 것처럼 가운데가 쩍 갈라졌다. 처참한 한 주가 지나자, 동네에 하나둘 불빛이 돌아왔다. 희망의 빛무리가 얼음 천지에서 여기저기 튀어나왔다. 렉셀시오르는 여전히 어둠에 잠겨 있었다. 나의 과부들과 고령층 입주자들을 보살피느라 시장을 오가다보면 하루가 너무 짧았다. 빙판처럼 반들거리는 보도와 거리를 걸어 다니는 수밖에 없어서였다. 꾸러미, 계단, 올라가기, 내려가기, 지금은 나도 어떻게 할 수 없다고 설명하기, 했던 설명 또 하기, 현관 앞 눈과 얼음 치우기, 차고로 통하는 길과 접객실 주위에 모래 뿌리기, 전기 및 전자 설비 해제하기, 성에를 제거할 수 있는 한 제거하기, 자작나무 가지 쪼개기. 수상비행기를 당분간 몰 수 없게 된 위노나도 살펴야 했고, 백인들의 집에서 무슨 일이 일어났는지 궁금해하는 것 같은 누크도 따뜻하게 해줘야 했다.

아헌트식 구역에서 가장 늦게 전기가 다시 들어온 건물 중 하나가 우리 건물이었던 것 같다. 어느날 아침 엘리베이터 문이 다시 열렸고, 욕조를 비울 수 있게 됐고, 불이 타다닥 켜졌고, 환풍기가 다시 돌기 시작했다. 전기는 케이블을 착착 타고 들어와 콘센트에 도달했고, 삶은 다시 입주자들이 겨울철 적정 실내 온도로 합의한 21도의 안락한 고치 속에 자리를 잡았다.

얼음 폭풍은 손상과 근심거리를 낳았지만 거기서 그치지 않고 생명체들의 기력도 떨어뜨렸다. 일주일도 안되는 사이에 구급차가 네번이나 로비로 출동했다. 혼자 사는 할머니 두 분이 양측성 폐렴에 걸렸고, 3층에 사는 육십대 입주자가 심근경색이 의심되는 상태로 실려갔으며, 시벨리우스 씨까지 구급차 신세를 졌다. 시벨리우스 씨는 나이가 많지만 그렇게 느껴지지 않는 재미있는 사람이었다. 뭐라 정의할 수 없는 다른 시대에서 튀어나온 것 같은 사람이었다. 수영을 빼먹는 일이 없었고 나와 마주칠 때마다 수영장 물의 '질감'을 칭찬하곤 했다. 그랬던 양반이 건너편 보도의 얼음 띠에서 넘어져 대퇴골 경부 골절을 입은 것이다. 그 자체로 이미 충분히 끔찍했던 이 시기에, 나는 우리들의 집 어디에서도 입주자대표회 회장의 실루엣은커녕 코빼기조차 볼 수 없었다. 그 사람은 건물의 상태나 입주자들의 상태를 일절 궁금해하거나 염려하지 않았다.

동장군이 물러날 무렵, 폐렴으로 장기간 산소 줄을 꽂고 간신히 연명만 해오던 할머니 에드몽드 클라랑스가 세상을 떠났다. 간호사가 장비를 점검하러 왔는데 할머니는 이미 숨을 거뒀다. 몇분 후 딸이 렉셀시오르로 달려왔지만, 가장 무서운 일은 이미 일어난 후였다.

이 모든 일이 살금살금 내 안으로 파고들었다. 나는 우리의 작은 공동체가 무너져가는 모습을 보고 있었고, 내가 그 중심에 있는 이상 오롯이 그것을 감당해야만 했다. 그래서 어떤 저녁에는 내 쪽에서 키어런 리드의 집 문을 두드리고 들어가 내가 본 것, 내가 생각한 것을 일부나마 털어놓지 않고는 견딜 수 없었다.

나는 위노나를 이 작은 세계와 떼어놓으려고 애썼다. 한 건물에 사는 사람들의 집합일 뿐, 이 세계는 위노나에게 아무것도 아니었다. 잘 생각해보면 그들은 그녀의 숲에서 그리 오래 살 사람들도 아니었다.

너무 많은 겨울을 이 벽들에 둘러싸인 채 보냈다. 가을과 여름도 너무 많이 여기서 보냈다.

세월은 쏜살같았고 이제 나는 옥상에서나 수영장 바닥에서만 세상을 바라볼 수 있었다. 너무 오랜 시간을 보내버렸고 충직한 종노릇을 업으로 삼다보니 나의 날들은 너덜너덜 해어졌다.

7월 초에는 기술적인 문제들이 연달아 터졌다. 우리 건물을 돌아가게 하는 몇개의 톱니바퀴들을 거의 동시에 망가뜨리려고 작당이라도 한 것처럼 말이다. 첫 주자는 엘리베이터였다. 문은 열리고 닫혔지만 엘리베이터가 통 안에서 꿈쩍도 하지 않았다. 엘리베이터를 올렸다 내렸다 하는 프로토콜을 책임지는 메인보드에 문제가 생긴 것이다. 겨울 한파에 얼어붙었던 탓인지 환풍기 모터의 절반은 열이 나고 타버렸다. 한여름 무더위에 매일같이 옥상에서 그놈들을 고치고 있는 것도 참 고역이었다. 며칠 후에는 건물의 자동문 시스템이 전부 고장 났다. 고단한 하루를 보내고 저녁에 집으로 막 들어섰는데 전화벨이 울렸다. "무슨 일입니까, 폴? 요즘 왜 이것저것 다 고장이 나요? 사람들이 계속 나한테 전화질을 해댑니다. 도대체 무슨 일을 하는 거예요? 상황을 해결하고 있는 건 맞아요? 최대한 빨리 전부 정상화하세요. 듣자 하니 환풍기를 전부 교체했다면서요? 그럼 그 비용도 상당하겠군요. 주말까지 나한테 영

수증 제출하세요. 디지털 출입보안장치를 수리하는 사람들은 다녀갔습니까? 안돼요, 안됩니다, 폴. 그 사람들을 닦달하세요. 독하게 굴어요. 나 같으면 그런 식으로 안 넘어갈 겁니다." 세즈윅이었다. 딱 그 인간다운 말투였다. 세즈윅은 관리인의 고삐를 바짝 당겨 코스와 속도를 자기 입맛에 맞추고 등에 올라탄 사람이 누구인가를 똑똑히 일깨웠다.

그 암울한 한 해의 가장 끔찍한 사건은 8월 첫째주에 일어났다. 건물 전면 5층 모서리 부분이 지난 겨울에 심하게 손상됐기 때문에 나는 전문 회사에 용역을 의뢰했다. 그 회사는 벽돌공 세명을 파견하여 동파로 떨어져 나간 외장 벽돌을 다시 시공하게 했다. 공사 기간은 일주일이었고 고소 작업대를 설치했다. 일기예보는 소나기가 퍼부을 위험이 조금 있긴 하지만 공사가 마무리될 때까지 대체로 온화한 날씨가 계속될 거라고 했다.

그리고 그날 오전, 나는 중앙 현관과 가까운 잔디밭에서 잔디깎이 기계를 밀고 있었다. 방음 귀덮개와 기계 돌아가는 소리에도 불구하고 비명이 들렸다.

그 사람은 이해할 수 없는 자세로 바닥에 누워 있었다. 인체 골격 구조상 가능한 자세가 아니었다. 그는 숨을 쉬려 했지만 그 정도도 버거운 듯했다. 나는 뼈가 없는 것처럼 이상하게 구부러진 그 몸에 감히 손을 댈 수가 없었다.

그냥, 그의 손을 잡았다. 그해에 내가 참으로 여러번 반복했던 몸짓이었다. 내 머리 위에서 그의 동료들이 추락사고라고 큰 소리로 외치고 있었다. 그들은 15미터 높이에서 난간 밖으로 고개를 내밀고 나를 향해 소리를 질렀다. 나는 바닥에 쓰러져 있는 그 남자를 조금은 알았다. 작업을 하러 처음 왔을 때 몇마디를 주고받았다. 라발에 살아서 매일 데카리 고속도로를 한시간씩 달려 출근한다고 했던 기억이 났다. 공사장에서 안면을 틀 때 으레 나누는 그런 대화였다.

나는 그의 손을 꼭 잡고 쓸모없는 말로 위로하면서 구급차를 불렀다. 그 무렵 병자와 죽어가는 이들을 얼마나 많이 지켜보았던가? 나중에 세즈윅은 그런 건 관리소장의 권한에 해당하지 않는다고 말했다. 벽돌공들은 위에서 돌처럼 굳어진 채 그 광경을 지켜보았다. 땅바닥에 쓰러진 남자는 숨을 쉴 때마다 실낱같은 공기를 들이마시는 게 다였다. 그의 낯빛이 이상하게 변했고, 내가 여전히 잡고 있던 손이 불규칙한 경련을 일으켰다. 아무것도 제자리에 붙어 있지 않고 죄다 어그러진 그 몸뚱이로 그는 고개를 조금 들고 눈을 크게 뜨더니 산 자의 마지막 말을 나에게 남겼다. "내 개가 집에 혼자 있어요." 그러고는 끝이었다. 그의 목덜미가 다시 바닥으로 힘없이 떨어졌고, 마치 바닥에 누워 저 위의 동료들을 쳐다보는 것 같은 모습이 되었다.

구조대원들은 무슨 의미가 있을까 싶은 심근 수축 요법과 인공호흡을 동반한 심장 마사지를 실시했다. 그들은 자기네가 배운 대로 했다. 밤보다 먼저 와 망자들을 되살리는 어둠 속에서 구조대원의 일을 실행했다.

나중에 시신을 옮기는 이들에게 나는 고인의 마지막 메시지를 간곡히 전했다. 그 사람 개가 집에 혼자 있었다. 누군가에게는 알려야 했다. 들것의 레일 가드가 '보디 백'과 만신창이가 된 사람을 실었다. 오늘 저녁에는 줄줄이 늘어선 차량에 꽉 막혀 있는 데카리 고속도로를 타고 집으로 돌아가지 못할 그 사람을.

밤 9시에 세즈윅이 영장이라도 들고 온 사람처럼 내 집 문을 쾅쾅쾅 두들겼다. 그는 그 사람이 어쩌다 떨어졌는지, 그 사람이 많이 힘들어했는지, 누군가에게 알려야 하는지는 묻지 않았다. 그는 건물이 들어 있는 보험증권을 가지고 와서는 외주 용역업체의 작업 중 사고가 났을 때 우리 측에서 져야 하는 책임의 범위만 정확히 알고 싶어했다. 원하던 것을 얻고 나서는 긴장을 조금 풀었다. "내가 이해한 게 맞다면, 폴, 이 문제는 해결됐네요. 우린 깨끗해요. 그래요, 우리하고는 상관없습니다. 죽은 사람네 회사가 든 보험이 알아서 할 일이에요. 어쨌든 우리는 이 사고를 교훈으로 삼아야 합니다. 외부업체에 일을 맡길 때는 항상 그 업체의 업무 행위와 책임 범위를 확인하세요. 그런데 왜 그 업체를 택했죠? 그 업체가 전에도 우리 콘도 일을 많이 했습니까? 지난 십년간 세번이라고요? 이제 그 회사는 거래처 목록에서 지우세요. 그건 그렇고, 공사는 끝난 겁니까? 안돼요, 안돼. 당장 그 사람들을 불러서 공사를 기한 내에 마무리하라고 하세요. 사람 하나가 죽어 나간 건 안됐고 당신은 그저 슬퍼하고만 싶겠지만, 그쪽에서 방법을 찾고 대체 인력을 구해와야죠."

세즈윅, 불후의 가우라이터.[38] 참 열심이기도 한 개새끼.

이 일로 그 인간이 정말 싫어졌고 상종을 하지 말아야겠다는 생각이 들었다. 키어런 리드와 다른 입주자 10여명은 돈을 조금씩 모아 조화弔花를 마련하고는 나에게 그 벽돌공의 장례식에 전달해달라고 부탁했다. 리드가 나와 동행을 했다. 일면식도 없는 사람들 몇명과 고인의 개가 라발 묘지의 한 무덤 앞에 모여 있었다. 나는 무덤 앞에 꽃을 두었다. 고인의 이름이 비석에 새겨져 있었다. 제롬 알데게리.

이틀이 지나서 세즈윅이 나를 자기 집으로 불렀다. 그는 내가 벽돌공의 장례식에 갔다는 이유로 격분해 있었다. 소작농을 족치는 노기 등등한 지주가 따로 없었다. "이번 기회에 확실히 해둬야겠습니다, 폴. 그런 장례식까지 챙기라고 당신에게 월급을 주는 게 아닙니다. 업무 일과의 절

38 나치 독일의 당 지방 책임자를 이르는 말. 총통에게 직접 임명을 받아 각 지역에서 무소불위의 권력을 휘둘렀다.

반을 입주자들의 개인적인 뒤치다꺼리나 하면서 보내라고 돈을 주는 것도 아니고요. 분명히 말하는데, 당신 업무는 각 가구의 문 앞까지만이에요. 입주자의 건강 문제, 도움이 필요한 상황은 자기네가 알아서 해결하라고 하세요. 그런 일을 하는 단체나 기구가 있잖아요. 당신이 할 일은 이 건물을 유지 보수하는 것이지, 여기 사는 사람들을 유지 보수하는 게 아니라고요. 그리고 나에게 말도 안하고 혼자 결정해서 행동하지 마세요. 일례로, 여기서 일한 기간이 일주일도 안되는 사람의 장례식에 왜 당신 마음대로 꽃을 가져갑니까? 기계설비, 정원, 공용공간, 차고, 수영장으로는 부족해서 시간이 남아돌아요? 수영장 얘기가 나와서 말인데, 이번 기회에 짚고 넘어가죠. 당신 고용계약서대로라면 당신하고 당신 부인은 수영장에 못 들어갑니다. 그 점을 한센 부인에게 잘 일러주면 고맙겠네요. 그리고 당신이 키우는 개도 복도에 나올 때 반드시 목줄을 채우세요. 개를 정원에 데리고 들어가는 것도 안됩니다. 요컨대, 복지사 노릇은 그만하고 관리소장이면 관리소장답게 적잖이 받아가는 월급값을 하라, 이겁니다. 매주 나한테 지출명세서를 올리세요. 그래야 우리가 어느 항목을 줄이거나 아예 없앨 수 있는지 알아보지요. 나는 우리 콘도가 이십사시간 정상 가동되기를 바랍니다. 입주자들이 어떤 상태에 있건 당신 업무를 방해해서는 안됩니다. 렉셀시오르가 잘 돌아가게끔 책임지라고 뽑아놓은 사람이 바로 나잖아요? 두고 봐요, 당장 오늘부터 당신이 근무시간을 어떻게 쓰는지, 한푼의 예산이라도 어떻게 사용하는지 내가 눈을 부릅뜨고 지켜볼 겁니다."

그 면담을 마치고 나오면서 나는 굴욕스럽고 비참하기 짝이 없었다. 그날 내가 서툴고 투박하게 내뱉은 반박은 나에게 약간의 존엄성도 돌려주지 못했다. 저녁에 그 일을 위노나와 리드에게 털어놓으면서 사표를 내고 싶다는 뜻을 비쳤다. 그들은 내 기분을 달래주고, 화제를 딴 데로 돌리고, 피자를 나눠 먹었다. 그러고 나서 나와 아내는 개를 데리고 나가 그 여름밤의 거리를 거닐었다.

다음날부터 우연, 운명, 불행, 뭐라고 부를지는 중요치 않은 그 무엇이 우리 모두에게 자신이 여전히 우리 콘도를 지배한다고, 자기가 우리 시간의 주인이라고 한순간 굽히고 들어오지도 않고 단호하게 일깨워주었다.

셀리그먼 씨는 3층에서 아내와 둘이 살았다. 퀘벡 수자원전력회사를 다니다가 은퇴한 사람이었다. 그는 좋아하는 것도 참 많았다. 베이글, 파스트라미, 다진 간, 아이스하키, 유대인 농담도 좋아했지만, 뭐니 뭐니 해도 자신의 사륜구동 렉서스를 제일 좋아했다. 일주일에 두번, 월요일과 금요일, 그는 차고에 내려가 그 애지중지하는 차를 세차 공간으로 몰고 가서 보호막을 쳐놓고 한시간 가까이 때 빼고 광내는 작업에 몰두했다. 차량 내 카펫을 청소기로 밀고, 가죽 카시트를 전용 제품으로 닦고, 빛나야 할 모든 것을 번쩍번쩍하게 문질러 닦았다. 나는 그보다 훨씬 삭막하게, 자동차의 청결에 할애된 그 공간 바로 옆에서 온수 배관 정비 작업을 하고 있었다.

셸리그먼 씨는 내가 나무 발판에 쪼그려 앉아 일하는 모습을 보고는 세차를 잠시 중단하고 인사와 안부라도 몇마디 나눌 겸 다가왔다. 그는 자기 자리로 돌아가기 전에 나에게 말하고 싶어 입이 근질근질했던 얘기를 기어이 꺼내지 않고는 못 배겼다.

"어떤 사람이 랍비 세명하고 골프를 쳤는데, 랍비들에 비해서 자기가 너무 못 치는 거예요. 그래서 그 사람들에게 도대체 비결이 뭐냐고 물어봤답니다. 그랬더니 랍비들이 '뭐, 간단합니다. 우린 매일 유대교회당에 가서 기도를 열심히 했지요'라고 대답하더래요. 그래서 그 사람은 자기 집에서 제일 가까운 유대교회당에 가서 열심히 기도를 했습니다. 매일 아침 회당에 가서 골프를 잘 치게 해달라고 기도를 어언 일년 동안 했는데, 그의 골프 실력은 여전히 형편없었죠. 그 사람이 다시 랍비들을 만났고, 그들은 여전히 실력이 대단했지요. 그래서 자기도 회당에 가서 열심히 기도했는데 왜 이 모양이냐고 물었어요. 랍비들이 머리를 맞대고 쑥덕쑥덕하더니, 그중 한명이 그 사람에게 물었죠. '실례지만 어느 회당으로 가셨는지?' 그 사람이 '우트르몽 회당입니다'라고 대답하니 랍비가 웃으면서 그랬대요. '그럼 실력이 제자리걸음인 것도 당연하네요. 거긴 테니스를 잘 치게 해달라고 비는 회당이거든요.'"

자기 유머에 언제나 자기가 제일 호쾌하게 웃음을 터뜨리는 사람, 친절과 낙천성으로 깎아 빚은 듯한 사람인 토머스 셀리그먼은 자기 농담이 먹힌 데 의기양양해서는 나에게 장난꾸러기처럼 한마디 했다. "내일은 다른 얘기를 해줄게요, 폴. 내일도 기대해요." 그러고서 자기 렉서스에 광을 내러 갔다.

때때로 삶이 기이한 소임을 맡기려고 나를 택했나 싶다. 내 주위에 있던 사람이 공교롭게도 생을 하직하는 순간 나를 만나 마지막 말을 남기는 일이 한 해 동안 몇번이나 있었으니 말이다.

세차용 고압 분사건이 뿜는 강력한 물줄기가 보호막을 때리는 소리에 신경이 쓰였다. 그 소리가 좀 오래 난다 싶어서 안에 무슨 일이 있는지 들여다보러 갔다.

셀리그먼이 세제 거품을 일으키며 물이 줄줄 흐르는 바닥에 쓰러져 있었다. 그의 눈은 천장의 네온등만 바라보고 있었다.

나는 보호막을 걷어버리고는, 어떻게 하는지도 잘 모르

는 심폐소생술을 엉성하게나마 해보려 했다. 그때 차 한대가 주차장으로 들어오더니 어떤 사람이 내려서 우리 쪽으로 왔다. 세즈윅이었다. 그는 또 한번 내가 업무를 팽개치고 죽은 사람 앞에 꿇어앉아 그 사람을 소생시키려고, 안식일 전날에 그를 살려내 하던 일을 마저 끝내게 하려고 쩔쩔매는 현장을 목격한 셈이었다. 입주자 대표는 돌처럼 굳어져서는 도와주지도 않고, 뭐라도 해보려는 기색도 없이 입만 다물고 있었다. 내가 빽 소리를 질렀다. "이거 할 줄 압니까? 아! 알아요, 몰라요?" 세즈윅이 고개를 저었다. "구급차를 불러주세요, 빨리! 젠장!" 그는 휴대전화를 꺼내어 번호를 누르고는 쓸모도 없이 멀거니 서서 누군가가 전화를 받기를 기다렸다.

"텔레비전에서 굉장한 걸 봤어. '암흑의 시대'라는 다큐멘터리였지. 혹시 당신도 봤어, 그거? 좆나 으스스하던데. 그러니까 세상이 처음 생긴 때, 빅뱅이 일어나고 삼십만년인가 사십만년 후의 일이라는데, 정확한 숫자는 잘 모르겠네. 내가 늘 그렇지 뭐. 서브프라임에 0이 몇개 붙는지 모르는 거랑 마찬가지야. 하여간 그게 중요한 건 아니지. 아무튼, 우주를 빵 터뜨린 그 대폭발 이후로 하늘이 차가워지고 모든 것이 완전한 암흑에 휩싸였다는 거야. 캄캄하고 캄캄하게. 분위기가 상상이 가? 생명 없음, 아무것도 없음. 씨팔, 당신도 봤으면 그렇게 초연한 척 못할걸? 기적이 따로 없구나 할걸? 무한이나 뭐 그런 거, 벌써 알아? 난 그런 거 모르겠더라고. 끝이 없다는 걸 내 머리로는 상상할 수가 없어. 아니, 어딘가에서는 끝이 나야 하는 거잖아. 아직 우리가 못 가봐서 그렇지 끝이 있긴 한 거 아냐? 다만, 끝에 도달하면 그때 가서는 이런 의문이 생길 수밖에 없겠지. 이다음에는 뭐가 있지? 끝없는 뭐가 또 있나? 아, 그럼 더 가보자."

패트릭은 텔레비전을 보러 갔다가 가끔 아주 흥분해서 돌아온다. 보통은 대중을 위한 과학 방송 프로그램을 시청하는데, 얼마나 집중해서 보는지 모른다. 때때로 그는 그 복잡한 정보들의 폭격에서 유탄 정도밖에 못 건진다. 그리 오래전 일도 아닌데, 패트릭이 기상학과 유체역학을 다룬 방송을 보고 온 적이 있다. 특히 몬트리올에 사는 나비의 날갯짓이 대만에 태풍을 불러일으킬 수 있다고 설명하는 영상이 있었다. "미친 거 아냐? 그걸 보니까 확실히 이제 움직이지도 못하겠어. 아니, 그냥 시스템을 그림으로 설명했다는 건 알아. 모든 것은 연결되어 있다, 그 얘길 하고 싶은 거잖아. 그래도 날갯짓을 자제하는 편이 낫지. 혹시 또 알아? 그래, 애새끼 때 이랬어야 하는데. 내가 조금만 덜 떨떨했어도 말이야. 공부를 할 걸 그랬어. 게다가 세상이나 고약한 날씨에 대한 걸 배우니까 재미있어. 진짜야, 그런 프로그램을 보면 뭘 좀 배운 느낌이 든다니까. 아니, 몬트리올 캐네이디언스 대 보스턴 브루인스의 아이스하키 시합을 본다고 인생이 한발짝이라도 발전했다는 느낌은 들지 않잖아. 뭐, 그래도 그건 그것대로 신나고 좋긴 하지. 내가 지금 무슨 생각 하는지 알아? 나 지금 마음이 좀 편안해서 어쩌면 머리를 잘라도 될 것 같아."

마지막 시도는 패트릭이 소바주를 만나고 온 날 저녁이었는데 아쉽게도 실패했다. 나는 중요한 작업을 앞둔 만큼 도구들부터 가지런히 선반에 올려놓았고, 시술을 받을 사람은 간이의자에 앉았다. 패트릭이 머리에 쓴 그물을 벗었다. 가윗날이 제 영역으로 파고들어가 입술 가장자리에 늘어진 머리칼을 다듬어야 할 만큼 다듬는다. 긴장이 심해지면 패트릭이 무호흡에 빠지고 나는 바로 손을 멈춘다. "씨팔, 우리 엄마가 딱 이렇게 잘라줬는데. 진짜 엄마 같아." 가윗날이 보일 듯 말 듯 서서히, 밀어붙이는 느낌 없이 다시 머리칼로 다가가 잘라낸다. 바람 소리 같은 것이 살짝 나지만 패트릭은 눈치채지 못한다. 간이의자 주위 바닥에 머리칼이 수북하니 쌓인다. 내가 정말 대단한 일을 해낸 기분이 든다. 아들에게 훈훈한 새 얼굴을 선사하곤 했던 어느 어머니와도 어깨를 나란히 할 만하게. "당신이 해냈네, 와, 씨팔, 진짜 해냈어. 와, 대박. 나한테는 암흑의 시대나 나비 뭐시기만큼 대단한 일이야. 머리 전체를 이발했는데 한번도 바닥에 드러눕지 않았다니. 내 인생에 이런 건 처음이야. 와, 쪽팔리지만 눈물이 나려고 해."

나는 바닥에 널린 머리채를 치운다. "아냐, 아냐, 건드리지 마. 내가 할게." 패트릭은 꼼꼼하게 머리칼을 주워서 작은 쓰레기봉투 안에 모은다. 그러고는 봉투 입구를 가느다란 끈으로 묶어서 자기 침대 밑 비밀 상자에 고이 집어넣는다.

비행기, 트랙터 그리고 기다림

위노나와 누크와 함께 하늘로 탈주할 때마다 부침 많고 서러운 내 일을 견딜 수 있는 용기와 행복이 한번씩 충전되었다. 콘도는 분위기가 싸하게 변했고 일종의 불신이 전반적으로 자리를 잡았다. 입주자 대표가 직무를 수행하면서 조금씩 주입한 그 분위기는 모든 층으로 퍼졌다. 차츰 모두가 다른 사람을 감시하기 시작했다. 지출 내역을 조목조목 따져가면서 불합리하거나 비생산적인 지출을 이 잡듯 잡아내려고 난리였다. 매년 입주자대표회의 총회는 인색하고 좀스러운 발언들로 점철되었고, 그리 중요하지도 않은 사안을 두고 공격적인 독설들이 오갔다. 나는 총회에서 이러이러한 지출은 어떤 이유에서 발생했는지, 왜 그 공급업자를 선택했는지, 외주업체 청구서가 왜 그렇게 나왔는지 설명을 해야 했다. 기계실에 생전 발도 들인 적 없는 사람들이 와서 우리 수영장 전해조가 물 1리터당 소금을 몇 그램 쓰는지 물어보더니, 애잔하게도 휴대용 계산기를 장시간 두들겨가면서 그 결과가 내가 시즌 내내 사용하려고 주문한 염화나트륨 구입비와 맞아떨어지는지 확인했다.

2000년대 초에는 누가 더 인심이 각박해질 수 있는지, 누가 더 쪼잔해질 수 있는지 우열을 가리기 힘든 주옥같은 일화들이 차고 넘쳤다. 그중에서도 단연 눈부신 일화, 가장 터무니없는 일화는 사탕 포장지 사건이었지 싶다. 아침 순찰을 돌다가 3층 복도에서 아무렇게나 널려 있는 사탕 껍질을 줍는 일이 몇번 있었다. 분명히 전날 주웠는데 희한하게도 다음날 아침이면 또 셀로판지 껍질이 널려 있곤 했다. 나는 그때그때 청소를 했고, 누가 군것질을 하고 껍질을 함부로 버렸을까는 생각하지 않았다. 일주일 후, 사탕을 쌌던 포장지들이 또 버려져 있었다. 이번에는 3층만이 아니라 모든 층에, 엘리베이터 안에까지 사탕껍질이 나뒹굴었다. 그제야 건물 내 감시카메라를 보고 누가 이 고약한 장난을 꾸몄는지 알아야겠다는 생각이 들었다. 녹화영상을 보고 나는 어이가 없었다. 은퇴한 예순여섯살 영감 위고 마세와 같은 층에 사는 쉰여덟살의 자동차 딜러 도리언 웨스트가 범인이었다. 우리 콘도에 들어온 지 얼마 안 된 그 두명의 입주자가 아침 댓바람부터 유령처럼 불쑥 나타나서는 처음에는 자기네 층에, 그다음에는 모든 층을 돌면서 사탕 껍질들을 흩뿌리는 것이 아닌가. 녹화분 타임코드를 보니 그들은 매일 새벽 5시 30분에 그 어린애 장난 같은 수작을 벌이고 있었다. 그 시각이면 아무에게도 들키지 않을 거라 생각했으리라. 다시 말해, 그 염병할 늙다리들은 같잖은 장난 좀 치겠다고 둘이 짜고 새벽부터 일어나 부산을 떨었던 것이다. 무슨 목적으로? 나를 함정에 빠뜨리고, 시험하고, 만약 내가 자기들이 투척한 쓰레기를 치우지 않으면 내 평판을 실추시키려고? 그 머저리들은 다만 감시카메라의 존재를 깜박했을 뿐이었다. 그들이 매달 내는 관리비에 감시 시스템 유지비가 포함되어 있는데도. 나는 제일 가까운 슈퍼마켓에 가서 사탕을 큰 봉지로 두개 사왔다. 사탕 봉지마다 메모를 써서 붙였다. "재미있는 비디오 영상을 보게 해주셔서 고맙습니다. 수위 드림." 나는 두 집 문 앞에 선물을 하나씩 놓아두고 왔다.

　그날부터 복도는 예전처럼 청결을 유지했고, 달콤한 군것질거리를 소비한 흔적은 우리의 작은 땅에서 완전히 사라졌다. 웨스트와 마세는 나와 마주칠 때마다 눈에 띄게 불편한 기색으로 인사를 건넸고, 나는 그 불편함이 사탕처럼 천천히 녹아 없어지도록 내버려두었다.

2005년 크리스마스. 나는 참으로 오랜만에 콘도에서 일주일이나 떠나 있었다. 연중 이 시기에 입주자들은 쿠바, 플로리다, 혹은 멕시코의 해변을 찾아 남쪽으로 내려가곤 했다. 이곳의 겨울 색조에 실종되어버린 눈부신 햇살을 한껏 즐기기 위해서들 내려갔다. 리드는 보스턴에 사는 친구 집에서 연휴를 보낸다고 떠났다. 여자 친구라는데 리드의 인생에서 어떤 역할을 했던 여자인지는 모르겠다.

위노나는 이 며칠의 휴가를 오붓하게 보내려고 라 모리시 국립공원 북쪽 프레이저 호수에 '사계절' 산장을 예약하고 비버도 일주일 기한으로 빌렸다. 비행기는 플로트를 겨울용 스케이트로 갈아 신고 눈 덮인 활주로의 배 위에서 컬링 스톤처럼 미끄러졌다. 아내가 비행기를 조종하는 모습을 보고 있노라면 그녀를 향한 사랑이 더욱 깊어졌다. 비행기가 사방으로 요동치기 시작할 때 그녀가 발휘하는 수완과 침착한 태도, 경로를 되찾고, 모든 것을 찢어발기는 바람 속에서 방향을 유지하고, 1947년에 만들어진 낡고 투박한 비행기치고는 부드럽게 누크와 나를 땅에 내려주는 기술에 감탄하는 그 시간들을 나는 무엇보다 사랑했다. 위노나는 물 위에서나 하늘에서나, 얼음판 위에서나 눈보라를 헤치고 나아갈 때나 늘 자기 친구 벌새처럼 눈 깜짝할 사이에 착륙하거나 어느 방향으로든 비행할 수 있는 것 같았다. 위노나의 심장은 그 새의 심장처럼 그때그때 상황에 척척 적응했다. 때로는 열정으로 속도를 내고, 때로는 이성의 소리를 듣기 위해 차분하고 느긋하게 뛸 줄도 알았다. 그런 여자를 사랑하기란 너무도 쉬웠다. 그런 여자와 아침마다 함께 일어나고, 나란히 누워 잠들고, 유일하게 마법처럼 황홀했던 그 순간들이 암흑의 시대 끝자락에 도장을 찍는 것처럼 느껴지기란 너무도 쉬웠다. 아내는 마법사의 망토, 지팡이, 토끼, 모자, 그 전부였다. 어떻게 똑같은 한 여자가 비행기를 몰고, 나를 사랑해주고, 내 개를 구해주고, 렉셀시오르도 참아주고, 눈보라와 물보라를 일으키고, 작은 새의 힘을 믿으면서 모두에게 삶의 의욕과 행복의 맛을 선사할 수 있었을까? 나는 알지 못했다.

2005년 크리스마스의 북쪽 여행은 일생에 몇번밖에 오지 않는 은총의 순간이었다. 날이 호되게 추웠지만 시야는 맑고 투명해서 무슨 극지방의 신기루를 보는 기분이었고, 저 멀리로는 누나부트 땅까지 보였다. 연중 그 시기에 눈이 살벌하게 내리고 난 후 해발 3000미터에서 내려다보는 퀘벡은 끝없이 펼쳐놓은 하얀 솜 같았다. 셀 수 없이 많은 호수가 얼음과 눈에 뒤덮여 온데간데없었다. 그 경관의 대담한 아름다움과 균일성 때문에 비행 방향을 잡기가 극도로 힘들어졌고, 나는 위노나가 도대체 무슨 조화로 이 거대한 가루설탕 케이크 위에서 지표를 찾아내는가 싶었다.

기기 자체는 보잘것없어 보였고 계기 비행보다는 육안 조종에 더 적합한 듯했다. 하지만 위노나는 전혀 걱정하는 기색 없이 때때로 비행기 꼬리 쪽을 돌아보기만 했다. 아마 벌새도 후진 비행을 하기 전에 버릇처럼 그런 몸짓을 하지 않을까. 그렇게 두시간 반을 날던 비버가 앞으로 획 기울더니 그다음부터는 완만하게 하강 곡선을 그렸고, 마침내 아무것도 구별되어 눈에 들어오지 않는 희고 순결한 땅에 부드럽게 스케이트 날을 내리고는 길고 긴 애무의 흔적을 남겼다. 비행기가 멈췄고, 튼튼하게 지어진 통나무 집과 굴뚝에서 모락모락 피어나는 연기가 보였다. 누크가 비행기에서 냉큼 뛰어내려 눈밭을 달리기 시작했다.

산장 안은 아늑하고 따뜻했다. 조금 전까지도 사람이 살던 집 같은 느낌이 들었다. 가운데 놓인 탁자 위에서 윈터 화이트 향초가 꿀, 사과, 계피가 섞인 냄새를 풍겼다. 위노나가 일으킬 수 있는 크리스마스의 기적이었다. 나의 인디언 여인과 누크를 데리고 그 공간에 발을 들인 그때, 만약 한무리의 늑대가 — 말하는 법과 이 세상에서 살아가는 법을 우리에게 가르쳐주던 바로 그 늑대들이 — 문을 밀고 들어와 환영의 의미로 축배를 들자고 했어도 나는 놀라지 않았을 것이다. 그녀는 특별했다. 그녀는 한눈에 이 세상을 사랑하고, 숙고하고, 분석하고, 이해했다. 나는 함께한 세월 내내 위노나가 능력을 발휘하지 못하는 지경에 이르는 모습을 본 적이 없다. 그날밤 나는 잠이 우리를 쓰러 뜨릴 때까지 아내를 품에서 놓지 않았고, 누크는 불·문·향 초 그리고 그 녀석의 관점에서는 기상천외하기 짝이 없는 행위에 심취한 인간들이 내는 묘한 소리에 신경을 곤두세 우고 있었다.

그 일주일이 우리의 삶 위로 미끄러졌고, 우리의 피로와 다크서클을 없애주었고, 우리가 어디서 왔고 어떻게 되어 버렸는가를 깨닫게 했다. 나는 스카겐이나 롱바르 강변에 서 멀어졌지만 위노나는 자신의 숲 가까이 있었다. 위노나 는 매일같이 자신의 땅과 역사를 내려다보며 날아다녔지 만 나는 렉셀시오르의 닳아빠진 자물쇠 아래서 늙어가고 있었다. 그렇지만 나는 그 삶을 후회하지 않았다. 대단찮 은 삶이었으나 내게는 족했다.

위노나는 날씨가 허락하는 대로 누크와 나를 숲으로 데 려가 자기가 척 보면 아는 동물 발자국을 보여주기도 했 고, 얼음의 미로 속에서 방향을 파악하는 법이나 바람 소 리 혹은 멀리서 들려오는 동물의 메시지를 읽는 법을 가르 쳐주었다. 나는 다 알아듣지는 못하고 따라갔지만 그래도 많이 배웠다. 반면 누크는 아내의 소리 없는 지시들에 주 의를 바짝 곤두세우고는 마치 물 만난 고기처럼 앞장을 섰 다. 나는 말이 필요 없으나 세심한 주의가 있는 그 세상이 좋았다. 우리가 아직 말을 할 줄 모르던 시절에 인간의 지

성을 구원했던 관찰력이라든가 순발력, 지성이 태고의 흔
적을 되찾은 세상이었다.

저녁에 위노나는 이제 뿔뿔이 흩어져 사실상 못 보고 사
는 가족, 친지 이야기를 꺼냈다. 그녀는 선교사들이 와서
몹시도 오래된 세상의 규율과 신앙을 무너뜨리고 맥을 영
영 끊어버리기 전에 알곤킨 인디언들의 일상이 어떠했는
지 얘기했다. 이제 크리스마스이브가 되면 어떤 부족원들
은 미사에 가기 전에 크리스마스 성가를 합창으로 부른다
고 했다. 「천사들의 노래가」(Gloria in excelsis deo) 「오 거
룩한 밤」(Minuit chrétien) 「고요한 밤 거룩한 밤」(Stille
Nacht, heilige Nacht).

위노나는 자기 삼촌 나토로드의 희한한 사연도 들려주
었다. 나토로드라는 이름은 알곤킨 인디언 말로 '대지의
아들 천둥'이라는 뜻이라고 한다. 다들 그 삼촌을 나트라
고 불렀다. 나토로드 삼촌은 아주 외진 지역에서 살았는
데, 결혼해서 아이가 셋 있었다. 그는 가족을 부양하려면
일자리가 있는 다른 지역에 가야만 했다. 처음에는 유콘에
서 광부 일을 했고, 담배농장에서도 일했고, 땅을 50헥타
르 빌려서 농사도 짓고 가축도 키워봤다. 그러나 그런 일
로는 벌이가 충분치 않았다. 그래서 토론토와 밴쿠버를 연
결하는 운송회사에 장거리 트럭 운전사로 취직했다. 나흘
만에 이 도시에서 저 도시로 건너가야 하는 코스라서 제대

로 쉬지도 못하고 운전을 해야 했다. 나토로드는 은퇴하면서 맥 트럭 열쇠를 반납했고, 가족들 곁으로 돌아왔다. 하지만 이제 자기도 많이 늙었다는 생각에, 남은 시간을 한층 더 소중하게 느꼈다. 그러던 어느날 아침, 때가 왔음을 알았다.

위노나의 음성이 그 이야기의 문들을 하나하나 살그머니 열어젖혔다. "삼촌은 온 가족을 모아놓고 이렇게 말했어. '나는 늘 너희를 위해 일했다. 마땅히 할 바를 한 거지. 그렇지만 이제 나도 늙은이가 다 됐으니 나를 위해, 다른 사람 말고 나만 위해 뭔가를 해보기로 작정했다. 나의 낡은 트랙터로 태평양에서 출발해 대서양에 도착하는 캐나다 횡단 여행을 해볼까 한다. 나의 존디어로 8000킬로미터를 달릴 테다. 시간이 걸리면 걸리는 대로 달릴 작정이야.' 그러고 나서 나토로드 삼촌은 친구를 통해 트랙터를 밴쿠버와 아주 가까운 호스슈베이로 보냈어. 거기서 삼촌은 바다 가까이로 트랙터를 몰고 가 태평양 물이 뒷바퀴를 적실 때까지 후진을 했지. 그런 다음 비로소 동쪽을 향해 출발했어. 꼬박 넉달을, 비가 오나 눈이 오나, 시속 10~15킬로미터밖에 못 내는 트랙터로 달렸대. 삼촌 말로는 '이 나라의 도로와 사람이 어떻게 생겼는지 보고 싶었고, 죽기 전에 아무도 하지 않은 일을 해보고' 싶었대. 그 여정에서 온갖 모험과 봉변을 다 겪었고 말이야. 드디어 땅끝, 뉴펀들

랜드의 세인트존스에 도착한 삼촌은 트랙터 앞바퀴가 대서양 바다에 닿은 후에야 비로소 멈췄어. 그런 쪽으로는 반사신경이 특출난 분이었지. 삼촌은 누군가가 이 모험에 의심을 품는 걸 원치 않았기 때문에 증인까지 불러서 증언을 문서로 남기고 도장 찍고 날짜까지 박았어. 그 증서는 중요하다면 중요하고 중요하지 않다면 중요하지 않지만 삼촌 인생에서 가장 소중하고 기념할 만한 것이었지. 삼촌이 그때 증인이 되어준 하우싱 씨 얘기를 자주 해서 지금도 그 이름이 정확하게 기억나. 몇년이 지나서 삼촌이 날 차고에 데려갔어. 오랫동안 손발을 맞춰온 존디어 트랙터가 거기 있었지. 삼촌이 선반 위에서 덮개 같은 걸 치우니까 큰 물통 두개가 나왔어. 한쪽에는 큰 글씨로 '태평양 물'이라고 쓰여 있었고 다른 쪽엔 '대서양 물'이라고 쓰여 있었어. 나한테 그 물통들을 보여주면서 '내가 직접 이 나라의 양 끝에서 물을 채웠단다'라고 하는데 삼촌 눈에 눈물이 그렁그렁했어. 이게 우리 나트 삼촌의 여행 이야기야."

그 순간 위노나가 큼지막한 그림책을 덮은 것 같은 느낌이 들었다. 아이들에게 좋은 꿈을 꾸라고 읽어주는 신기한 동화, 내가 들어본 가장 애틋하고 감동적이며 생각이 많아지는 동화를 이제 막 들은 것 같았다.

"삼촌 장례식날 무슨 일이 있었는지 알아? 삼촌이 돌아가시기 전에 부탁한 대로 관을 먼저 구덩이에 내리고 자식들이 그 물통에 든 물을 관 위에 부어드렸지."

불의 숨소리가 들릴 듯 말 듯 했다. 수지류 수목이 타면서 내는 타닥타닥 소리가 때때로 불에 생명을 더하곤 했다. 밖에는 예고된 눈 폭풍이 벌써 와 있었다. 위노나는 비버에 짐이 잘 실려 있는지 확인하려고 바람막이와 털장화를 착용하고 새하얀 소나기를 헤치고 어둠속으로 뛰어들었다. 짐을 약간 다시 쌓은 모양이었고, 좀더 바깥에 머물며 눈송이의 왈츠를 즐기지 못한 게 아쉬웠는지 느릿느릿 돌아왔다. 누크가 와서 내 팔 아래로 고개를 들이밀었고, 위노나는 나에게 뽀뽀를 해주고는 내가 나토로드 삼촌과 둘만의 시간을 갖게끔 자리를 비켜주었다. 그 양반은 먼 옛날 쫙 갈라지면서 자기에게 길을 내주던 바다의 물을 자랑스레 흔들어 보이고 있었다.

"내 재판이 곧 있을 것 같은 느낌이 드는데, 의견을 좀 묻고 싶어. 내 경우는 죄를 시인하고 변론을 하면 더 괜찮을 것 같지 않아? 아니, 그게 내가 진짜 뭔 짓을 저질렀다는 얘긴 아냐. 나는 그 어느 때보다 결백하다고. 하지만 내가 판사들을 좀 아는데 다들 생각이 꼬였잖아. 그래서 당신이 뭔가 좋은 생각을 내놓지 않을까 싶어. 아니, 당신도 머리를 이상하게 굴린다, 뭐 그런 뜻은 아니야. 그런 뜻은 진짜 아니야. 하지만 당신은 머리가 좋잖아. 몇수 앞을 미리 생각하고 그러잖아. 그러니 당신 의견을 좀 들려주면 좋겠어."

나는 내심 패트릭이 그 경찰의 끄나풀 단원을 저승으로 보내버렸을 거라고, 자신의 덜미를 제대로 잡은 계제 나쁜 증거자료에서 빠져나갈 구멍을 찾는 거라고 생각했다. "그런 거 있지? 죄를 전부가 아니라 조금만 시인하고 변론하는 거. 설명을 좀 할게. 내가 그 사람을 자주 만났던 건 사실이야. 짭새 앞잡이 짓을 알고 있던 것도 사실이고. 죽빵을 한번 날린 적이 있다는 것도 인정해. 거기까지는 아무 문제 없어. 하지만 그다음부터는 다 개소리야. 그후는 내가 정말 모르는 일이라고. 그 사람 머리통에 9밀리 탄환이 박혔을 때 난 이미 멀리 가 있었어. 난 내 집 근처까지 가 있었단 말이야. 차로 십분을 달려야 하는 거리거든? 그런데 어떻게 나를 의심할 수가 있어? 그래서 차라리 이 일의 일부는, 그러니까 처음 부분은 시인해도 되지 않나 싶더라고. 절반만 사실이라고 시인하고 변론하는 걸 재판에서는 뭐라고 불러?"

패트릭이 보여준 그의 소송자료와 그 안에 포함된 증언들을 내가 고려한 바로, '절반만 시인하는 변론'은 전례 없는 작전이요, 호턴다운 용어로 표현하자면 '법정에서 좆까기'라고 부를 수 있겠다.

"사실, 바보 같은 짓 두세건을 제외하면 판사들이 나를 물고 늘어질 건더기도 없어. 내가 약간 시인하고 들어가면 판사에게도 빠져나갈 문이 생기잖아. 내 변호사가 만날 빠져나갈 문 타령을 하거든. 변호사가 그러는 거야. 호턴 씨, 판사한테는 늘 빠져나갈 문을 남겨줘야 해요. 안 그러면 판사가 빡칩니다. 내 사건이 윈윈이 되려면 내가 멍청한 짓을 좀 했다고 인정을 하고 판사는 내가 지금까지 채운 형기로 퉁쳐주는 거야. 서로 악수를 하고, 안녕, 프랑수아즈! 산뜻하게 인사하는 거지. 어떻게 생각해? 내 생각엔 이게 맞는 거 같아. 내가 죽빵 한번 날린 거 말고는 진짜 결백하다고 생각할 때 말이야."

패트릭은 좋지 않은 때, 힘겨운 시기를 보내는 중이다. 정신에 기생하는 온갖 생각과 발상이 스멀스멀 불어나 상식과 판단력을 잡아먹는 그런 때가 있지 않은가. 그런 때는 김이 저절로 빠져 압력이 낮아지기를 기다리는 게 그나마 낫다. 어쩌면 렉셀시오르에서 내 인생이 안 좋은 방향으로 엎어진 그날, 나 자신도 이 프로토콜을 따라야 했으리라. 그후에 판사 앞에 섰을 때도 나에게 '절반만 시인하는' 변론을 할 정신머리 같은 건 없었으니까.

2006년 초는 진정 시련이었다. 키어런 리드가 예상한 대로 몇년 동안 슬슬 깐만 보던 '코스트 킬러'가 본색을 드러내 이건 확인하고, 저건 자르고, 절차규약 항목에 쓸데없

는 첨언을 줄줄이 다느라 바빴다. 그 인간이 입주자 대표
가 된 이후로 절차규약집이 전화번호부만큼 두툼해졌다.
우리는 이제 건물이 아니라 제후가 모든 것을 결정하는 일
종의 전제 공국에서 살고 있었다. 정말 놀라운 것은, 입주
자 모두가 이 조무래기 군주의 변덕스러운 비위를 기꺼
이 맞춰줬다는 것이다. 나는 왕관에 박힌 보석들을 빼내서
써야 하는 백성이었기에 그 나라에서 구박덩어리로 찍혔
다. 업무 메모 강박증 환자 세즈윅은 별의별 메모를 다 보
냈다. 수영장용 소금이나 유지 보수 제품을 너무 많이 산
다, 잔디깎이 기계 정비 주기에 대한 제품 설명을 제대로
따르지 않는다, (입주자대표회의에서 설정한 온도에 맞췄
을 뿐인데도) 온수를 쓸데없이 너무 뜨겁게 제공한다, 쓰
레기통을 일찍 내놓지 않는다, 쓰레기통을 너무 늦게 들여
온다, 개를 데리고 산책할 때 목줄을 하지 않을 때가 있다
등등. 나는 그런 메모를 보면 낯부끄러워서 위노나의 눈에
띄지 않게 얼른 숨겼고 리드에게도 말하지 않았다. 나는
세즈윅이 패트릭의 말마따나 '열일곱수 앞까지' 내다봤다
고 생각한다. 그의 작전은 나를 들들 볶아 기어이 사표를
받아내고 나 대신 외주 용역업체를 쓰는 것이었다. 그 생
각은 이미 오래전부터 그의 심중을 차지하고 있었다.

　나는 오랫동안 유지 보수 작업에서 장인이 심혈을 기울
여 작품을 완성하고 느끼는 것과 같은 만족감을 누렸다.

하지만 그런 일이 이제는 관점이고 전망이고 없는, 그냥 맹목적인 절차 이행이 되어버렸다. 이제 나는 아무것도 따지고 싶지 않았다. 공국을 쇠락으로 직행시키는 로드맵을 그냥 맹추처럼 따라가도 상관없었다.

나는 이제 '내게 정해진 업무 범위를 벗어나는' 입주자들의 개인적인 부탁에 응하지 않았다. 입주자들은 내가 아무 대가 없이 해주던 자잘한 고장 수리 따위를 부탁하면서 돈을 주겠다고 했다. 나는 퇴짜를 놓든가 수리업자를 연결해주는 선에서 그쳤다. 그들은 대체로 나의 거절을 몹시 언짢아하고 사적인 감정의 문제로 여겼다. 알렉상드르가 있을 때는 싹싹한 시종 같던 내가 세즈윅이 집권하고서부터 금세 심술쟁이 수위 영감이 되었다. 그때 나는 미처 몰랐지만 이미 그해 초부터 카운트다운은 시작되었다.

그때까지의 일은 나의 한부분을 완전히 파멸시킬 불행에 비하면 전부 아무것도 아니었다. 지금까지도 그 불행은 첫날과 똑같이 감당이 안된다. 비극이 일어난 그 저녁, 희한하게도 생각이 난 단 한 사람, 제발 날 안아주면 좋겠다 싶었던 단 한 사람은 내 아버지 요하네스 한센, 내게 한센이라는 성을 물려준 그 목사였다. 그날 저녁 내가 아버지 살아생전에는 한번도 해보지 않은 말을 대놓고 입 밖으로 뱉었던 기억이 난다. "아빠, 도와주세요, 이번만은요." 그가 할 수 있는 일이 뭐가 있었을지는 모르지만, 나는 난파에서 구조되는 기적을 바랐다. 다 끝났다, 아무 일도 없었어, 우리 이제 집에 가자, 집에서 함께 저녁을 먹고 재수 없는 하루의 기억과 빛을 꺼버리자꾸나, 하는 말을 듣고 싶었다.

2006년 8월 12일 토요일, 위노나는 일찍 일어났다. 평소 나보다 먼저 출근할 때의 습관대로 내게 뽀뽀를 하고 나갔는지는 잘 모르겠다. 오전 8시에 수상기지에서 낚시꾼 세 사람과 그들의 장비를 싣고 몬트리올 북쪽으로 두시간 반을 날아가 시부가모 근처 미스타시니 호숫가에 내려주기로 약속이 되어 있었다. 위노나의 비버는 9시에 프레리 강변에서 이륙했고, 비행을 나갈 때마다 으레 그렇듯 사내들끼리의 낚시 여행에 흥분한 손님들, 짐꾸러미 속의 테스토스테론 보충제, 필요한 만큼의 맥주, 물고기들을 사로잡을 신선한 미끼를 태우고 멀어져갔다.

한나절이 지나 저녁이 되었다. 네트워크상의 문제만 없으면 위노나는 출발할 때 꼭 나에게 전화를 걸어 이제 곧 뜬다, 그곳 날씨는 어떻다, 몇시쯤이면 집에 도착할 것 같다, 미리 얘기를 해줬다. 아무 연락 없이 저녁 8시가 됐다. 비베어 사 관리자 프라디에에게 전화를 해봤다. 프라디에는 자기도 비행기를 기다리는 중인데 아무 연락도 못 받았다고 했다.

어둠이 내려앉고. 여름옷을 입은 강에 면한 도시의 고층건물들에 하나둘 불이 들어왔다. 서쪽에 남아 있는 마지막

석양이 내 집 창에서는 불안의 잉걸불처럼 보였다. 위노나가 그 시각까지 돌아오지 못할 그럴싸하고 마땅한 이유는 하나도 없었다. 원래대로라면 오후 5시 전후로 돌아왔어야 했다. 그녀가 아무에게도 연락을 못했다면 무슨 사고가 난 게 틀림없었다. 밤 10시쯤, 프라디에가 전화를 걸어 오늘 태워준 낚시꾼 중 한명과 연락이 됐는데 위노나가 정오쯤 그들을 목적지에 내려줬고 오후 1시 반에 몬트리올 방향으로 출발한 것까지는 확인했다고 했다. 그는 이 말만 덧붙였다. "이제는 수색대를 보내달라고 전화를 해야 할 것 같습니다."

나는 밤새 전화기를 손에 쥐고 소파에 앉아 연락을 기다렸다. 누크가 내 옆에 딱 붙어 있었다. 녀석이 저녁거리를 거들떠보지도 않기는 처음이었다. 시간이 땅을 다지는 롤러처럼 가차 없이 밀고 들어와 내 안에 남아 있던 희망의 부스러기마저 압살했다. 동녘 빛이 집 안으로 스며들어올 때 느낌이 왔다. 위노나는 죽었고, 모든 게 끝났고, 내 아내가 이제 돌아오지 못하겠구나. 이번에는 벌새가 날개와 힘을 잃고 말았구나. 이제 어느 순간 전화벨이 울리고 누군가의 목소리가 들릴 터였다. "한센 씨 맞습니까?" 그 목소리가 그다음에 전하는 말은 하나도 중요하지 않을 것이다.

리드가 뉴스에서 실종 소식을 듣고 함께 기다리자고 내려왔다. 그는 별말 없이 커피를 끓였고, 우리 둘은 침묵 속에서 그 음료를 홀짝홀짝 마셨다.

헬리콥터와 군용기가 비버가 이용했을 것으로 추정되는 항로를 따라 수색에 나섰다. 소득은 없었다. 월요일에는 거센 바람을 동반한 여름철 폭우가 밀려와 수색이 중단되었다. 나는 누크의 용변을 해결해야 할 때 외에는 집 밖으로 나가지 않았고, 일단 나갔다가도 우리의 아픔과 두려움을 숨기기 위해 얼른 우리 소굴로 돌아왔다. 누크는 사실상 아무것도 먹지 않았다. 평소 팔팔하고 활기차기 이를 데 없는 그 개는 벌써 보이지 않는 상복을 입은 것 같았다. 누크는 자기가 불안해서가 아니라 나를 위로하려고 내 곁에 꼭 붙어 있었다. 누크의 긴 털 사이로 손가락을 넣고 가슴팍을 감싸자 그 개의 심장 박동이 손바닥에 느껴졌다. 나는 그 털에 얼굴을 묻고 사랑한다고 말하면서 눈물 흘리는 것 외에는 아무것도 할 수 없었다. 나는 위노나가 죽었다는 걸 알았다. 비버가 추락하고 부서지는 바람에 죽었을 것이다. 그게 아니면 동체가 폭발해서 타 죽었을지도 몰랐다. 사실, 그 정황에 대해서는 알고 싶지 않았다. 알고 나면 머릿속에서 비극이 천천히 재구성될 테고 시신의 상태, 얼굴의 훼손, 육신의 고통, 뼈의 손상 여부가 궁금해지지 않겠는가. 무엇보다도 정신의 블랙박스는 절대로 마지막 순간의 말, 생각, 분노, 공포, 고통을 오롯이 되살려주지 않을 터였다. 박살이 나기 직전, 남편과 개가 이미 다른 세상에 있음을 깨닫기 시작하는 순간. 그 다른 세상에서는 작은 새의 위력, 늑대의 참을성, 신들의 호의, 교회의 토끼 조련, 그리고 비행기의 내구성에 대해 말 같지 않은 소리를 하면서 기운을 내야만 했다. "저속으로 비스듬하게 비행하면 갑자기 말을 잘 안 듣는 경우가 많고 섣불리 바로잡으려 하면 매우 위험할 뿐 아니라 경우에 따라서는 인명사고로 이어진다"는 것을 모두가 진즉에 알고 있었는데도.

그런 건 생각하고 싶지 않았다. 산더미 같은 의문들, 물 밀듯 쏟아지는 부질없는 가설들, 대충 붙여서 이어놓은 전 문 용어들을 내 속에 품고 싶지 않았다. 자기 자신과 이제 곧 닥칠 소식 사이에 서둘러 요행의 벽을 세우고 먹먹한 기 다림을 달래기 위해서. 그러나 결국 그 소식이 허술한 방 어벽을 단박에 쓸어버리리라는 것을 모르는 사람은 없다.

소식은 목요일 오후로 넘어갈 무렵에야 당도했다. 현관 벨이 울렸다. 캐나다 왕립 헌병대원 두 사람이 문 앞에 서 있었다.

"수색 결과를 알려드리려고 왔습니다. 오늘 아침 8시 30분경 몬트리올에서 한시간 비행 거리에 있는 켐트호 세 드르섬에서 비행기 잔해를 찾았습니다. 긴급 착륙을 시도 했으나 잘되지 않았던 것으로 보입니다. 현장에서 대원들 이 아내분의 시신을 수습하고 있습니다. 안타깝지만 아내 분은 사망하셨습니다. 시신이 몬트리올에 도착하는 대로 다시 연락을 드리겠습니다. 정말 유감입니다. 저희도 슬프고 안타깝네요."

헌병대원들은 나와 마주 보고 있었다. 나는 무슨 말이라도 하려고 했지만 그럴 수 없었다. 뭔가가 내 속에서 빠져나와서는, 온 힘을 다해 앞으로 박차고 달아났다. 내가 아주 어렸을 때부터 간직해온 것, 아마도 나의 일부가 도망가서는 그날 이후로 다시는 돌아오지 않았다. 나는 그들을 바라보고 오른손으로 그중 한명의 어깨를 잡으려다가 온 세상이 내 위로 무너지고 다리가 꺾이는 것을 느꼈다. 나는 천천히 그들의 발치에 주저앉았다.

시체실에서는 다들 내가 위노나의 훼손된 시신을 알아볼 수 있도록 최선을 다해주었던 것 같다. 내게는 망가진 얼굴만 보여줬다. 나는 눈을 돌리지 않고 잠시 곁에 머물러 있었다. 불행이 남긴 것이라도 아주 작은 부분까지 내 안에 아로새기고 싶었다. 그러다 심장이 터질 것 같아 더는 견딜 수 없어서 밖으로 나왔다.

리드가 자기 나름대로 손을 써서 위노나의 먼 친척 한명을 찾아냈고, 그 사람이 직접 와주었다. 그는 위노나 아버지 쪽으로 그리 중요하지는 않은 친척이라고 스스로 밝혔다. 우리는 서로 전혀 모르는 사이였으므로 할 말이 별로 없어서 핵심적인 얘기만 했다.

"위노나 마파치는 우리 아버지 둘째 동생의 딸입니다.

어릴 땐 학교도 같이 다녔는데 그후로는 못 보고 지냈습니다. 소식을 듣고 우리 아버지께서 이렇게 말씀하셨어요. '네가 가서 그 사람에게 우리가 그 아이 시신을 우리 땅으로 데려와 우리 땅에 묻어주어도 괜찮을지 물어보거라.' 그래서 제가 청을 드리러 직접 온 겁니다."

나는 아내도 그러기를 바랄지 알 수 없었다. 죽은 사람 입장에서 생각해보는 것만큼 부질없는 짓도 없다. 그래서 나는 내 심장이 시키는 대로 했다. 심장은 이렇게 말했다. 그러십시오, 위노나를 그녀의 땅, 그녀의 사람들 곁으로 데려가십시오. 하지만 나는 북쪽으로 따라가지 않을 겁니다. 그녀를 데려가고, 채비를 하고, 무덤의 어둠속에서 기리는 수고는 당신들에게 맡기겠습니다. 그녀의 벌새도 내어드릴 테니 그녀와 함께 묻어주십시오. 나머지는 제가 간직하겠습니다. 선생님 부친의 둘째 동생의 딸 덕분에 제가 십일년을 사는 것처럼 살았습니다. 땅에서 하늘까지 아우르는 십일년이었지요. 그녀 곁에서는 나도 늘 꼿꼿하게 바로 서려고 애썼습니다. 그녀는 내게 그런 사람이었어요. 눈과 숲속에서, 여름과 폭우 속에서. 나는 어디든 따라갔습니다. 그녀에겐 사람의 가장 좋은 부분을 드러내주는 재주가 있었지요. 비행기가 망가뜨린 시신은 보내드리고 나머지만 내가 간직하렵니다. 각자 자기 유산을 챙깁시다. 내 차지를 나누는 건 싫네요. 부디 편안히 데려가주십시오.

비행기의 잔해가 발견되고 일주일 내내 나는 집에 틀어박혀 있었다. 단 일초도 렉셀시오르를 돌보는 데 쓰지 않았다. 아무도 집으로 찾아오지 않았다. 아무도 내 안부를 물어보러 오지 않았다. 리드는 내 생각을 딴 데로 돌린답시고, 세즈윅이 자기 손으로 입주자 게시판에 "긴 의자를 잔디 구역에서 사용한 후에는 바로 치워야 한다"라는 새로운 추가 조항을 게시했다고 말해주었다.

　습기가 사방에 스며들었다. 위노나는 이미 땅속에 누워 있을 터였다. 그 생각을 하면 참을 수 없었다. 어떤 때는 당장 차를 몰고 그녀를 되찾으러 인디언들에게 달려가고 싶었다. 또 어떤 때는 그녀가 가족들의 품과 조상의 얼을 누리며 평안히 지낼 거라고 상상했다. 이를테면 백인은 '눈이 쌓였다'라고밖에 못하지만, 위노나는 그 땅에서 80가지의 눈을 구별할 수 있겠지.

　누크는 내 뒤를 졸졸 따라다녔다. 할 수만 있었다면 아예 내 속에 들어와 살았을 것이다. 우리는 밤마다 이곳의 거리와 아헌트식 공원을 오래오래 산책했다. 이 시기면 으레 그렇듯 기온에 숨이 막히고 공기가 물이 뚝뚝 떨어질 것처럼 습할 때, 누크는 급하게 달려가서는 공원의 커다란 분수 옆에 멈춰 서곤 했다. 나의 개는 조바심에 발을 구르며 나만 쳐다보았다. 그 새까만 눈은 분명히 이렇게 말하고 있었다. "들어가도 돼요?" 나는 누크에게 다가가 그 사려 깊은 얼굴을 쓰다듬으면서 대답했다. "그래, 가봐!" 누크는 냉큼 물속으로 뛰어들었고, 분수에 빠진 사람의 목숨이라도 구하려는 것처럼 저쪽 끝까지 금세 물살을 가르고 나아갔다. 덧없이 사라질 그 순간만큼은 우리 둘이 똑같이 느꼈다. 몇분이나마 우리 안으로 일말의 기쁨과 행복이 돌아오는 느낌이었다.

스카겐으로 돌아가다

렉셀시오르에서 보내는 매시간, 매일이 버거운 짐이 되었다. 여전히 옥상에 올라가고, 아침마다 한바퀴 둘러보고, 회전자 도는 소리를 확인하고, 고급 식당의 주방 뒷마당에서 그러는 것처럼 소금을 정밀저울로 달기는 했다. 세즈윅은 눈에 불을 켜고 지출 장부를 들여다보고 체계화하고 여기저기 감상을 달아놓았다. 키어런 리드는 은퇴를 했고, 나를 인도 음식점이나 아르헨티나 영화 감상에 끌고 가려고 노력하는 등 때때로 저녁 시간을 함께 보냈다. 그렇지만 나는 누크에게 돌아올 때가 제일 마음이 편했다. 누크는 매번 내가 멀리 원정이라도 다녀온 것처럼 온몸으로 반겨 맞아주었다.

가끔 셀리그먼 씨 생각이 났다. 골프나 테니스를 잘 치게 해주는 유대교회당처럼 홀아비 생활을 견딜 만하게 해주는 유대교회당도 이 도시에 있을까 하는 의문이 들었다. 그런 회당이 있다면 그곳의 랍비는 내 친구 호턴의 기본 철학과 다르지 않은 말을 해줄 것 같다. "인생은 형편없는 말馬 같은 거야, 이 사람아. 그 말이 자네를 떨어뜨리거든 입 다물고 얼른 다시 올라타야지."

기대와는 정반대로, 그래도 일 덕분에 조금은 나를 추스르고 일어났고, 약간의 존엄을 되찾았으며, 미쳐 돌아가는 세즈윅의 위세 부리기에 맞설 수 있었다. 겨울에는 내가 일요일 하루 내내 지하실에 처박혀 악착같이 애를 쓴 덕분에 저녁에 건물 전체에 온수가 다시 들어온 일이 있었다. 8월에는 무려 육십이시간 동안 측정과 조정에 매달려 68가구의 물놀이와 23만 리터의 물을 구제했다. 새로운 시스템을 관리하는 용역회사가 그보다 며칠 전에 수영장 물을 모두 하수구로 흘려보내는 참사를 일으켰기 때문이다. 이제 나를 치워버릴 수 있겠다며 쾌재를 부르던 장본인은 당황했겠지만, 나는 몇달 사이에 다시 기적을 일으키는 자, 정원수를 딱 떨어지게 다듬고 배관을 정비하며 물을 되살려내는 '가위손 에드워드'로 돌아왔다.

저녁에 관사로 돌아가면 땅에 뚝 떨어져 2006년 8월

12일 이후로 황폐해진 내면을 마주해야만 했다. 나는 먹을 것을 좀 만들어서 누크와 나란히 앉아 각자의 사발에 담긴 똑같은 음식을 먹었다.

2008년 겨울은 캐나다 역사상 눈이 가장 많이 내린 계절로 손꼽힐 것이다. 이 시기 퀘벡의 적설량은 2.5미터였고 몬트리올도 사정은 마찬가지였다. 렉셀시오르의 현관과 바깥 통로만 해도 나의 보잘것없는 소형 제설기로 하루 두번은 밀어야 했다. 옥상에서 환풍기를 점검하기 위해 눈더미 속에 참호를 냈고 그나마도 매일 아침 삽으로 눈을 치워야 전진할 수 있었다. 끝없이 퍼붓는 눈을 반기는 유일한 이는 누크였다. 누크는 이제 아헌트식 공원 분수에 뛰어들지 않는 대신, 순결한 산 같은 눈더미 속으로 사라졌다가 숨이 넘어갈 듯 헐떡거리면서 빠져나왔다.

그해 여름도 날씨가 참 그악스러웠다. 기온도 습도도 지독했다. 특히 밤에는 찜통에 들어앉아 우리가 뿜어내는 기분과 증기에 서서히 익어가는 느낌마저 들었다. 8월 중순 이후로 그런 날씨가 내처 이어졌고, 리드는 보스턴에 사는 여자 친구 집에 잠시 가 있기로 했다. 그 친구가 렉세임 해변에 작은 거처를 소유하고 있다나. 리드는 가끔 저녁에 전화를 걸었고, 나는 그의 목소리만 듣고도 잠시 바닷바람을 쐬는 것 같았다.

어느 밤, 로비에 위치한 작은 관사에 처박혀 숨이 막힐 것 같았던 나는 수영복을 들고 뛰쳐나갔다. 모두가 잠든 새벽 2시에 조명도 다 꺼놓은 수영장으로 갔다.

그 물, 나의 물에 들어갔다. 오랜 세월 심혈을 기울여 관리하고 갈아온 물. 소금 처리, 전기분해, 여과, Ph 농도 조절을 결코 거르지 않은 물. 생물 균형과 적정 온도인 화씨 84.2도를 유지하려고 그 물을 붙잡고 얼마나 많은 낮과 밤을 씨름했던가. 나는 자신의 영지에 들어서듯 그 물속으로 들어갔다. 물이 내 허리를 잡고, 그다음에는 어깨와 등을 감싸고, 차차 목을 에워싸고, 머리 위를 뒤덮었다. 여기서 이십년이 훨씬 넘게 일했지만 나에게 금지된 그 경이로운 영토에 들어가기는 그때가 처음이었다. 나는 숨을 참고 잠수를 하면서 그 기적의 물놀이를 즐겼다. 시벨리우스 씨가 말했던 대로, 미세한 산소 방울을 무수히 머금은 것처럼 '질감'이 아주 가볍고 산뜻한 물이었다. 나는 한번씩 수면 위로 올라가 숨을 들이마시고는 다시 내가 그렇게나 공들여 관리한 바닥으로 내려갔다. 그렇게 오래 여기 있었지만 규칙을 위반하기는 처음이었고 그 기분은 끝내줬다. 내가 얼마나 오래 물놀이를 했는지는 모르지만, 수영장에서 나올 때 위노나가 여기 사는 동안 이런 즐거움조차 누리지 못하게 했던 치사하고 지랄맞은 세즈윅을 저주했던 건 기억난다. 이 건물의 쩨쩨한 집행관이 어찌 알 수 있었겠는가. 여름에 그가 지옥문을 지키는 개처럼 건물 아래서 어슬렁대며 감시에 열을 올릴 때, 내 아내는 그때그때 여정에 따라 자기 세계에 푹 잠겨 이 나라에서 가장 아름답고 사람 손을 타지 않은 호수들에서 멱을 감았다.

나는 집으로 돌아와 누크를 안고 수영장의 발 씻는 칸에 데려가 더위를 한 김 식혀주었다. 그러고는 둘이서 일과를 끝낸 두명의 꼬마 좀도둑처럼 상쾌하고 기분 좋게 잠이 들었다.

이틀 후 세즈윅의 전화를 받았다. "폴, 내일 아침에 공급업자를 만나기로 되어 있지요? 전화해서 취소하세요. 당신은 내일 오전 10시에 회의실에 출두해야 하니까. 당신과 관련된 조항 때문에 결정을 내릴 일이 있어서 관리사무소와 입주자 전원에게 특별회의를 소집했습니다. 내일 오전 10시입니다."

불참은 아무도 없었던 것 같다. 모든 층, 모든 집이 회의실에 나왔다. 싱글, 커플, 모든 연령과 세대가 섞여 있었다. 세즈윅은 그를 세상 끝까지도 따를 것 같은 따까리 두명을 양옆에 끼고 있었다. "모두들 안녕하십니까. 오늘은 폴 한센이 중요한 조항을 위반했기 때문에 이렇게 회의를 소집하게 됐습니다. 화요일에서 수요일로 넘어가는 밤 새벽 2시경, 한센 씨는 그의 노동계약서에 입주자 전용시설을 어떤 경우에도 이용할 수 없다고 되어 있는데도 몰래 수영장을 이용했습니다. 감시카메라에 그 장면이 고스란히 찍혔습니다. 그리고 그 위반만으로는 부족했는지 수영장에서 나갔다가 몇분 후 다시 돌아와 자기 개를 발 씻는 물에서 놀게 했습니다." 겨울에 오한이 들듯 못마땅한 웅성거림이 회의실에 퍼져 나갔다. 공개적으로 망신 주기는 쩨쩨한 효력을 발휘했다. 세즈윅은 소송광에게 어울릴 법한 언어로 구형을 했다. "한센 씨, 이로써 당신은 중대한 업무상 과실을 저지르고 일방적으로 계약을 깼으며, 무엇보다 우리의 오랜 신뢰를 저버렸습니다. 당신 개를 입주자들이 발 씻는 물에 집어넣었다는 것은 내가 수영장 이용과 관련하여 명시한 기본적인 위생수칙을 무시한 처사요, 모든 입주자에게 위험을 끼치는 행동입니다. 이상의 계약 위반을 이유로 나는 오늘 당신에게 해고를 통보하고 9월 말까지 정리할 시간을 주고자 합니다. 그때 당신이 받아갈 몫을 받고 관사 열쇠는 반납하게 될 겁니다. 이 안건을 표결에 부치기 전에 혹시 덧붙이고 싶은 말이 있습니까, 한센 씨?" 아버지의 교회에서 가끔 그랬던 것처럼, 좌중은 연민 어린 탄식인지 못마땅해서 던지는 야유인지 모를 소리를 희미하게 내뱉었다.

   이런 말을 듣고 무슨 대답을 하겠으며 무슨 말을 덧붙인단 말인가? 치사스러움의 가장 고운 실로 한땀 한땀 수놓은 논고 아닌가? 나는 이십년 이상을 충직하게 일했다. 말도 안되는 초과 근무, 입주자들의 종노릇, 정원에서 살기, 물과의 싸움, 한파에 맞서는 작전들, 사탕 껍질, 병자 수발, 심폐소생술, 병자성사, 장례식, 이 모든 일이 한밤중의 물놀이 한번에 잊혔다.

그때 회의실 안쪽에서 어떤 음성이 들렸다. 아버지의 음성, 한창때는 광부들을 갱도에서 올라오게 했던 그 음성, 광산의 폭발음보다 더 크게, 더 우렁차게, 더 오래 외쳤던 그 음성, 경마장에서 말들에게 고함치던 그 음성. 내가 태어나고 성장하는 모습을 지켜보았으며 나를 결코 떠난 적 없던 그 음성. 그 음성이 오늘 칼을 들고 어리석음과 무지와 심술에 달려들어 머저리를 내리치고 상놈을 베어버리고 나를 물에서 건져내려고 거기 와 있었다.

나는 그날 키어런 리드가 보스턴에서 돌아와 있었으면 했다. 그랬으면 그도 좌중에 맞서 칼을 뽑고 허점이란 허점은 다 공략했을 것이다. 하지만 천만의 말씀, 전투는 없었고 나는 허술한 방어조차 하지 않았다. 네 명을 제외한 전원이 나의 추억, 나의 개, 그리고 마지막 남은 일말의 존엄을 이삿짐 트럭에 싣고 떠나라고 30일의 말미를 주었다. 나는 입 한번 벙긋하지 않고 회의실에서 나왔다. 뇌가 차단되어 지독한 수치심을 느끼는 것만 가능하고 생각다운 생각은 전혀 하지 못하는 느낌이었다. 그날, 쓴물 올라오듯 하루 종일 입안에서 맴도는 문장이 있었다. 그 문장은 할 말을 했고, 다시 했고, 계속해서 되풀이했다. 아버지가 읽던 역사책에서 본 이야기인데, 어느 가톨릭 주교가 하급 성직자들을 심하게 무시한 나머지 그들의 반항을 사고 말았다. 그 주교가 자기랑 똑같은 족속에게 아랫사람들은 인정사정없이 조여야 한다고 충고하면서 이렇게 말했다. "보면 알 거요, 인간은 말을 잘 듣는답니다."

회의를 끝내면서 세즈윅이 나에게 말했다. "당연한 얘기지만, 폴, 개인적인 감정은 조금도 없어요. 그렇지만 규칙은 우리 모두 지키라고 있는 겁니다. 폴도 이해해주리라 믿습니다." 그러고는 자신의 친위대를 데리고 다른 궁정으로, 수위의 여름철 물놀이를 전적으로 몰아내고, 금지하고, 처벌할 임무가 있는 국경수비대와 법원 서기들의 세상으로 떠났다.

나는 원래 생겨먹은 성격대로 낮에는 묵묵히 내가 하던 일을 했고 저녁에는 조금씩 짐을 싸기 시작했다. 누크는 도대체 무슨 일이 벌어지려나 궁금했는지 쿵쿵대고 종이 상자 냄새를 맡으며 다소 불안한 기색을 보였다.

여전히 습하기만 하던 어느 오후, 정원에서 잔디를 깎고 있는데 세즈윅이 화가 머리끝까지 나서는 성큼성큼 나한테 걸어왔다. 나는 방음 귀덮개를 하고 있었기 때문에 처음에는 뭐라고 지랄을 하는지 못 들었다. "도대체 몇번을 얘기해야 알아들어요, 한센! 머리는 폼으로 달고 다닙니까! 업무상 과실로 해고까지 당했으면서 사흘 만에 또 이러깁니까? 당신, 바보야?" 아마 내가 그 인간을 너무 오래 참아줬을 것이다. 그리고 그때까지만 해도 도대체 무슨 일로 미쳐 날뛰는지 짐작도 못했기 때문에 참을 생각이었다. "당신 개가 어디 있는지 봐, 한센! 풀밭에 누워 있잖아! 단풍나무 옆에!" 과연 누크는 그 나무 그늘, 그 한때기 초록에 드러누워 더위를 한풀 식히고 있었다. 그 녀석은 나를 따라 나왔을 것이고 관리 규약을 읽지 않았을 것이다. 인간의 삶, 더 정확히는 인간이 기르는 동물의 삶을 부당하게 좌지우지하는 시행규칙을. "저 망할 짐승 치워! 이 건물에서 다시는 보고 싶지 않아! 알았어? 둘 다 꺼져! 당장!" 바로 그때 늑대들이 나에게 길을 보여주었다. 나는 입주자 대표에게 달려들어 그를 바닥에 메다꽂고 수영장 가장자리까지 굴렸다. 그러고 나서 내가 그를 세게, 한참을, 정신없이, 사냥개 떼처럼 무자비하게 팼다는 건 안다. 뼈 두 개가 부서지는 느낌이 났던가, 소리를 들었던가, 어쨌든 그랬다. 그러고도 분이 풀리지 않아 그의 어깨를 물어뜯었다. 이를 얼마나 깊이 박고 물어뜯었는지 어깨에서 살덩어리가 떨어져 나왔다. 내 입에는 세즈윅의 살 한덩어리가 물려 있었고, 그 살은 엄밀히 말해 아무 맛도 안 났다. 나쁜 피의 구역질나는 풍미라면 모를까. 그가 울부짖는 소리가 들렸다. 그는 내가 줄 수 없는 것, 연민 혹은 신앙지

침서에나 나올 법한 것을 애걸했다. 세즈윅은 내가 모르는 것을 간청했고 자신의 친위대, 군대에게 지원을 부르짖었지만 아무도 오지 않았다. 나는 그를 물가로 끌고 갔고, 함께 헤엄치고 장난치는 아이들처럼 그를 붙잡은 채 수영장에 떨어졌다. 세즈윅이 발버둥치자 그의 머리채가 물살에 떠밀리는 해초처럼 좌우로 춤을 추었다. 나는 나의 물 너머로 그를 노려보면서 천천히 물속에 처박았다. 나의 물은 그자의 폐에 파고들기를, 공기의 흔적을 거기서 영원히 지워버리기만을 기다렸다. 수면 너머 왔다 갔다 하는 실루엣들이 보였고, 누크와 늑대의 무리가 짖어대는 소리도 먹먹하게 들렸다. 시간은 이제 현실적이지 않았고 일관되지도 않았다. 오로지 물의 질감, 그리고 내가 우리 주인의 어깨에 입힌 상처에서 흘러나오는 핏줄기만 존재하는 듯했다. 그는 인간이 더는 원치 않아서 물에 빠뜨려 죽이려고 하는 동물이 그러는 것처럼 살아보겠다고 발버둥쳤다. 나는 깨닫지 못했지만 나 역시 내 모든 것을 조금씩 앗아간 이 병원성病原性 건물의 깊은 구석에서 똑같이 발버둥을 치고 있었다. 이번에는 나와 주인이 같은 물속에 들어와 있었다. 내게는 금지됐던 물에, 늑대 대 늑대로서 대등하게, 삶을 좀더 붙잡고 늘어지기 위해 필요한 만큼의 공기만 가슴에 품고 들어와 있었다. 그런 순간은 너무도 귀하기 때문에 평생을 기다리면서도 두려워한다. 그러나 그 궁극의 순간

은 자못 실망스럽게도 '호턴 정리'의 기만적인 전망들 이
상은 보여주지 않는다. 물속의 무한한 시간이 지난 후에,
새로운 시작은 절대로 없기 때문이다.

위에서 사람들이 물로 뛰어들었다. 그들이 내 팔을 잡았
고, 내 몸을 제압했고, 나한테서 세즈윅을 떼어냈고, 물 밖
으로 끌어낸 후에도 꼼짝 못하게 했다. 나는 덫에 걸린 동
물이 고통과 분노를 호소할 때처럼 몸부림을 쳤고, 그러다
갑자기 완전한 어둠이 눈앞을 뒤덮었다.

다음날이 되어서야 헌병대의 감시 책임하에 있는 환자
들만 모아놓는 응급실에서 정신이 돌아왔다. 의사가 와서
나의 건강 상태에 대해 말해주었고, 조금 뒤에는 수사관이
세즈윅의 상태가 어떠한지 알려주었다. 양쪽 팔 골절, 손
가락 골절, 어깨 살갗이 뜯겨나갈 정도의 교상咬傷, 그리고
흉부에 타박상을 다수 입었고 얼굴에도 상처가 많아서 도
합 스물한 바늘을 꿰맸다고 했다. "판사가 증언들을 참조
해 이상의 폭행죄 외에도 익사를 시도한 살인미수죄 기소
여부를 결정할 겁니다. 당신 상태가 안정되는 대로 보르도
교도소로 가게 될 거고요."

그때가 9월 중순이었다. 외상성 뇌손상 여부를 검사하
고 허리 쪽에 수술을 받느라 계속 누워 있었고 그후에도
이 특수한 성격의 병원에서 감시하에 10월 말까지 머물렀
다. 리드는 그 난투극 소식을 바로 직후에 들었고 당장 보

스턴에서 출발해 누크를 거둬주었다. 누크는 사건 이후로 계속 텅 빈 관사에 갇혀 있었던 것이다. 리드는 누크를 데리고 여러번 면회를 와주었다.

11월 4일 아침, 나는 로리미에 판사 앞에 섰다.

"폭행, 구타, 상해는 명백해서 시간 낭비를 할 필요가 없다고 봅니다. 그렇지만 물속에 끌고 들어가 공격 행위를 계속한 점에 대해서는 심문을 하겠습니다. 난투극은 수영장 물속에서 비로소 중단되었고 당신을 제압하느라 적어도 여섯명이 달려들어야 했지요. 이런 경우는 흔치 않아요. 당신과 당신 상대가 둘 다 잠수 상태로 공격을 주고받은 그 막바지 상황에서, 당신은 정말로 세즈윅 씨를 물에 빠뜨려 죽일 작정이었습니까, 아니면 그 수중 난투극은 그보다 앞서 땅에서 벌인 싸움의 연장선상에 있었을 뿐입니까?" 판사의 희한한 질문을 받고 나는 대답을 할 수 없다, 중간중간 기억이 안 난다, 사건을 재구성하지도 못하는 입장에서 나의 진짜 의도가 무엇이었는지 판단하기는 힘들다,라고 대답했다. "여섯명이에요, 여섯명. 당신을 세즈윅 씨한테서 떼어놓느라 여섯명이 매달렸습니다. 그런데도 그들은 굉장히 힘들고 아슬아슬했다고 증언했습니다. 교상도 그래요. 가로 6센티미터, 세로 5센티미터 정도의 살점이 뜯겨나갔습니다. 알겠습니까? 신원을 살펴보니 전과도 없고, 성실하게 일해왔고, 집안도 좋더군요. 아버님이 셋퍼드 마인스에서 목회를 하셨더라고요. 그리고 프랑스 국적이 있지만 캐나다 국적을 취득했고요. 도대체 무슨 생각으로 그랬던 겁니까? 경찰에게도 당신 고용주와의 갈등에 대해 전혀 해명을 하지 않았다면서요? 나에게 좀더 이야기해보지 않겠습니까?"

자기 속에만 간직해두는 편이 나은 것들이 있다. 혹은 아내, 아버지, 반려견하고만 얘기하는 편이 나은 것들이. 그들은 스카겐의 모래 어딘가에 파묻힌 이야기를 처음부터 알고 있고 어떤 식으로든 아무것도 판단하지 않는다.

프로작 기운에 횡설수설하는 내 변호사의 말버릇과 어림짐작에도 불구하고, 로리미에 판사는 나에게 살인미수죄는 적용하지 않고 금고 2년 형을 선고했다. 그날 저녁, 버락 오바마가 승리의 두 팔을 번쩍 드는 그 순간, 나는 고개를 푹 숙이고 보르도 교도소의 내 감방으로 들어가고 있었다.

일년 전 어느 저녁, 소바주가 교도소장실로 나를 불렀다. 리드 씨가 전화를 걸어 누크가 죽었다는 소식을 나에게 꼭 전해달라고 했다는 것이다. 급성 간질환이라고 했다. 정확한 병명은 기억을 못했다.

이제 나에게는 아무것도 남지 않았다. 가족도, 자유도, 나의 개도 이제 없었다. 나는 오토바이를 사랑하는 사나이 앞에서 눈물을 흘렸다. 그 모든 일은 나의 통제 밖에 있었고 나와 먼 곳에서 일어났다. 무엇보다도, 누크가 틀림없이 내 옆구리에 얼굴을 간절히 들이밀고 싶었을 그 순간에 나는 곁에 있어주지 못했다.

나는 소바주에게 내 개의 화장식에 참석할 수 있을지 물었다.

그는 안된다고 했다.

소바주에게 내 개의 재를 감방에서 소지해도 되는지 물었다.

그는 안된다고 했다.

소바주에게 그 재를 보관해달라는 말을 리드에게 해달라고 부탁했다.

그는 대답했다. "그 부탁은 당신이 하시구려."

감방으로 돌아오자 누크의 죽음이 지난 몇년간 이어져온 수많은 죽음에 대한 내 안의 기억을 일깨웠다. 내 개를 혼자 두고 왔다는 생각에 가슴이 찢어져서 염치고 뭐고 없었다. 나는 또다시 패트릭 호턴 앞에서 꺼이꺼이 울음을 터뜨렸다. 패트릭은 처음에는 당황해서 고개를 어디 둬야 할지 모르고 갸웃거리다가 천천히 나에게 다가왔다. 그는 걱정스러운 기색으로 나를 지켜보다가, 왕왕 우는 아기를 어떻게 달래야 하는지 모르는 사람처럼 어색하게 두 팔을 내밀고 나를 안아주었다.

"씨팔, 웃기게 됐어. 당신이 나가고 어린 남자애들을 따먹는 사제가 들어오지나 않았으면 좋겠는데 말이야. 아니, 진짜야. 내가 저번에 말했던 놈, 그 주교인지 뭔지가 자기네 교구 여름 캠프에서 입맛에 맞는 애들을 골랐대. 키가 무진장 크고 입이 삐뚤어진 남자, 몰라? 하여간 대단해. 심사관에게 아무 말도 안하겠다고 버텼는데도 감형을 받아내고 말이야. 이 일만 봐도 그놈들은 허수아비, 잘 나가지도 않는 고물 바이크라는 걸 알 수 있지. 능력자는 역시 달라, 내가 그랬잖아. 보고 싶을 거야, 친구. 소식 전한다고 약속해, 잊으면 안돼. 그리고 또 하나, 내 작전 알지? 반은 시인하고 들어가는 변론에 대해 뭔가 정보가 있으면 주저하지 말고 비법 좀 전수해줘. 당신은 이제 똑바로 앞만 보고 나아가는 게 좋겠지. 그러지 않으면 또 콘도에 들어오게 돼. 알잖아. 당신이 날개를 잘라준 친구는 잊고 다음으로 넘어가. 나는 그다음이 뭔지 알아. 당신이 여기서 나가면 맨 먼저 뭘 하러 갈 건지 알겠다고. 말해볼까? 빵에서 출소하는 놈들은 십중팔구 한시간 후에는 생트카트린 거리나 오슈라가 쪽에 가서 거시기를 빨리고 자빠져 있지. 하지만 당신은 지금 머릿속에 한가지 생각밖에 없을 거야. 당신이 키우던 개의 재를 찾으러 가고 싶지? 내 말이 틀려?"

키어런 리드가 구앵 대로의 강변 근처 수상기지에서 그리 멀지 않은 곳에 차를 세워놓고 차체 옆에 기대어 앉은 채 나를 기다리고 있었다. 그는 나를 보자마자 다가와 품에 안아주었다. 내 손에 들린 캔버스 가방에 내가 소유한 모든 것이 들어 있었다. 내가 쓰던 관사는 깨끗이 비워졌고, 세간은 그곳을 정리할 책임을 맡은 일종의 해결사가 여기저기로 다 처분한 터였다.

"당분간 내 집에서 지냅시다, 폴. 내 집은 공간도 충분하고 손님을 맞을 준비도 다 되어 있어요."

렉셀시오르까지 가는 길은 오래 걸리지 않았다. 기껏해야 몇분이나 걸렸을까. 7월이 시작됐고 계절은 화사했다. 차에서 내릴 용기를 내기까지, 나는 시간이 좀 필요했다. 나의 지하주차장을 지나가고, 엘리베이터에 타고, 케이블의 침묵 속에서 고층으로 올라가고, 복도에서 확 풍기는 특유의 냄새를 다시 맡고, 정원의 산책로를 다시 찾고, 수영장에서 소소한 흠을 알아보려면 배짱이 있어야 했다.

이년 사이에 일어난 자질구레한 변화가 한무더기는 되었다. 그곳은 이제 내 집이 아니었다. 건물도 나를 알아보지 못했다.

누크의 유골함은 키어런이 나에게 내어준 방의 책장 선반에 놓여 있었다. 유골함은 공간을 별로 차지하지 않았다. 나는 리드에게 화장식을 직접 지켜보았는지 물었다. "처음부터 끝까지 봤습니다. 안심해도 돼요. 누크 맞아요, 그 개가 고스란히 그 안에 있습니다." 리드가 방에서 나가

자마자 내가 맨 처음 한 행동은 유골함을 두 손으로 들어 올리고 내 옆구리에 꼭 붙여 안아준 것이다.

저녁에 리드는 반호른 거리에서 찾아낸 새로운 맛집에 나를 데려갔다. 누크가 걸렸던 병에 대해 설명했고, 마지막 순간까지 자기가 곁을 지켰다고 말해주었다. 그다음에는 콘도, 관리비 인상, 극심한 내부 갈등, 내 후임의 근무 태만, 점점 더 빛을 잃어가는 에두아르 세즈윅의 위세 얘기가 나왔다. "물어보고 싶은 게 있어요, 폴. 보르도 교도소에서 출발할 때부터 계속 물어보고 싶었더랬지요. 당신도 알겠지만 나는 직업상 별의별 일을 다 봤습니다. 하지만 일격으로 상대의 두 팔을 동시에 부러뜨리는 사람은 처음 봤네요, 아니, 정말이에요. 게다가 두쪽 다 진짜 골절이라니. 마술도 아니고, 어떻게 그런 재주를 부렸어요?" 나는 그런 의문을 한번도 떠올린 적이 없었다. 또한 나의 호스트에게 무어라 답변할 수도 없었다. 하지만 렉셀시오르로 돌아오는 길에, 키어런은 정말로 내가 에두아르 세즈윅의 어깨살을 이로 물고 뜯어냈다는 사실보다 두 팔의 골절에 관심이 더 많다는 걸 알았다.

우리는 다음날 온종일 그 얘기를 했다. 그다음 날도 마찬가지였다. 키어런은 쓸데없이 위험을 무릅쓰는 일이라고 생각했다. 내 입장에서는, 내가 사회로 돌아가기 위한 기초를 놓는 행위라고 보았다. 나는 이제 렉셀시오르의 수위가 아니었으므로 입주자의 손님이라는 새로운 지위를 이용해, 물론 키어런의 동의를 구해서, 세즈윅이 보는 앞에서 수영장 라인을 두세번 왔다 갔다 하고, 선베드에서 일광욕도 좀 하고, 수영 가운 차림으로 다시 올라오고 싶었다. 정면돌파, 그로써 분노와 증오로 어지러웠던 그 모든 밤들에서 정신을 풀어주고 씻어내고 싶었다.

그날은 이상적이었다. 불볕이 내리쬐는 오후, 돌아버릴 것 같은 불쾌지수, 말벌은 물을 마시러 오고 입주자들은 불쾌한 생각을 떨치고 새로운 생각을 분비할 이유를 찾으러 내려오는 시간. 수영복 팬티 속에 힘센 악마가 숨어 있는 시간. 다른 모든 시간과 마찬가지로, 내게는 금지되었던 시간. 왜 금지됐을까? 그냥 그랬기 때문에. 그 시간에 선크림은 태생적 반응을 띠었고, 마티니에서는 파티의 끝물 냄새가 났으며, 늙은이들은 부유하는 생에 매달렸다.

우리는 나란히 로비의 큰 문을 통해 그곳에 도착했다. 우리를 못 볼 수는 없었다. 시선을 확 잡아당기는 새하얀 수영 가운이 하나도 아니고 둘이었으니. 나는 리드에게 가운을 맡기고 선베드에 자리를 잡았다.

발 씻는 곳을 지나서 천천히 계단을 한칸 한칸 밟아 물속으로 들어갔다. 수면 아래로 사라지기 전에 나를 둘러싼 그 완벽한 세상을, 수평으로 줄지어 누워 있는 입주자들을 바라보았다. 그들은 키 큰 순서, 혹은 한자리하는 순서대로 줄지어 있었다. 나를 추방했던 이들이 다들 거기에 오래된 고깃덩이처럼 벌겋고 기름기 번들대는 모습으로 누워 있었다. 내가 서 있는 자리에서 그들은 아주 작아 보였다.

세즈윅은 중앙에, 한가운데에, 자기 공국의 중심에 있었다. 집정관의 얼굴은 밀랍처럼 창백했고 어깨에는 추잡한 흉터가 남아 있었다. 세즈윅도 아주 작아 보였다. 내 아버지의 말마따나 "쥐뿔만큼도 중요하지 않아" 보였다. 모두의 시선이 나에게 쏠렸다. 마치 내가 자석들이 가리키는 북극이라도 된 것처럼, 갑자기 세상의 축이 옮겨간 것처럼. 나는 잠시 그 완벽한 침묵을 듣고 나서 물속 깊이 내려갔다. 할 수 있는 만큼 오래오래 숨을 쉬지 않고 잠수를 했다. 다들 잠시 헛것을 보았나, 생각하게끔. 허깨비가 수영장 물의 소금기에 녹아서 적당한 배출구로 나가버렸다고 믿고 싶어지게끔. 나는 폐가 터질 것 같은 순간까지 참았다가 큰고래처럼 불쑥 물 밖으로 튀어올랐고, 숨을 들이마시고는 다시 깊은 곳으로 내려갔다. 얼굴을 부드럽게 어루만지는 물을 느껴보려고 면도도 말끔히 하고 왔다. 물은 나를 스치는 둥 마는 둥 했다. 물은 질감이 달라지긴 했지만 제 할 일을 했다. 불순을 걸러내고 나의 정신을 씻어주었다. 세번, 네번, 나는 수면 아래로 사라졌다가 튀어나오기를 반복했다. 그 장면에서 퇴장하면서, 나는 어떻게든 열을 맞추고 보조 역할을 잘해보려고 애쓰는 딱한 배우들을 찬찬히 바라보았다. 가장자리로 다가가 테두리 돌을 짚고, 나갈 듯 말 듯 어정쩡하게, 엎드린 총잡이 자세[39]로 샘나게, 세즈윅을 똑바로 바라보았다. 동물의 사체를 살펴보듯이. 그 소리 없는 관찰치료가 그에게는 수백년 같았겠지만, 그는 꿈쩍도 하지 않고 그의 무너진 교만과 생살이 벗겨진 어깨를 오롯이 음미할 시간을 나에게 선사했다.

나는 심장이 다시 평온하게 뛰는 것을 느끼며 천천히 계단을 한칸씩 올라 물 밖으로 나왔다. 풀밭에서 행복한 귀를 하고 신나서 꼬리를 흔들며 기다리는 나의 개 누크를 보았다.

선베드에 누우니 바로 옆에서 키어런이 입을 열었다. "정말 조마조마했어요. 마린랜드에서 범고래 쇼를 보는 것 같았네요."

잠시 후, 세즈윅이 제 자리를 뜨더니 우리와 마주치지 않으려고 크게 빙 돌아 나갔다. 리드는 그가 모양새 빠지게 물러가는 모습을 보면서 이 말을 했다. "그거 알아요, 폴? 올해 연말에는 내가 저 사람에게 맞서 입주자 대표 후보로 나갈 겁니다."

---

39 La position du tireur couché, 장파트리크 망셰트의 추리소설 제목.

지상에서의 삶에 재적응하는 시간 삼아, 나는 열흘을 몬트리올에서 지냈다. 챕터스 서점에 가서 책을 샀다.『할리 데이비드슨의 역사』,『할리 데이비드슨 스포스터』그리고 두권짜리『할리 변신시키기』.

패트릭이 몇년이나 더 감옥에 있어야 할지는 모르지만 이 전문서적들만 있으면 그는 간수의 코앞에서도 금고형으로부터 벗어날 수 있을 것이다. 혹시 누가 알랴, 그 책들로 소바주도 꼬실 수 있을지. 내 얘길 하자면, 나의 자유를 누릴 생각이고 덴마크로 떠날 작정이다. 시간이 얼마나 걸릴지는 모르지만 일단 하늘길을 이용할 것이다. 몬트리올, 제네바, 오슬로. 그다음엔 페리를 타고, 도로를 탈 것이다. 오르후스, 라네르스, 올보르, 그렇게 반도의 맨 위까지 올라가야 스카겐이다.

리드는 긴 여행을 앞둔 나에게 알아서 다시 일어설 시간을 주고 싶었는지 고맙게도 내게 집을 맡기고 보스턴에 갔다. 그는 매일 저녁 전화를 걸었다. 무슨 일이 있을까봐 걱정이 됐는지, 자기가 없는 동안 혼자서 수영장에 가지 않겠다는 약속을 하라고 했다. 이제 난 거기에 갈 이유가 없었다. 해야만 하는 일은 이미 했다.

이제 내가 할 일은 딱 하나뿐이었다. 출발 전날, 나는 택시를 타고 노트르담섬과 아버지는 살아생전 보지 못했던 거대한 몬트리올 카지노를 방문했다. 아버지의 불행을 앞당겼던 비밀스러운 '머니메이커'는 이 위압적인 행운의 기계실, 운명의 제조공장에 자리를 내어주고 사라졌다. 도박장은 주 칠일, 이십사시간 내내 돌아가면서 팔자의 변수들을 재탕하고 우연의 날개를 꺾었다.

폭포처럼 쏟아지는 빛 아래, 크고 널찍한 계단을 올랐다. 하룻밤 혹은 영원을 할애한 도박꾼들이 이 테이블에서 저 테이블로 어슬렁거리고 있었다. 그들은 저마다 자기 안에서 영원히 꺼지지 않는 작은 불빛을 믿으며, 아마도 제정신이 아닌 야망에 꿈틀대고 있었을 것이다. 그들은 언젠가는 그렇게 되고 말리라 믿었다. 평생을 기다려왔고 누릴 만한 자격도 된다고 생각했다. 그래야만 하나? 그래야만 한다(Muss es sein? Es muss sein).[40]

누크가 아버지와 위노나를 양옆에 끼고 룰렛 테이블 앞에서 나를 기다리고 있었다. 그들은 이 세상에서 가장 생생한 망자들이다. 가장 의리와 모험심이 넘치는 망자들이기도 하다. 그들은 호턴의 장腸과 교도소의 장腸을, 추운 감방과 느려 터진 나날을 견뎌냈다. 이 섬, 패배들이 갓 구워지는 이 화덕에서, 그들이 또 한번 나를 깜짝 방문했다. 나보다 먼저, 내가 여기 올 줄 알았던 게다. 나는 내 방식대로 아버지의 복수를 하려고, 그의 빚을 청산하려고, 석판을

---

40 베토벤 현악 4중주 16번(op. 135) 4악장 악보에 쓰여 있는 글.

말끔히 닦으려고, 장부의 숫자들을 다시 제대로 맞추려고 여기에 왔다.

테이블에서 돌아가는 굴림대, 구리 문자반 위에서 춤추는 구슬을 우리 넷이 잠시 구경하는 동안, 의지에 불타는 사람들이 칩을 밀어서 올려놓았다. 그들은 스트레이트 베트, 스플릿 베트, 스퀘어 베트, 스트리트 베트, 혹은 라인 베트와 이븐넘버 베트, 하이넘버 베트와 오드넘버 베트와 로넘버 베트, 빨간색 베트와 검은색 베트로 상황을 타개할 희망을 품었을 것이다. 불행은 다양한 색상과 변수 들로 선택지를 제공하고 있었다.

아버지는 그 모든 선택지를 아무것도 안 남을 때까지 시도하고, 조합하고, 주무르고, 치댔던 것이다. 그러다 어느 밤, 어느 여인이 그의 얼굴을 두 손으로 감싸고 키스하면서 "주님께서 당신을 보시거든 축복해주시기를 바라요"라고 속삭일 때까지.

나는 괜찮았다. 나는 나의 가족들을 바라보았다. 그들의 심장이 뛰고 그들이 숨 쉬는 것을 느낄 수 있었다. 그들이 곁에 있어 평안했다. 그들 모두, 셋 다 자기 방식대로 내 삶을 보호하고 있다고 느꼈다. 나는 내가 그들을 얼마나 사랑하는지 그들이 알기를 바랐다.

테이블 딜러가 말했다. "베팅하십시오." 나는 100달러어치의 칩을 검은색에 베팅하고 그 자리를 떠났다. 걸어

나가는 동안 뒤에서 "베팅 끝났습니다" 하는 소리가 들렸다. 마지막으로 딜러가 "이제 베팅하실 수 없습니다. 자, 갑니다"라고 외칠 때, 나는 이미 강변을 걷고 있었다. 그다음은 딜러가 알아서 할 일이었다.

어제, 나는 내 개의 재를 들고 비행기에 제때 탑승했다. 제네바 쿠앵트랭 공항 착륙. 다른 세상으로 넘어가기 위한 오랜 기다림.

다시 코펜하겐 카스트럽 공항에서 내렸고, 배를 탔고, 모래언덕 사이로 난 길, 점점 더 좁아지는 길을 달려 반도의 끄트머리에 이르렀다.

공기는 차고 햇살은 찬란하다. 물들이 나뉘고 바다들이 만난다. 스카겐.

호텔. 로라제팜을 기다리는 잠. 기분 나쁜 생각들이 용케 참는가 싶더니 방 안에서 이리저리 오간다.

해가 뜬다. 그림에서처럼 사람과 배, 모래언덕과 파도를 은은하게 비추면서.

바닷가를 따라 나 있는 거리를 걷는다. 여기를 동쪽 해안길(Ostre Strandvej)이라고 부른다. 저 멀리 한센 가의 커다란 붉은 지붕 건물이 보인다. 발트해를 마주 보는 집이다. 바람에 나무가 휘고 건물 발치에 모래가 쌓인다.

새로운 나라의 바닷바람을 들이마신다. 이게 내가 가진

전부다.

잠시 후 이 기나긴 길의 끝에서, 나는 친척들에게 가서 인사를 하리라. 현관문을 두들기면 누군가가 나에게 문을 열어주리라. 그러면 나는 아버지에게 배운 대로 말하리라.

"저는 요하네스 한센의 아들입니다"(Jeg er Johanes Hansens søn).

| 감사의 말 |

오렐리, 로랑스, 리디, 비르지니, 피에르에게 그리고 잔, 나탈리 K., 나탈리 P., 폴린, 비올렌, 아나히드, 클레망, 그리고 물론 올리비에에게도 고맙다고 말하고 싶다. 올리비에 출판사는 오래전 내 원고를 받아주었고, 그후로 줄곧 어떤 의미로든 크나큰 지지와 성원을 아끼지 않았다.

　장폴 뒤부아의 2019년도 공쿠르상 수상작 『모두가 세
상을 똑같이 살지는 않아』는 1950년대에 태어나 세기말과
세기 초의 부침을 고스란히 겪은 한 남자의 이야기다.
　'모든 사람이 세상을 똑같은 방식으로 살지 않는다'는
명제는 삶을 이야기한다. 그 이면에는 죽음에 대한 명제,
삼단논법을 설명할 때 으레 튀어나오는 '모든 사람은 죽
는다'가 있을 것이다. 인간은 필멸자이기 때문에 자기 존
재의 끝이 죽음이라는 것을 알거니와, 삶이라는 유예기간
동안에는 타인의 필멸이라는 상실을 경험한다.
　주인공 폴 한센은 아버지 요하네스, 아내 위노나, 반려
견 누크를 모두 저세상으로 보냈다. 그러나 그는 그들을

보내지 않았다. 사랑하는 존재의 상실은 그렇게 쉬이 받아들여지지 않는다. 세상은 그 사람이 죽었다고 말하지만, 나는 아직도 그 사람이 나를 보고 있을 것 같고 이 무시무시한 생의 예측 불가능성으로부터 힘닿는 대로 나를 지켜줄 것만 같다. 조상 숭배는 광범위하고 힘이 세다. 아직 죽지 못했기에 살아야 하는 자에게는 상실보다 그리움이 더 힘이 세다. 그래서 폴은 망자들과 더불어 산다. 산 자와 죽은 자의 대화가 한없이 자연스러운 알곤킨 인디언들처럼, 그는 자신이 감금된 감방에 찾아오는 망자들과 얘기를 나누거나 말없이 꼭 껴안는다. 모두가 세상을 똑같이 살지는 않는다. 폴은 죽은 자들이 함께 있다는 이 믿음이 그리 이성적이지 않다는 것을 알지만 "소망과 사랑으로 대충 이어 붙인 그 세계의 비약적인 논리"(19면)가 좋다.

소설 속에서 그려지는 세상은 죽은 자들의 위로가 절실하리만치 불공평하고 인생은 허무하다. 평생 사목활동에 충실했던 아버지는 신앙을 잃고 명예롭지 못한 죽음을 맞는다. 아들은 이십육년간 렉셀시오르라는 공동주택에 몸과 영혼을 바쳤지만 치욕을 당하고 범죄자 신세로 전락한다. 아버지 요하네스 한센은 성직 재판으로 단죄받았고, 아들 폴 한센은 세속 재판으로 단죄받았다. 인내는 길지만 몰락은 한순간이다. 산을 오르기는 힘들어도 굴러떨어지는 건 잠깐이다. 작가는 그 깊은 골로 내려가는 변곡점에 있는 행동, 이성으로 통제할 수 없는 행동의 이면을 본다. 법 없이도 살 사람이 법을 위반하는 선택과 행동을 했다면 거기에는 필경 법으로 담아낼 수 없는 윤리적 진실이 있다. 성실하고 양심적인 인간의 추락은 단지 추락일 뿐이지만, 문학은 그 변곡점에서 자기 자신이 되기 위한 인간의 선택을 본다.

아버지 요하네스는 어머니가 맹렬하게 비난했듯이 '20세기를 사는 19세기 사람'이다. 어머니는 68혁명을 위시한 시대 변화에 기꺼이 몸을 던지는 사람이지만, 아버지는 자기가 선택한 가치가 부질없다는 것을 알면서도 이미 가라앉기 시작한 배를 떠나지 못한다. 그는 절대로 자기 선택을 무르지 않고 점점 더 많은 것을 판돈으로 건다. 선택을 무르기에는 이미 너무 많이 잃었다. 젊어서는 고향과 가족과 모국어를 걸었고, 그다음에는 프랑스에서 꾸린 가정과 삶의 터전을 걸었고, 마지막에는 자기가 그러모을 수 있는 것을 다 걸었다. 요하네스는 언제나 판돈을 크게 걸고 빨간색 아니면 검은색으로 베팅하는 도박사다.

아들 폴은 20세기를 그럭저럭 잘 살아왔지만 21세기에 적응하지 못하는 사람이다. 폴의 인생은 구대륙 프랑스를 떠나 신대륙 캐나다에서 본격적으로 펼쳐진다. 그는 수고로운 노동을 묵묵히 해낼 뿐 아니라 거기서 보람과 기쁨을 느끼는 사람이다. 노동을 '믿는다'고 할 수는 없을지 몰라도, 노동에 임하는 자세만큼은 신앙과 그리 다르지 않다. 덕분에 폴은 몬트리올에 소재한 공동주택 렉셀시오르에서 이십육년간 대체 불가능한 존재가 된다. 렉셀시오르는 세상의 축소판이다. 폴은 그 말썽 많은 세상의 유지 보수를 책임지고, 그 세상에 사는 사람들에게 마음을 쓴다. 그러나 밀레니엄을 전후로 그 세계에도 일종의 손 바뀜이 일어난다. 그에게 의지하던 고령자들과 그의 가치를 알아주었던 입주자회의 대표가 하나둘 떠나면서 관용의 공동체는 사라진다. 전문가 아니면 자본가만 살아남을 수 있는 시대에 폴 같은 전천후 노동자는 무시당한다. 자본의 힘에 눈먼 세상은 "당신이 잠자는 동안에도 당신의 돈이 일하게 하라"라면서 근로소득의 가치를 폄하하고 주식과 부동산에 투자하지 않는 자를 일종의 문맹 취급한다. 이제 노동은 피하면 피할수록 좋은 것이지 그 자체로 무슨 보람이나 기쁨이 있을 수 없는 일 취급을 받는다. 투자로 돈을 버는 자는 자본주의 사회의 현자, '경제적 자유인'이지만 노동자는 세상이 어떻게 돌아가는지도 모르는 어리석은 '노예'일 뿐이다.

이렇게 변해버린 세상에서 "일은 우리가 했지 우리의 돈이 하지 않았어"(217면)라고 말하는 폴과 위노나 부부는 권리를 보장받을 권리를 잃고 차별을 금지하는 금지가 없는 상태로 점점 내몰린다. 공동주택 관리규약은 점점 치졸

해지고 교묘해지면서 사용자에 대한 착취와 갑질을 정당화한다. 비용 절감과 수익의 극대화는 결국 모두를 관료적이다 못해 거의 전제주의를 방불케 하는 사회 속에 가둔다. 어디 그뿐인가. 렉셀시오르 보수 공사를 맡은 외주업체 직원의 추락사에서 볼 수 있듯이, 노동의 가치 추락과 위험의 외주화는 그 궤를 같이한다. 내 집을 고치러 온 사람이 죽었어도 내 주머니에서 돈이 나가지 않는다면 아무일도 아니다.

사람이 큰일을 당하면 정말 중요한 것이 무엇인지 알게된다. 폴의 개인적 불행은 결국 자기 자신이기 위한 선택을 앞당긴다. 오랫동안 렉셀시오르에 갇혀 있던 충직한 개는 사실 늑대였다. 태곳적 인간에게 더불어 사는 법을 가르쳐주었으리라는 인디언 신앙 속의 늑대가 렉셀시오르의 가장 비천한 개 안에서 깨어난다.

그런 선택으로 뭔가가 더 좋아지지는 않는다. 여전히 세상은 불공평하고 인생은 허무하다. 사랑하는 사람들은 너무 일찍 죽었고, 배설 행위조차 타인의 시선에서 보호받지 못하는 치욕스러운 삶이 현실이며, 개새끼들은 영원히 승승장구할 것처럼 보인다. 그래도 한때 사랑하는 사람들, 황홀한 기쁨이 있었다는 사실은 변치 않는다. 이제는 잃어버린 시간이지만 그 눈부셨던 행복을 부정할 수는 없다. 사람이 모두 똑같은 모양새로 살 수는 없기에, 비록 상실에 비하면 한없이 초라해 보일지라도, 의외성이 우리를 달래준다. 모두가 벌벌 떠는 흉악범 폭주족과 감방을 같이 써도 사람에게서 오는 위로가 있다. 세상 사람 대부분을 찢어 죽이고 싶어 하는 건달은 쥐가 무서워 벌벌 떨고 머리카락에 가위만 닿아도 쓰러진다. 생사를 돈으로 따지는 바닥에서 잔뼈가 굵었어도 오히려 그래서 비용 절감과 수익 극대화에 염증을 느끼는 사람도 있다. 세즈윅 같은 족속이 한없이 잘나갈 것 같지만, 실익 없는 비용 절감, 임시 고용, 외주화라는 제 꾀에 제가 넘어가기도 한다.

모든 사람은 죽는다. 우리는 모두 '목구멍 깊숙이' 넘어가 어떤 배(腹), 어떤 창자 안에서 소화될 것이고 결국 그 밖으로 밀려나 죽음이라는 공동의 블랙홀로 빨려 들어갈 것이다. 그러나 모두가 세상을 똑같이 살지는 않는다. 이 풍진 세상에서 이 인생은 행복, 저 인생은 불행이라고 함부로 재단할 수 없다. 그저 자기 자신으로서 살기 위한 선택이 있을 뿐이다. 시대의 잣대로 바라본 성공과 실패는 인간으로서의 존엄 앞에서 아무 의미가 없다.

폴의 인생은 상실과 멜랑콜리의 극치다. 그러나 모두가 새로운 세상의 룰에 적응할 수는 없다. 팬데믹과 뉴노멀이라는 단어가 하루에도 몇번씩 들리는 2020년의 세상은 어떠한가. 그래도 누군가는 '배운 재주가 그것밖에 없어서', 혹은 적성과 성정에서 우러나는 애착 때문에 자신의 존엄

을 걸고 선택을 할 것이다. 그리하여 더러는 아주 오래전
에 떠나온 자신의 뿌리, 가령 조상들의 하늘이나 거인들이
사는 구대륙의 '땅끝'으로 돌아가기도 할 것이다.

개인적 소회를 몇자 덧붙이자면, 실존을 바라보는 철학
적 시선과 시대를 바라보는 사회학적 시선이 묘하게 어우
러지는 작품이라고 생각하며 공들여 작업했지만 번역하
는 내내 부족함을 느꼈다. 번역을 마친 지 얼마 안되어 개
인적으로 매우 큰 상실을 경험했고, 그후 나로서는 이 작
품을 다른 식으로 읽어낸다는 것이 불가능했다. 좋은 책의
번역을 맡겨주시고 꼼꼼하게 원고를 봐주신 창비 편집부
에 감사를 드린다.

이세진